佐々木とピーちゃん
異能力者と魔法少女が
デスゲーム勢を巻き込んで喧嘩を始めました
～並びに巨大怪獣が
日本来訪のお知らせ～
ぶんころり
Ill.カントク
4

課長、まさかの二次会

朝日と一緒に小鳥が来て

「こんなふうに海を眺めるなんて、
何年ぶりかしら」
「お友達やご家族とは、
海水浴に行かれたりはしないんですか?」
「最後に行ったのは、
たしか小学生の頃だったと思うけれど」
「もう少し静かだったら、
いい気分転換になったわね」

「でしたら改めて、
休暇に訪れてはどうでしょうか」
「あら？　もしかして私のことを
誘っているのかしら」
「いえ、そんな滅相もない……」

バスタオルを首から掛けて
ホカホカとする姿は、ここ
数ヶ月で見慣れたセーラー
服姿と比較して、幾分か大
人っぽく感じられた。
「おじさん、部屋に
もどっていたんですね」
Otonarisan
〈 お隣さん 〉

仕事終わりのご褒美
Futari shizuka
〈二人静〉

Futari
sizuka's
recent posts

20xx/08/08
ガチャ王@shizuchan_mk2
新規追加キャラ、
10日でLvカンストした件

 1   

DAI-SUKE@daisuke0924
返信先 @shizuchan_mk2
いやいや、模造でしょw

ガチャ王@shizuchan_mk2
返信先 @daisuke0924
先を越されて悔しいのぅw
悔しいのぅw

DAI-SUKE@daisuke0924
返信先 @shizuchan_mk2
はぁ？ キモオタうざ

ガチャ王@shizuchan_mk2
返信先 @daisuke0924
わし、美少女じゃし？

DAI-SUKE@daisuke0924
返信先 @shizuchan_mk2
嘘乙

DAI-SUKE@daisuke0924
返信先 @shizuchan_mk2
どこ住み？

佐々木とピーちゃん4

異能力者と魔法少女がデスゲーム勢を巻き込んで喧嘩を始めました

～並びに巨大怪獣が日本来訪のお知らせ～

ぶんころり
⊟ カントク

contents

口絵・本文イラスト
カントク

口絵イラスト
またのんき▼

〈前巻までのあらすじ〉

都内の中小商社に勤める佐々木は、そろそろ四十路を迎えようかという、どこにでもいる草臥れたサラリーマンである。

そんな彼がペットショップで購入した可愛らしいシルバー文鳥は、異世界から転生してきた高名な賢者様だった。

与えられたのは世界を超える機会と強力な魔法の力。

佐々木は文鳥にピーちゃんと名付けて、共に異世界へ渡ることになった。

万年平の社畜と世界から追放された元賢者。生きることに疲れた二人は早々に意気投合、悠々自適なスローライフを目指すべく、現代の事物を異世界に持ち込んでお金儲けをしようと試みる。

現地では出会いに恵まれた。

ピーちゃんとは以前からの知り合いである、貴族にして領主のミュラー子爵（現在は伯爵）。子爵の娘であるエルザ様。佐々木たちが持ち込んだ商品を買い付けてくれる商人のマルクさん。美味しいご飯を作ってくれる料理人のフレンチさん。

彼らの協力を得たことで、二人の商売は早々軌道に乗り始める。

そうした只中のこと、佐々木は会社からの帰り道で異能力者なる存在と遭遇した。

異世界の魔法を異能力として勘違いされた彼は、内閣府超常現象対策局なる組織にスカウトを受けて働き始めることになる。転職に伴いお給料も大幅に上がってホクホク顔の佐々木。異世界へ持ち込む品々の買い出しも捗るというもの。

しかし、順風満帆であったのは束の間のこと。

異世界では商売の傍ら、貴族や王族による権力争いに巻き込まれる羽目となった。その上、彼らが商いを始めた町に向けて、隣国が大軍を伴い侵略を開始。佐々木とピーちゃんは町や身の回りの人々を守るために立ち上がった。

敵国から迫り来る幾万という兵を相手取って一騎当千の活躍。戦禍に巻き込まれて敵地で孤立した王子様の救出。政敵に囚われた知り合いの奪還。敵対派閥の貴族を懐柔。二人は互いに協力することで、様々な問題を解決した。

　また、現代では内閣府超常現象対策局の仕事も困難が続いた。現場で従う先輩局員は戦闘狂の現役女子高生。直属の上司はなにやら裏がありそうなキャリア官僚。面倒を見るべき後輩はロリババァ。

　ピーちゃんのサポートが得られない状況下、佐々木は異世界での生活で培った魔法を利用することで、立て続けに遭遇する異能バトルを切り抜ける。並み居る高ランクの異能力者を圧倒し、絶体絶命の危機的状況も口八丁手八丁で乗り切った。

　更には魔法少女を名乗る少女からの度重なる襲撃。異能力者の存在を憎み、一方的に襲い続ける彼女に対して、佐々木は両者の仲立ちに四苦八苦。異世界の魔法を引き合いに出して、魔法中年なる役柄に収まった。

　やがて二人静（ふたりしずか）の協力を得たことから、佐々木とピーちゃんは異世界の金品を現代の貨幣に替える手段を手に入れた。魔法の鍛錬も進み、異能力者や魔法少女を相手に異世界の魔法で大活躍。悠々自適なリタイア生活が目前まで迫る。

　そうした彼らの行く手を阻むように、現代でデスゲーム開始のお知らせ。

　悪魔と天使の代理戦争なる行いに巻き込まれる羽目となる。すると現場ではアパートの隣室に住んでいるお隣さんが大ピンチ。ピーちゃんの助力を得られない状況下、佐々木は命懸けで彼女をピンチから救出した。

　そこで知らされたのは異能力者や魔法少女に次ぐ、第四の勢力の存在。

　更にはお酒に酔っ払ったピーちゃんによって、現代を訪れていたエルザ様の存在がインターネットに流出してしまう。お喋（しゃべ）りする文鳥と彼女の語らう姿が、映像としてソーシャルメディアで拡散した。

　当然ながら職場の上司からは追及が及んだ。部下の正体を疑う阿久津（あくつ）課長に対して、佐々木は二人静から伝え聞いた彼の不正を引き合いに出すことで、上司と対等な関係を結ぶことに成功する。

　けれど、人心地ついたのも束の間のこと。

　拠点となるホテルでは佐々木の存在を求めて、知り合いが大集合。お隣さん、エルザ様、星崎（ほしざき）さん、魔法少女。背景を異にする四人が遂（つい）に邂逅（かいこう）する。

〈クロスオーバー〉

【お隣さん視点】

アパートの隣室に住まっているおじさんとは、自身が小学生の頃から、かれこれ数年の付き合いになる。その間、彼の周りには一度として異性の存在を感じることはなかった。そればかりか同性との付き合いも薄く、会社と自宅を往復するばかりの日々。

だからだろう、その無味乾燥な生活に私は好意を抱いていた。

自身とは似た者同士だと、仲間意識を覚えていた。

そんな彼の周りにここ最近、やたらと女の影がチラつく。

これを追いかけて訪れた都内の高級ホテル。その客室で遭遇したのは、やたらと濃い化粧をした警察の女。正体不明の言語を喋る自分と大差ない年頃のブロンドの娘。子供向けアニメに登場する、魔法少女のような格好をした女児。

三名とは共に面識がない。当然ながら名前も知らない。アバドンとの意思疎通を行う上で、各々について呼称が決定していないのは面倒だ。そこで彼女たちを取り急ぎ、化粧女、ブロンド、魔法少女と呼ぶことにする。

私は現在、化粧女、ブロンド、魔法少女とホテルの一室で睨み合っている。

リビングと思しき空間は、屋外に面したガラス窓が打ち破られており、ヒュウヒュウと風が吹き込んでくる。現場が高層階であることも手伝い、その先には延々と続く青空と共に、眼下に建物の連なる光景が窺える。

そうして風通しを良くした窓の先、屋外に浮かびつつも杖を構えた魔法少女の姿を思えば、この惨事は彼女の行いによると考えて差し支えなさそうだ。つい先程にも発せられた強烈な輝きこそ、その原因に違いあるまい。

一方で私と他二名、化粧女とブロンドは室内に立って身構えている。

前者は拳銃を、後者は指揮棒のようなものを手にしている。

これに自身は無手で臨む。

一人だけ格好がついていない、とは思わないでもない。

廊下に通じる一角では、物陰からリビングの様子を窺うように、和服姿の女児が恐る恐る顔を覗かせている。彼女に限っては自身も面識がある。職場の同僚であると、おじさんから紹介を受けた。見た目は完全に子供だけれど、既に成人しているのだとか。

あぁ、誰も彼も女ばかりではないか。

『僕としては即時撤退を強く推奨したいなぁ』

「その意見には賛同できません」

『今のやつ、君に直撃したらゲームオーバーじゃない？』

私のすぐ傍らに立ったアバドンが、困った顔で魔法少女を見つめる。

やはり先程の発光現象と割れた窓ガラスは、彼女によるもののようだ。

しかし、だとすればどうして私たちは無事なのだろう。少なくとも自分は何かした覚えはない。この調子だとアバドンも手を出してはいないのだろう。隔離空間の外では大したことができないと、本人も語っていた。

最初から先方は窓だけを狙っていたのか。

私たち以外の誰かが、被害を窓だけに収めたのか。

「せめてこの場で、彼との関係を確認させて下さい」

『まあ、それ自体は僕らにも益のあることだとは思うけどさぁ』

アバドンの声は第三者には聞こえない。周囲には私が独り言を呟いているかのように映ることだろう。事実、こちらの意味不明な発言を受けて、化粧女、ブロンド、魔法少女の三名から注目を受けた。もれなく手にした凶器も向けられる。

直後には化粧女が反応を見せた。

「彼との関係？」

手にした拳銃の照準がこちらに向けられる。

怖くないと言えば、嘘になる。

けれど、それ以上に恐ろしいのは、おじさんを奪われること。

デスゲームの只中で経験した危機的状況と比べれば、慌てるような状況ではない。この場は情報収集に努めるべきだ。場合によっては彼の役に立てるかもしれない。そう考えると一層、やる気が満ち溢れてくる。使命感すら胸の内に宿る。

「どういうことかしら。まさか、佐々木の知り合い？」

「そう言う貴方は、おじさんとどういった関係にあるのですか？」

「職場の同僚よ。そっちこそ、どこの能力者なのかしら？」

化粧女から伝えられた能力者なる単語には、多少なりとも気を引かれた。いい歳（とし）した大人が真顔で口にするには、いささか抵抗の大きい響きではなかろうか。だからこそ、その背景には興味を覚えた。

けれど、この場は彼との関係の追及を優先するべきだろう。

「おじさんは民間の商社勤めだと、本人から伺いました」

「最近になって転職したの。佐々木から聞いていないなかった？」

「…………」

他所（よそ）の女に物知り顔でそういうことを言われると、イラッとしてしまう。

おじさんのことを一番理解しているのは私なのに。

名字を呼び捨てなのも、なんか悔しい。

それでも謎が一つ解けた点は、喜ばしく思う。

おじさんは決して嘘を吐（つ）いてはいなかった。転職と前後して、彼はこの化粧女と知り合い、新しい職場で同僚となったのだろう。だとすれば、商社勤めであった経緯とも齟齬（そご）はなく、私が伝えられた話はすべてが真実。

「そっちの質問に答えたのだから、次はこちらの質問にも答えて欲しいわね。繰り返すけれど、貴方はどこの能力者なの？　まさか局員とは言わないわよね？　二人（ふたり）静（しずか）の古巣と関係があったりするのかしら」

「彼女とは面識がありますが、局員や能力者という単語には覚えがありません」

リビングの出入り口、和服姿の女性をチラリと視線で指し示して伝えた。

彼女は壁に隠れて、今も我々の様子を窺っている。幼い見た目も手伝って、予期せぬ騒動を受けて怯（おび）えているようにも見える。耳を澄ませば、マジ勘弁なのじゃよ、ふぁっくじゃ、ふぁっくじゃ、などと呟きが聞こえてくる。

「ということは、佐々木たちがスカウトした野良の能力者？」

「初対面の相手を野良呼ばわりとは、失礼だと思います」

「あぁ、ごめんなさい？　それなら二人静に確認すれば早いわね」

「…………」

銃口を突きつけている時点で、失礼もへったくれもないとは思う。けれど、未だ見えてこない化粧女とおじさんの関係を思うと、何気ない物言いにも反発心が湧いてくる。たぶん、私はこの人物が嫌いなのだろう。

そうして私と化粧女とが言葉を交わし始めた最中の出来事だった。

窓の外、空中に浮いていた魔法少女に動きが見られた。

「異能力者は、ぜんぶ殺す」

物騒な呟きと共に、手にした可愛らしい杖が突き出された。

先程も目の当たりにした輝きが先端から発せられる。

間髪を容れず、アバドンが私の前に飛び出すのが見えた。直後には視界が真っ白な光で埋め尽くされる。至近距離を電車や大型トラックが通過しているかのような、轟々という音が数秒にわたって耳に届く。

やがて輝きが収まるにつれて、室内の光景が戻ってきた。

大慌てで周囲を確認するも、これといって変わりは見られない。

先程は窓ガラスを割り、部屋を乱したと思しき一撃。

けれど、今度は何の成果も挙げられていなかった。

これには本人も疑問から首を傾げている。

「また防がれた。しかも、魔法中年のときと同じ……」

私と同様に、先方もキョロキョロと室内の様子を窺い始める。

恐らくは自身の攻撃を防いだ人物を探しているのだろう。

過去、アバドンが天使たちを相手に利用していた、目に見えないバリア的な何かが、作用したのではなかろうか。ただし、本人の言葉に従えば、隔離空間の外では大したことができない彼だから、出処は別と思われる。

「鳥さん、あの、も、もしかして今のって……」

『…………』

ブロンドが何か呟いた。

相変わらず言っていることの意味はさっぱり分からない。

その眼差しは自らの肩に乗った文鳥を見つめていると思われる。

私と同様、驚いた表情から察するに、彼女と化粧女は白だろう。そうなると残るは二人静と呼ばれた似非女児。

もしくは他に何者かが目の届かない場所に潜んでいる、という可能性も考えられる。

いずれにせよ、現時点では想像の域を出ない。

「大人しくしなさい！」

そうこうしていると化粧女に動きが見られた。

パァンパァンと甲高い音が立て続けに鳴り響く。

照準は魔法少女に向けられていた。銃弾は彼女の脚部に向かい飛んでいく。何故にそんなことを判断できるのかというと、放たれた弾丸が対象の正面、数十センチのところで並んで静止していたから。

まるで蜘蛛の糸にでも絡め取られたかのように、何もない場所に金属片が浮かんでいるのだ。今しがた魔法少女から発せられた、ビーム的な何かを遮った代物だろうか。疑問を覚えたところ、回答は化粧女から与えられた。

「くっ、やっぱりマジカルバリアが……」

なんだ、その妙ちくりんな呼称は。

ところでふと思った。

アバドンの協力があれば、化粧女は取れるのではないか。

『あ、そっちに行っちゃうんだ？』

「…………」

私の視線に気付いた相棒から茶々が入った。

子供相手に躊躇なく引き金を引くような、血気盛んな人物だ。早めにご退場を願うべきだろう。次に発せられた銃弾が、私に向かわない保証はないのだ。出処不明のバリアが、またも我が身を守ってくれるとは限らない。

そのように考えて、アバドンに顎でくいと指図を一つ。

彼は仕方がないと言わんばかりの面持ちとなり、空をふよふよと飛んで化粧女の下へ。

人殺しが禁忌である一方、少しの間だけ気絶させる程度なら、過去にも腕をふるっていたアバドンである。隔離空間内では腕の一振りで容易に天使や使徒を狩っていたのに対して、空間外ではスタンガンが精々の性能。

代理戦争の半分は、現実における君たち使徒同士の争いが主体だよ。

そうして語っていた彼の言葉が、今更ながら身に染みる。

けれど、私の企みはすぐに破れることになった。

原因はブロンドだ。

「ちょっと貴方たち、他所様の家で暴れるとはどういう

了見よ！」

ぷりぷりと怒りながら、大きな声で吠える。

相変わらずの謎言語。

それと合わせて、手にした指揮棒のようなものを振った。

変化は直後に起こった。

私や化粧女、魔法少女の向かい合う只中で、魔法陣のようなものが浮かび上がる。そうかと思えば、下から上にズドンと、巨大な氷柱が生えたのだ。天井に接するほどの高さで、大人でも抱えきれないほどの太さがある。

『うわぁあ!?』

一番の被害者はアバドンだ。

ちょうど彼が進路を取った先の出来事であった。

事前に魔法陣が浮かび上がらなければ、串刺しにされていたかも知れない。咄嗟に身を翻した彼は、これを危ういところで回避した。しかし、完全に避けることはできなかったようで、足を浅く裂かれていた。

時を同じくして、居合わせた面々の意識が彼に向かう。

ダメージを受けたことで、他所様にも見えるようになってしまったみたいだ。

「えっ、どうして急に人が……」

どうやら狙ってのことではないようで、ブロンドは困惑。言っていることの意味は分からないけれど、アバドンを目の当たりにして戸惑っている仕草から、今の一撃が牽制であったことは把握できた。

化粧女と魔法少女からも、私が現われた際と同様、疑問の声が上がる。

「透過の異能力？　そっちの制服の子の仲間かしら」

「異能力者が増えた。殺さないと」

氷柱は見た目相応にひんやりとしているようで、表面では白いモヤのようなものが漂い始めた。同じものを立て続けに何個も生み出せるとしたら、これは非常に厄介だ。化粧女の拳銃と比較しても、殊更に凶悪な代物ではなかろうか。

こうなっては我々の作戦も破綻である。

『いやはや、偶然というのは恐ろしいものだねぃ』

「今のは偶然などではなく、慢心が引き起こした失態ではありませんか？」

『だとしたら、今後は君が同じ失態を演じないように気をつけないと』

「……そうですね」

ふわりと空中を舞ったアバドンが、氷柱の脇から私の隣に戻った。

多分、ブロンドの氷柱に備えてくれているのだと思う。

彼女は化粧女と比較して、落ち着きのある人物かと思われた。けれど、備えた力は凶悪である。手にした指揮棒のようなものは、恐らく魔法少女の手にした杖と、同じような役割があるのではなかろうか。

「わざわざ武器を与えてくれるなんて、とても優しいわね！」

そして、アバドンが慄いたのも束の間、化粧女が動いた。

ニチャァアと頭の悪そうな笑みを浮かべつつ駆け出す。大きく前に伸ばされた手は、床から生えた氷柱に向けられていた。

一体、何をしようと言うのか。

疑問に思った直後には、目に見えて変化があった。

大樹の幹さながらであった巨大な氷柱が、崩れ落ちるようにして、一瞬ですべて溶けたのだ。しかも、そうして生まれた大量の水は一滴として床に落ちることなく、何故なのか空中にふよふよと浮かんでいる。

まるで無重力の只中に漂っているかのようだ。

「せめて一人くらい連れていかないと、面目が立たないわ！」

それが彼女の声に合わせて、生き物のように動き始めた。

まるで蛇のように長く伸びた水が、化粧女を中心として、私とアバドン、ブロンド、魔法少女にそれぞれ向かう。空中を飛び交う勢いはかなり速く、気づけば目の前にまで迫っている。

咄嗟に横へ飛んで避けようと試みるも、こちらの挙動を追尾。

なんて嫌らしい力だろうか。

直後には鼻先にまで水が迫っている。

これはいけないと思った瞬間、隣でアバドンに動きがあった。正面から肩を押されて、そのまま後ろざまに床へ倒れゆく。時を同じくして、腰に腕が回されるや否や、ひょいっと抱えられてしまう。

いわゆるお姫様抱っこというやつだ。

水は頭上を真っ直ぐに抜けていった。

地を蹴った彼に連れられて、空中に浮かび上がる。

自ずと他の面々の挙動が視界に収まった。魔法少女は目に見えないバリア的なもので水の侵入を妨害。ブロンドは水の接近と共に、正面に炎の壁のようなものを生み出し、水をあっという間に蒸発させていた。

その只中をアバドンに抱えられて飛び回っている。

「私たちだけ無様ですね、アバドン」

『君が下らないことにご褒美を使うから、僕らは手数が少ないんだ』

「…………」

そのように言われてしまうと、上手い反論が見つからない。

アバドンの分も含めて、量を増した水が我々を追いかけてくる。いいや、魔法少女のバリアにへばりついていた分まで、こちらに向かってきた。彼女をどうこうすることは不可能だと考えて、こちらに回したのだろう。

しかも嫌らしいことに、割れた窓の正面を背にして我々の逃走を阻んでいる。

「おぉっと、ここで儂が登場！　恩を売る絶好の機会じゃのぅ！」

アバドンと共にリビング内を飛び回り始めた直後のこと。

隅の方から元気のいい声が聞こえてきた。

意識を向けると、そこには似非女児がいる。他所に通じる通路から飛び出した彼女は、水を操っている化粧女の下に駆けた。彼女とは面識もあるし、今の発言は私とアバドンに味方するものと考えていいのだろうか。

「ちょっと！　どうして二人静が味方するの!?　貴方、局員じゃないの！」

「味方をする訳ではないぞぅ？　この場を収める為に最善を尽くしておるのじゃ」

飄々と語る和服姿の彼女。その接近を受けて、我々を追い回していた水が行き先を変えた。カツカツと下駄を鳴らして駆ける女児の進行方向、化粧女との間に向かい集結して迎撃の姿勢を取る。

その小柄な女性の何をそこまで恐れるのか。

疑問に思ったのも束の間のこと、彼女は一瞬にして数メートルという距離を詰めた。両者の間に浮かんでいた水は、横に振るわれた腕により四散。直後には一部が凍りついて行く手を遮るが、これも殴り打ち破られる。

更には大きく飛び上がり、相手の脇まで一息に移動。

どうやら見た目にそぐわない身体能力の持ち主みたいだ。

「アバドンもあれくらい出来ればよかったのですが」

『隔離空間での活躍を思い出して欲しいなぁ』

二人静と呼ばれている人物は、以前もおじさんと行動を共にしていた。

彼女も含めて、彼にはこの場に居合わせた面々の素性の確認をしたほうがいいかもしれない。あれこれと質問を並べて距離を取られるのは嫌だ。けれど、少なくとも同僚を自称する化粧女の素性くらいは、おじさんの口から話を聞きたい。

「これで詰みじゃ」

「っ……」

二人静は瞬く間に化粧女の目の前まで接近した。

そして、自らの指先を彼女の鼻先に突きつける。

一方で化粧女は手にした拳銃を構えようと試みた。だが、腕を伸ばすよりも先に接近を受けて、満足に照準を定めることができなかったようだ。銃口は中途半端な位置で、相手の腹部に接している。


それでも傍目には、化粧女に分がありそうな絵面だ。

しかし、彼女は我々が見つめる先で渋い表情をしている。

これに対して、腹に銃口を押し付けられながらも女児は余裕綽々と。

「儂、かっこいい。これは決まったのぅ？」

悠然と語る彼女の視線が、何故かブロンドに対してチラリと向かう。

もしや先程の発言は私ではなく、彼女に対するアピールであったか。思い起こせばこちらのホテルには、化粧女よりも先に足を運んでいた。別の拠点がどうのと、ブロンドに対して話しかけていたような気がしないでもない。

あと、個人的には彼女の肩に乗った文鳥が気になる。

これだけ賑やかにしていながら、一向に飛び立つ気配がないのだ。

『これでいて悪魔やその使徒でない、というのが疑問だよねぇ』

「貴方が知り合いの顔を忘れているだけではありませんか？」

『おや、君はお隣さんの発言を疑っているのかい？』

「……そういう意味ではありません」

　水の脅威を脱したことで、アバドン共々床の上に降り立つ。

　しかし、現場が落ち着きを見せたのも束の間のこと。

　今度は魔法少女が動きを見せた。

　手にした杖の先端から、ビームのようなものが放たれる。

　窓ガラスを破った際と比較すると、幾分か控えめだ。

　電信柱ほどの太さで真っ直ぐに伸びる。

　進行方向には二人静と化粧女。

　前者が後者の胸をドンと突いて押し飛ばすと、互いに後方へ向かい身体(からだ)が倒れゆく。そうして生まれた空間をビームもどきは焼いた。化粧女はノーダメージ。女児は身につけた和服のヒラヒラとした袖の部分が、ジュッと音を立てて焼けた。

「ちょっ！　なにするんじゃ!?」

「異能力者は殺す」

「ついこの間には、共に肩を並べた仲じゃろうが！」

　和服の彼女から魔法少女に対して非難の声が上がった。

　間髪を容れず、化粧女から前者に向かい疑念が漏れる。

「二人静、貴方は局員なのに魔法少女と繋(つな)がっているの!?」

「ち、違う、それは違うぞぉ!?　これには深い訳がじゃなっ……」

　いきなり偉そうなことを口走りつつ飛び出して来たかと思えば、あちらこちらから槍玉(やりだま)に挙げられた似非女児。

　それでも一連の挙動を思えば、場を収める為という発言は、多少なりとも信憑性(しんぴょうせい)が感じられた。

　今も自らと合わせて、化粧女を救った彼女だ。

　同時に面前で交わされたやり取りから、彼女たちが互いに面識があることを把握。おじさんの同僚という点も決して嘘ではないのだろう。これで残る身元不明者は、魔法少女とブロンドの二人だ。

　そして、女児は彼女たちとも面識があるらしい。

　事情を確認するなら、キーになるのは和服姿の彼女で間違いない。

　だとすれば自身も、この場は彼女の心証を良くしておくべきかも。

「オバサン、危ないところを助けてもらったのですから、せめて彼女には、お礼の一つくらい言うべきではありませんか？　仮にも法の番人という立場にあるのですから、下々に模範を見せて頂きたいです」

「オ、オバサン!?」

　化粧女に向けて声をかける。

　すると先方はぎょっとした面持ちでこちらを振り返った。どうやらオバサン扱いが気になったようである。思い起こせば学校の女性教師も、男子生徒からオバサン呼ばわりを受けると、人が変わったように激高していた。

　これくらいの年頃の女性はなかなか気難しいものだ。

　自分も歳を重ねたら、こういった反応を見せるようになるのだろうか。

「おぉ、お主、なかなかいいことを言うのぅ」

「図々（ずうずう）しいわね。自分が助かる為に私を利用しただけでしょう？」

「いずれにせよ、彼女の行いからオバサンが助かったのは事実です」

「っていうか、オバサンって止（や）めてくれない？」

「何故ですか？」

「だって私、まだそんな歳じゃないから」

「そうは言っても、我々からすれば十分にオバサンですが」

　若干一名、年齢不詳の女児もどきが混じっているものの、化粧女を除いた他の面々は、見たところ総じて未成年。スーツを着用の上、拳銃を振り回している彼女はつい先程、自らを警察だと名乗っていた。

　キビキビとした身のこなしから察するに、配属から間もない新人ということはあるまい。高卒でも二十歳は越えている。大卒なら二十代中頃ほどではなかろうか。恐らく濃いめの化粧で若作りしているに違いない。

　オバサン呼ばわりも致し方なし。

　けれど、先方はそれが気に入らないらしい。

「っていうか、私、女子高生だし！」

「……それは貴方の願望ではありませんか？」

　あまりにも痛々しい発言には、常識に疎い自分も引いてしまった。

　中二病というらしい。学年に一人くらい、こういう訳が分からないことを真顔で口走り始める生徒がいる。いい歳した大人がやっていると、想像した以上に危機感を煽（あお）られた。頭がどこかイカれているのではないかと疑ってしまう。

　なんたって彼女の手には、拳銃が握られている。

　これで公務員試験を突破したというのだから、大人社会とは不可解なものだ。

「えっ、なによ、その目は……」

「自身も世の中からすれば、多少ズレているとは感じていました。ただ、その事実に負い目を感じることはありませんでした。それはそれで仕方がないことなのではないかと。ですが貴方と話をしたことで、色々と思うところが出てきました」

「だから本当にＪＫなのよ！　まだ学生だから！」

『なるほど、君という人格はこうやって教育すればいいのかい』

　いちいちＪＫと言い直す辺りに必死さを感じる。

　アバドンに妙な知見を与えてしまった点はマイナスか。

「ごちゃごちゃうるさい。異能力者は、ぜんぶ殺……」

「お主はもうちっと、語彙に幅をもたせたほうがよくない？」

「…………」

　再三にわたり杖を掲げた魔法少女に、和服の彼女から駄目出しが入った。

　指摘を受けた側は言葉を止めて、突っ込みを入れた相手をジッと睨みつける。ビームの発射に待ったが掛かったのは大変素晴らしい。けれど、いつ暴発するとも知れないのは、依然として脅威だ。

　すぐ近くにはブロンドも控えている。

　肩には相変わらず文鳥。

　互いに啀み合ったまま、再び膠着状態に入ってしまった。

　遠くからは警察や救急のものと思しきサイレンが響いてくる。このままだと化粧女の仲間に囲まれて、我々は一網打尽だろう。魔法少女が派手に暴れてくれたおかげで、現場は言い逃れも不可能な破壊具合。

　補導されたら、母親は私の身柄を引き取りに来てくれるだろうか。

　警察官を昏倒させて、警察署を脱走する羽目になるかもしれない。

　あぁ、この歳で前科付きのお尋ね者か。

　そうなってはおじさんとの生活も、終わりになってしまう。

「アバドン、不本意ですがこの場は撤退するべきかと考えを改めました」

『そうだねぃ。最初からそう判断してくれたら僕としては最高だったなぁ』

「すみませんが、そこの窓から私を運び出してはくれませんか？」

『うん、まっかせて！』

　こちらの指示に従い、再び彼の腕が私を抱きかかえた。おじさん以外の異性に抱かれるのは甚だ遺憾である。けれど、背に腹は代えられない。

　時を同じくして、当然のように魔法少女が反応を見せた。

「異能力者は、逃がさない」

　セリフに若干の変化が見られたのは、女児による指摘の賜物か。

　ただし、先方の挙動はこれまでと同様、杖の先からビーム。

「アバドン！」

『大丈夫、それくらいは想定済みだから』

　大きく身を翻して、彼は空中を飛び回りつつビームを回避。

　電信柱ほどで発せられたそれは、直撃コースを外れた。ところで、そうした彼の動きに対して、我々の側にはバリアのようなものが発生。すぐ近くまで迫ったビームが、目に見えない何かによって消失した。これまでにも何度か確認していた現象と同じように思われる。

　一体誰による行いだろう。

　これなら避けるまでもなかったのではないか、などと思うくらい。

「痛っ……」

　その様子を確認したのと同時刻、足先に鋭い痛みを感じた。

　どうやらリビングの壁に足をぶつけてしまったようだ。

『おっと、ごめんよ』

「…………」

　もう少し気を遣ってもらえないかと、愚痴が漏れそうになる。けれど、アバドンから撤退の提案を受けて尚、この場に残ることを判断したのは自分だ。これ以上は贅沢も言えなくて、口を噤んで痛みに耐える羽目となる。

　彼の口から漏れた少し軽い感じの謝罪は、そうした経緯を含めての対応だろう。

これと時を同じくしての出来事である。

「あぁ、皆さんちょっと待って下さい」

騒々しいリビングに、自身が望んで止まなかった人物が顔を見せたのは。

*

阿久津（あくつ）さんと口喧嘩（げんか）の末、逃げるように局を後にした。

何はともあれピーちゃんと二人静氏に状況を報告するべきだろう。そのように考えて、エルザ様の滞在拠点であるホテルが収まる施設を訪れた。電車を乗り継ぐ最中に目撃した謎の飛行物体は、とりあえず気にしないことで決定。

行き交うお客に紛れて、早足でエントランスに向かう。

すると建物に入らんとした直前、上の方から何かが降ってきた。

よくよく見てみれば、砕けたガラスのようである。

「えっ……」

細かく割れたガラス片が、パラパラと音を立てて地面に落ちる。

周囲に居合わせた利用客も、これに気づいて足を止めた。直後には誰もが駆け足で距離を取ると共に、頭上を見上げる。自身もこれに倣い、出入り口から数メートルほどを避難して、建物の上の方に目を向けた。

すると、なんだろう。空に何か浮かんでいる。

高層ビルの上層階付近とあって、かなり距離がある。地上からは爪の先ほどの大きさだ。それでもなんとなく、人の形をしているように思えた。しかも、何の足場もないところに、プカプカと浮かんでいるような。

自身の記憶が正しければ、それも我々がお世話になっている部屋の辺り。

しかもよくよく見てみれば、全体的にピンク色のような。

「…………」

これはあれだよ、たぶん、課長に報告しないといけないやつ。

別れてから間もないこのタイミングで電話とか、とても気不味（きまず）いんだけど。

などと考えていたら、懐で端末がブブブと震え始めた。

私用ではなく、局から支給されていたものである。既にエルザ様の滞在先は世間にバレているので、自宅に放置することなく持ち歩いていた。この場で電話に出たとしても、新たに課長が得る情報はあるまい。

そのように考えて先方からの電話を受ける。

「はい、佐々木です」

『阿久津だ。既に確認しているかもしれないが、君が今いる場所のすぐ近くで、魔法少女の出現が確認された。至急向かって欲しい。如何(いかん)せん人目の多い場所柄、こちらからも人員を向けているが、早急に隠蔽してもらいたい』

「承知しました」

『それと現場には星崎(ほしざき)君が先行している』

「え、星崎さんがですか？」

『勘違いしないで欲しい。私の判断ではなく、彼女の独断専行による行動だ』

「あぁ……」

恐らくニュースの映像とネット上での特定を受けて、颯爽(さっそう)と現場に突っ込んでいったのだろう。局での労働は始業前の時間外にも、夜間と同様に一定のお手当が付く。非常に星崎さんらしい行いであった為、課長の発言もすんなりと信じることができた。

『可能であれば、安全に確保してくれたまえ』

「承知しました」

ちなみに一連のやり取りは、局での出来事を感じさせないものだった。普段どおりの淡々とした物言いは、本当につい先程まで言い合いをしていた相手なのかと、不安を覚えてしまうほど。なんて切り替えの早い人だろう。

おかげさまでこちらも、粛々と受け答えすることができた。

通話を終えて端末を懐にしまう。

そして、駆け足でホテルが収まった建物に足を向ける。

現地では既に局から連絡が入っていた。フロントで警察手帳を提示の上、立ち入りの許可を求めたところ、すぐさま目当ての部屋に入るためのキーを発行してくれた。

これを片手にエレベータで上に昇る。

目的のフロア、廊下を進むと客室のドアが見えてきた。

フロントで得たキーを利用して、オートロックを解除する。

すると直後に室内から、人の言い合う声が聞こえてきた。

「っていうか、私、女子高生だし！」

「……それは貴方の願望ではありませんか？」

この声色は間違いない、星崎さんとお隣さんだ。

っていうか、どういう状況だろう。

ピーちゃんが一緒だから、そこまで深刻な事態に陥っているとは思わない。エルザ様を異能力者に見立てた上で、彼が魔法を行使する、といった選択肢も考えられる。この辺りは彼女の身柄を巡り、事前に取り交わした約束だ。

「えっ、なによ、その目は……」

「自身も世の中からすれば、多少ズレているとは感じていました。ただ、その事実に負い目を感じることはありませんでした。それはそれで仕方がないことなのではないかと。ですが貴方と話をしたことで、色々と思うところが出てきました」

「だから本当にＪＫなのよ！　まだ学生だから！」

星崎さんとお隣さんのやり取りを耳にしつつ、慎重に歩みを進める。

声の出処はリビングで間違いない。

客室内のエントランスを過ぎて、人の気配がする室内を覗き込む。

するとそこには想像した通りの面々が見受けられた。

窓の外に浮かんでいるのが、杖を構えた魔法少女。室内にはピーちゃんを肩に乗せたエルザ様。アバドン少年を傍らにお隣さん。そして、彼女と睨み合うように、自らのＪＫブランドを主張する星崎さん。

部屋の窓ガラスは割れており、室内は滅茶苦茶だ。魔法少女が屋外からマジカルビームを打ち込んだことは、容易に想像された。随所が水に濡れているのは、星崎さんが暴れたからだろう。個人的には水の出処が気になる。かなりの量だ。

「すみませんが、そこの窓から私を運び出してはくれませんか？」

『うん、まっかせて！』

「異能力者は、逃がさない」

現場の状況を確認しているうちにも、リビングではやり取りが進む。

お隣さんがアバドン少年によって抱き上げられて空中に浮かぶ。

魔法少女がマジカルビームの発射態勢に入った。

これはいけない。

ピーちゃんを信じていない訳ではないけれど、急いでリビングに踏み入る。

間髪を容れず、面前でビームが放たれた。アバドン少年はお隣さんを抱えたまま回避行動に移った。時を同じくして、バリア的な何かが彼らの脇に発生。十分なマージンを伴い、マジカルビームを無効化する。

空中に浮かんだ二人は無傷。

と、思われた直後のこと。

「痛っ……」

ガツンという音と共に、お隣さんの口から短く悲鳴が漏れた。

回避に際して、足を部屋の壁にぶつけたようだ。

魔法少女は杖を構え直すと、すぐさま第二射に向けて身構える。

「あぁ、皆さんちょっと待って下さい」

自身は中へ進むと同時に、大きめの声で呼びかけた。

居合わせた皆々の注目がこちらに向かう。

いの一番、声を上げたのはお隣さんと星崎さんだった。


「おじさん！」

「佐々木！」

後者は拳銃を構えていたりして、とてもおっかなく映る。ギロリとこちらを睨みつけるような面持ちは、ちょっと佐々木、これは一体どういうことかしら？　と訴えて止まない。他の面々とどういったやり取りが交わされた後なのか、とても気になる。

ただ、今はそれよりも魔法少女への対処を優先しよう。

「すみませんが取り急ぎ、魔法少女の方に伝えたいことが」

「……なに？」

「そちらの彼女は異能力者ではありません。どちらかというと、貴方にこそ近い立場の人物になるかと思います。ですから、その杖をトろしてもらえませんか？　彼女を抱えている方も同様です」

「私に、近い？」

「不幸な身の上から、この場に居合わせたことは間違いありません」

「…………」

こちらの話に興味を覚えたのか、魔法少女が大人しく

なった。

お隣さんがデスゲームにどういった経緯で巻き込まれたのかは知らない。ただ、自身がもう一歩踏み込んでいれば云々、過去に聞かされたアバドン少年の発言を思うと、不本意ながらゲームに参加したことは容易に想像された。

それは既にファーと化した妖精界からの使者と、これに唆されて魔法少女となり、親しい人を失ってしまった彼女の立場に、なんとなく似ているように感じられた。年齢的にも比較的近い彼女たちである。

『やれやれ、ようやく来てくれたかい』

彼女が杖を下げるのに応じて、アバドン少年が床に降り立った。

彼に抱かれていたお隣さんも、自らの足でリビングに降りる。

「っ……」

直後にはビクンと全身を震わせて、床に蹲る羽目となった。

たぶん、壁にぶつけた足が痛むのだろう。

今度は声を上げなかった辺りに、彼女の強さを感じる。

『かなり強くぶつけたから、ヒビの一つくらいは入っているかも』

「自らの使徒が苦しんでいるのに、随分と軽々しく語ってくれますね」

『自業自得じゃないかい。これくらいしないと君は学ばないだろう？』

「まさか、意図してぶつけたんですか？」

『そこまではしないよ。でも、この機会に意識を正してくれたら嬉しいな』

「…………」

しゃがみ込んだ姿勢のまま、お隣さんはアバドン少年を恨めしそうに見つめる。仲がいいのか悪いのか、判断しかねるやり取りだ。自身と接するときよりも遠慮のない物言いに、二回り以上歳の離れた隣人としては判断に迷う。

こういう間柄の友人、自分にはもういないから。

「佐々木！　そこにいる金髪の子と文鳥はっ……」

「魔法中年、異能力者じゃないというのは、どういうこと？」

何かを言おうとして、大きく口を開いた星崎さん。

これに構わず、空中で一歩を踏み出した魔法少女が言った。

後者の手にした杖とマジカルビームを危惧したのか、前者は口を閉じる羽目となる。並の異能力者では魔法少女に敵（かな）わない。その事実を過去に身を以（もっ）て理解した星崎さんだからこそ、歯がゆそうな表情をされている。

先輩局員からの追及を躱（かわ）した後輩は、これ幸いと受け答えを続行。

「それはもう言葉通りで、世の中には異能力者以外にも、色々と不思議な人たちがいるんだよね。僕からすれば君も、その一人っていうことになるんだけれど」

「…………」

「君からしたら、どれも同じように見えるかもしれないよ。だけど、それだけは事実だから、どうか信じてもらえないかな？　そうじゃないと君も含めて、皆が不幸になってしまうから」

今回の騒動で魔法少女に顔を覚えられてしまったお隣さん。夜道を歩いているところ、後ろから急にズドンとか、そういう展開は御免被りたい。おかげさまで説教臭いことを口にする羽目になった。

阿久津課長との件もそうだけど、最近こういうの増えた気がする。

「異能力者以外にも、こういうのが沢山居るの？」

「沢山居るかどうかは分からないけど、そこまで少数でもないみたいだよ」

天使と悪魔の代理戦争、お隣さんが参加したデスゲームの規模次第では、異能力者を上回る数で、この手の不思議さんたちが世に放たれた可能性もある。あぁ、こちらについては後でアバドン少年に確認させて頂こう。

偉そうに語りつつ、あれこれと今後に思いを巡らせる。するとしばらく悩む素振りを見せたところで、先方に反応があった。

「魔法中年の言うことは、わかった」

「本当？」

「これからは、ちゃんと確認する」

「……そうだね、うん。それがいいと思うよ」

なんかちょっと期待していたのとは違う。

どうやって確認するつもりだろう。

けれど、これで多少なりとも魔法少女による被害が減るのなら、我々局員にとっては一歩前進と言えそうだ。

問答無用で撃ち放たれるマジカルビーム、これを回避するのはなかなか困難なことだから。

「それと、そこの二人」

自身が頷いたのを確認して、先方の意識が他所に移った。

次いで彼女の視線が捉えたのは、リビングの床に降りたお隣さんとアバドン少年。二人は魔法少女から注目を受けて、再び表情を強張らせた。床にしゃがみ込んだ前者の傍ら、後者が一歩前に踏み出して、自ら盾になるよう位置取った。

アバドン少年、かなりのイケメンだから、なかなか絵になる光景だ。

『僕らがどうかしたかい？』

「……ごめんなさい」

宙に浮いたまま、魔法少女がお隣さんにペコリと頭を下げた。

これには下げられた側も面食らった面持ちである。なんだそれはと言わんばかりの表情で、ピンク色のつむじを眺める。それだけで二人が彼女から、猛攻に晒されていただろうことが把握できた。


『…………』

「…………」

きっと根は素直ないい子なのだと思う。

ただ、異能力者に対しては容赦がないだけで。

そうかと思えば、彼女は空中に浮いたまま踵を返した。ホテルの客室に並んだ我々から、青空の広がる屋外に顔を向けた形だ。

「今日は、帰る」

「え？」

早々のご帰宅宣言を受けて、妙な声が出てしまった。

この子、こういうところあるよね。

何を考えているか、ちょっと分かりにくいっていうか。

「異能力者じゃない人を傷つけた。悪いことをした。だから、帰る」

「そ、そう……」

魔法少女の傍らでジジジと音を立てて、黒いシミのようなものが広がっていく。

マジカルフィールドである。

勝手な想像ではあるけれど、自身の置かれた状況と、お隣さんの立場を重ねて、悪いと思ったのではなかろうか。今回のケースでは魔法少女の立場こそ、彼女の家族や友人を殺害した異能力者さながらであった。

勘違いで殺されかけたお隣さんとアバドン少年は完全に被害者である。

「それじゃあ」

短く一言を告げて、彼女は宙に浮かんだシミの中に消えていった。

その姿が完全に飲み込まれるのに応じて、マジカルフィールドの出入り口も消失。魔法少女の気配は完全に失われた。しばらく待っても、戻ってくる気配は見られないので、本人の言葉通り、本日のところは完全に引っ込んだのだろう。

これを確認して、リビングの一角から二人静氏の声が響いた。

「あのマジカル娘、マジ勘弁なんじゃけど。部屋、ボロボロなんじゃけど」

「すみません、色々と迷惑ばかりかけてしまって」

「本当に悪いと思っとる？　なんか最近、こういうの多くない？」

「悪いとは思っているんですが……」

ピーちゃんとエルザ様の動画流出から始まり、厄災続きの二人静氏である。

建物の修繕にどれくらいの費用が掛かるのか、あまり考えたくない。保険やら何やら、適切なところから引っ張ってくるとは思うけれど、当面は彼女に対する支払いも、上乗せする必要がありそうだ。

そうかと思えば、星崎先輩から叱咤の声が走った。

「佐々木、これはどういうこと？　説明をしてもらえないかしら」

「あ、はい」

ツカツカとこちらに歩み寄り、ジロリと睨まれる。

エルザ様との関係は、課長と同様、星崎さんにも秘密にしていた。けれど、こうなっては騙し通すことも困難である。追加でお隣さんやアバドン少年との関係も、疑問に思っているのではなかろうか。

素直に説明することはできない。

さて、どうしたものだろうか。

これは困ったことになったと、頭を悩ませ始めた時分のこと。

彼女の懐からブブブと、端末の震える気配が伝わってきた。

　星崎さんはこれを無視して、後輩に対する詰問を継続。

　しかし、端末の通知は待てど暮らせど落ち着くことがない。更に一度途切れてから、再びすぐに震え始めたとあっては、彼女も渋々手を伸ばした。そして、ディスプレイを確認したところで、くしゃりと顔をしかめる。

「……はい、星崎です」

　端末は局支給のものだった。

　素直に電話を受けた点から察するに、相手は課長だろう。

「魔法少女と遭遇し逃げられましたが、所属不明の異能力者と交戦中です。……ええ、そうです……場所はニュースで話題に上がっていた、都内のホテルです。……はい、課長の言う通り、現場には佐々木も一緒ですが……」

　居合わせた皆々の注目の只中、彼女は電話越しに言葉を交わす。

　魔法少女が消えたことで、落ち着きを取り戻したリビングスペース。彼女の通話を邪魔する声は上がらない。幾分精々遠くから緊急車両のサイレンが聞こえる程度。幾分か静かになった客室には、先輩局員の声が鮮明に響く。

「ど、どうしてですか!?　目の前に所属の知れない異能力者がいるのに、何もせずに戻って来いなんて。っていうか、佐々木、佐々木はどうなんですか!?　え？　彼に一任する？　何故そうなるんですか！」

　電話越しにどういったやり取りが為されているのか。

　すぐに想像ができた。

　相変わらず分かりやすい性格の先輩で、後輩は大助かりである。

「ちょっと待って下さい。それはいくらなんでも……課長？　課長!?」

　通話をしていたのは僅かな間のこと。

　事情の説明を求める星崎さんに対して、回線は先方から切断されたようである。手にした端末を睨みつける先輩局員の表情は、これまたおっかないものだ。もう一方の手に握られた拳銃に不安しか覚えない。

　ややあって、彼女から再び名を呼ばれた。

「佐々木！」

「なんですか？　星崎さん」

「課長からの指示よ！　この場は貴方に任せるわ！」

「となると、星崎さんはどうされるんですか？」

「……すぐに局まで戻れって、課長に言われたのよ」

「左様ですか」

これはもしかしなくても、阿久津さんに借りを作ってしまった予感。

つい先刻にも偉そうにイキリ散らしていた手前、格好がつかないにも程がある。どうやって返したらいいのだろうか。二人静氏と同じように、インゴットなど積むべきだろうか。下手なことをすると、逆に足を掬われそうで怖い。

「佐々木、貴方は課長と何かあるのかしら？」

「失礼ですが、何かというのは？」

「何かと言ったら何かよ。だって、怪しいじゃないの」

「彼との関係を指摘しているのであれば、私は同性愛者ではありませんが」

「そ、そういうことじゃないわよ！」

適当にはぐらかすと、星崎さんは顔を赤くして慌てた。

それでも現場での出来事をなかったことにはできない。局に戻ってきたら、ちゃんと説明してもらうからね、とかなんとか、捨て台詞のように繰り返しながら、星崎さんは客室から廊下に消えていった。

後に残ったのはピーちゃんとエルザ様、お隣さんとアバドン少年、二人静氏、そして、遅れてやって来た自分の六名である。比較的賑やかな方々が退出したことで、現場には静けさが戻った。

とはいえ、屋外では喧騒が段々と大きくなりつつある。割れた窓ガラスから眼下を望むと、人の集まる様子が目に入った。遠く聞こえていた緊急車両のサイレンも、いつの間にか真下より聞こえてくる。

「サ、ササキ、もしかしてこれって、私のせいだったりするのかしら？」

「いいえ、エルザ様のせいではありませんので、お気になさらないで下さい」

『…………』

彼女の肩の上、しゅんと申し訳なさそうに首を下げた文鳥殿が可愛い。

ピーちゃんのこうした姿を拝見できるなら、たまにはこの手の騒動が起こっても、決して良いとは言えないけれど、もう少し控えめな形で小さな粗相をして頂けると、飼い主としては愛鳥との交流を図れて大変喜ばしい。

ここ最近は移動用ケージの掃除まで、ご自身で行われている星の賢者様だ。

「なにはともあれ、場所を移すべきではないかのぅ？」

「自分はこの場の後始末を上司から頼まれてしまったので、二人静さんたちは先に移ってもらっても構いませんか？　現場が片付き次第、いつもの流れで合流できたら嬉しいなと考えているのですが」

「その上司とやらについても、早めに報告を受けたいのじゃけど？」

「承知しています。ですが、この場を放置する訳にもいきませんので」

「仕方がないのぅ」

先程のタイミングで星崎さんに課長から連絡が入って、自身に現場を任せると指示が行われたということは、この場は我々の好きにして構わない、と解釈して差し支えないだろう。そこまで伝えられていながら、どこかの誰かに放り投げる訳にはいかない。

そして、地上には既に緊急車両が集まり始めている。

警察や消防の人たちが、ここにやって来るのも時間の問題だろう。

「それじゃあ、儂らは先にホテルを出るとするかぇ」

「エルザ様、繰り返しご迷惑をおかけしますが、そちらの彼女の案内に従っては頂けませんでしょうか？　この場には間もなく、この国の治安を預かる者たちが雪崩込んできます。エルザ様のお姿を他所の者たちに晒す訳にはいきませんので」

「ええ、分かったわ」

「ありがとうございます」

幸いお客様からはご快諾を頂戴した。

肩の上に視線を向けると、ピーちゃんも小さく頷く素振りが見て取れた。普段と比較して幾分かキリリと感じられる眼差しが、今回の失態を取り戻すべく、使命感に燃えているように感じられる。

そうした我々のやり取りを受けて、お隣さんとアバドン少年にも動きが見られた。

『さて、それじゃあ僕らもお暇（いとま）しようかい』

「……分かりました」

『おやおや？　いつになく素直に頷いたねぇ』

「その代わり、家に戻ったら足を治して下さい」

『大丈夫、まっかせてよ！』

そうと決まれば、我々はすぐさま客室を出発。自分を除いた四人と一羽は、エレベータを利用して地下駐車場まで一直線。そこから二人静氏の自動車に乗り込んで、ホテルから脱出する運びとなった。

これを見送ったところで、自身は現場対応を開始。

関係各所には既に課長から話が通っていたようで、なんら苦労なく現場の指揮権を頂戴することができた。以前、デスゲームに巻き込まれた際と同様、不自然にならないよう我々の痕跡を潰しつつ、局の仕事を進めた。

*

ホテルでの騒動が一段落する頃には、日も暮れ始めていた。

施設の復旧に向けて、現地での作業は依然として山盛り。大穴の空いた窓ガラスとか、修繕するのは大変だろう。けれど、局員が出張るような状況は脱した。少なくとも魔法少女や異能力者の存在が露見するようなことにはならないと思う。

客室が破損した理由は、原因不明のガス爆発として処理させて頂いた。

なんて便利なんだろう、ガス爆発。

今後ともお世話になりそうな気がする。

作業を終えて以降は、上司に形ばかりの状況報告。局に戻って顔を合わせるのは気が引けたので、現場での残タスクを理由に電話で連絡を入れた。こちらの報告に対して突っ込みは入らず、報告のとおり了承を頂いた。

この借りは決して小さくないと思われる。

なるべく早めに返してしまいたいところだ。

そうして現場から自宅アパートに戻ってしばらく。

私用の端末で二人静氏に連絡を入れると、すぐさまピーちゃんが自室まで迎えに来てくれた。文鳥殿お得意の出社魔法である。彼らは既に新たな拠点まで移動したとのことで、自身もご案内を受けることになった。

移動は一瞬である。

視界が暗転したかと思えば、次の瞬間には周囲の様子が一変。

狭くて窮屈な六畳一間とは打って変わって、広々とした光景がお出迎え。移動先はリビングと思しき五十平米以上ありそうな空間。天井の高さも自宅アパートの倍くらいあるのではなかろうか。とてもお高そうな部屋である。

ただ、同じ高級路線であっても、昨日までお邪魔していたホテルの客室とは方向性が異なる。豪華絢爛というよりは、落ち着きの感じられる雰囲気。中央に設けられたソファーセットを筆頭にして、家具もシンプルな装飾のもので統一されている。

全体的に木材を多用したデザインが、そう思わせるのだろう。

モダンな和テイストの洋館、みたいな雰囲気。

パチパチと音を立てて燃える暖炉では、本物の薪が燃やされている。

リビングから続くダイニングキッチンも広々としたもので、本格的な設備がチラリと垣間見えた。我が家を丸っと納めても余りある広さは、大人数でのパーティーなどを想定してのものと思われる。

また、どうやらこちらのお部屋は地上階にあるようだ。

大きな窓の先に映るのは、管理の行き届いた立派な庭園。窓から眺めた限りであっても、かなりの敷地面積があることが窺える。庭を越えた先には延々と樹木が続いており、ご近所さんと思しき家屋はチラリとも見られない。

「随分と遅かったのぅ。待ちくたびれたわい」

「どこかの別荘でしょうか？」

「うむ、軽井沢の保養地じゃよ」

「それはまた良いところにご案内下さり恐縮です」

ソファーに座っていた二人静氏が、我々の到着を受けて腰を上げた。

同所には彼女とエルザ様の他に、何故かお隣さんとアバドン少年の姿も見られた。ソファーにかけてローテーブルを囲んでいらっしゃる。ホテルでの別れ際、学校まで送っていくと、運転手は言っていたような気がするのだけれど。

疑問に思ったところで、回答は肩の上の文鳥殿から与えられた。

『その者たちであれば、我がここまで案内した』

「ピーちゃんが？」

『貴様に会いたがっていたからな』

「ぶっちゃけ、儂が頼んだんじゃけど？」

『…………』

なるほど、どうやら便利に使われてしまったみたいである。

酔っぱらい動画の流出を受けて、二人静氏に作った借りは大きそうだ。

彼女としてはデスゲームの開始から間もない今のうちに、天使や悪魔、その使徒といった面々とパイプを設けたいのだろう。そして、過去には我々の助力を願っていたアバドン少年であるから、双方は両思いである。

これに異を唱えることもできず、協力する羽目となったと思われる。

何を語るでもなく、所在なげにする姿が非常にラブリーだ。

本人には申し訳ないけれど、頭をナデナデしたい欲求に駆られる。

「おじさん、お仕事お疲れ様です」

「え？　あぁ、うん……」

ソファーから立ち上がったお隣さんが、トトトと傍らまでやって来た。

彼女は朝方に別れたときと変わらず、セーラー服を身に着けている。

「こんなこと自分が聞くのもあれだけど、学校はよかったの？」

「放課後になってから、そちらの鳥さんに迎えに来てもらいました」

「あぁ、そうだったんだね」

こうなるとピーちゃんの魔法についても、彼女たちにもご説明する必要がありそうだ。いいや、本人が二人の面前にありながら、こうして普通にお喋りしている時点で、既に一通りお話ししているのかも。

疑問に思ったところで、即座に肩の上から補足が入った。

『説明を行い、口外無用を約束した。勝手な判断をして済まない』

「いや、僕もそれがいいと思うよ」

相変わらず頭の巡りが速くていらっしゃる。

下手に勘ぐられて探りを入れられるよりは、自分もその方がいいと思う。というか、お隣さんには先の天使たちとの争いで、自分も色々と見せてしまっていた。その流れから、二人に協力する意思があるとは、自身からも伝えていた経緯がある。

「っていうと、もう話はまとまった感じかな？」

『いいや、今後の方針はこれから話し合う算段だ』

「僕を待ってくれていたの？　ありがとう、ピーちゃん」

『こちらこそ色々と迷惑をかけてばかりで申し訳ない』

ピーちゃんから事情を確認したところで、我々の注目はソファーセットに向かう。そこにはお隣さんと同様、こちらの別荘を訪れていた彼女の相棒の姿がある。マントを羽織り王冠を頭に被った姿は、朝方に見たときと変わらず。

っていうか、ティーカップを傾けるアバドン少年、めっちゃ優雅ですね。

瀟洒なリビングに溶け込んで、ドラマのワンシーンさながらの風景。

悪魔というよりは、天使って感じ。

直後には我々の視線に気づいて、先方から声が上げられた。

『おや、このまま話を始めるのかい？』

カップに落とされていた視線がこちらに向く。何気ない身動ぎがやたらと絵になるの羨ましい。お隣さんよりも年下っぽく映るのに、何気なく組まれた足が自分より長く見えたりして、どうか目の錯覚であって欲しいと祈る。

「どれ、せっかくじゃ。ババァが茶を淹れ直してやろう」

「自分もお手伝いします、二人静さん」

「そうかぇ？　ならば手伝ってもらおうかのぅ」

キッチンへ向かわんとする二人静氏の背中を追いかける。

すると流しの前に立ったところで、彼女から声を掛けられた。

「あっ、お主には今のうちに言っておきたいことがあるのじゃけど」

「なんですか？」

「ここ、儂のお気に入りなの。もしもぶっ壊されたら泣くからのぅ？　それはもう、おんおんと声を上げて、辺り構わずに。なんなら上司の前でお主がやらかしたと、ぶっちゃける勢いで喚き散らす」

「……それはもう、十分に注意しますので」

自分も好き好んで二人静氏の拠点を壊した訳ではない。今後はこれまで以上に慎重にことを運びたい。

取り分け魔法少女の動向には要注意である。

「こちらからも報告ですが、阿久津さんとは話をつけてきました。当面は我々の行いに先方から横槍（よこやり）が入ることもないでしょう。それもこれも二人静さんが持ち込んでくれた情報のおかげなのですが」

「今日の騒動も、その関係でお主にお鉢が回ってきた訳か」

「ええ、そんなところですね」

「遅かれ早かれこうなっていた、という気はするのぅ」

「自分もそう思います」

『迷惑をかけてしまい、本当に申し訳なく思う』

「まったくじゃよ。この屋敷のＷｉ－Ｆｉパスワードは絶対に教えんからのぅ？」

『…………』

アイランド型の広々としたキッチンは、自宅アパートのそれとは比較にならないほど使いやすくて、なんなら布団を敷いて眠れそうなほどスペースがあって、たかがお茶を淹れるだけであっても、立っていて楽しい気分になった。

その後、お茶とお茶菓子の用意をしてリビングに戻る。

各々ソファーに掛けたところで話し合いはスタート。湯気を上げるカップを片手に向かい合う。

各々の位置関係は、横並びで腰を落ち着けたお隣さんとアバドン少年に対して、二人静氏がローテーブル越し、対面に一人で座している。これを真横から眺める位置取りで、エルザ様と自分が座った。

また、自身の肩の上には依然としてピーちゃんが止まっている。

二人静氏から、Ｗｉ－Ｆｉパスワードを教えないと言われて以来、ちょっと落ち込んでいるように感じられるのは気の所為（せい）だろうか。まあ、本人も当面はインターネットを自粛すると言っていたので、しばらく時間を設けようと思う。

「今後の協同に向けてじゃが、最初に儂から一ついいかのぅ？」

「なんですか？」

おっと、さっそく二人静氏が会話の主導権を握りに来たぞ。

ピーちゃんに対して優位に立てる今のうちに、色々と約束を取り付けておきたいのだろう。その発言には肩の上の文鳥殿もピクリと反応を見せた。けれど、これといって何を語ることもない。

「儂にはお主らの安全を担保するだけの余裕がある。なんなら代理戦争とやらが終わるまで、身柄を囲ってやっても構わぬ。少なくともそちらの娘っ子が老いるまで、儂は死んだりせぬからのぅ」

『ほぅ、それはなかなか魅力的な提案だねぃ』

「じゃが、ただ安穏に暮らしているだけであっても、こうして茶は減っていくし、薪も燃えて灰になっていく。やはり宿賃をもらわぬことには、お互いに上手くないと考えておるのじゃが、どうじゃろう？」

　リビングに設けられた暖炉へ、二人静氏の視線が向かう。

　静かな室内にパチパチと薪の小さく爆(は)ぜて、小気味良い音の不規則に響いては聞こえる様子は、なかなか心地よいものだ。仕事帰りということもあり、そのままソファーに横になって一眠りしたい衝動に駆られる。

『先方はそのように言っているけれど、君はどうなんだい？』

「宿代次第では受けても構わないと思います」

『うん、そうだね。では早速だけれど、具体的な相談に入ろうか』

　お隣さんもアバドン少年と共に、真面目な面持ちで二人静氏に臨む。

　自分にできることは精々、二人が狡猾(こうかつ)な老婆に騙されないように、聞き耳を立てる程度だろうか。我々の目がある場所で、彼女たちを謀(たばか)るような真似(まね)はしないと思うけれど、注意するに越したことはない。

　横目に異世界からのお客人を窺うと、うつらうつらし始めたエルザ様が目に入った。自身と同様、暖炉パワーにまどろみ始めている。我々の都合から、暇にさせてしまって申し訳ないばかりである。

「天使との衝突が起こった時、そちらの使徒が挙げた成果に対して、一定の見返りが欲しいのぅ。悪魔からのご褒美、じゃったろうか？　その娘がご褒美を三度受け取る機会に恵まれたのなら、うち一度を儂に譲ってもらえないかと考えておる」

『僕はなんら問題ないけれど、どちらかというと使徒の問題かなぁ？』

「アバドン、勝手に私の権利を他者に譲らないで下さい」

『だからほら、ちゃんとこうして確認をしたじゃないの』

しかしなんだ、我々異世界勢に続いて、デスゲな人たちにまで粉をかけ始めた二人静氏。その逞しい横顔を眺めては、彼女のバイタリティに感心する。こうして着実に身の回りを固めてきたのだろうな、なんて思った。

お気に入りの別荘まで案内してのやり取りに、彼女の気合いの入りようが窺える。

「個人的には、悪くない相談かと思います」

「おぉ、本当かぇ？　それは嬉しいのぅ」

お隣さんが頷くのに応じて、二人静氏の笑みが深まった。

御し易い相手から譲歩を引き出して、しめしめと感じているお顔ではなかろうか。見た感じ可愛らしい女児だけれど、どうしても素直にその面構えを評せないのは、過去に我々も痛い目を見ているから。

手の甲に呪いの紋章がなければ、席を共にすることさえ緊張しただろう。

「ですが、私を助けてくれているのは、おじさんも同じだと思います」

『たしかに先日とか、それはもう危ういところを救われたからねぇ』

「そして、こうした交渉を繰り返していては、いずれ私の取り分がなくなってしまいます。以前も伝えたとおり、悪魔からのご褒美は天使と悪魔の代理戦争を生き抜いていく上で、とても重要なものです」

「そうは言っても、宿賃を渋って寝首をかかれては、元も子もあるまい？」

二人静氏からの問いかけを受けて、お隣さんは一度言葉を切った。

そして、数秒ほど悩む素振りを見せてから再び口を開く。

「以前、貴方たちが隔離空間に入り込んでいたと聞きました」

「それがどうしたかのぅ？」

「同時に程度の低い天使であれば、打倒しうる力を備えているとも」

「…………」

続く発言を受けて二人静氏が黙った。

対してお隣さんは、つらつらと言葉を続ける。

「私たちが提供するのは、隔離空間に入る権利、としてはどうですか？」

「手前で天使やその使徒を倒せ、ということかのぅ？」

「私の成果を分け与えるより、その方が実入りも大きいとは思いませんか？」

「そうは言っても、儂は隔離空間とやらの中に狙って入ったりできんのよ？」

「貴方が悪魔の使徒になれば、その問題は解決されるかと」

「……ほぅ？」

　お隣さんの提案を受けて、二人静氏の表情が少しばかり変化を見せた。ニコニコと浮かべられた笑みはそのままに、けれど、心なしか目元に鋭さが増したような気がする。眺めていてヒヤヒヤとしてしまうのだけれど。

「私の相棒によれば、未だ使徒を見つけていない悪魔もいるそうです」

「せっかく提案してもらったところ悪いが、即断はできんのぅ」

　自身も巻き込まれたから分かるけれど、あれは非常にしんどい。デスゲームとの呼称が示す通り、命がけの騒動であった。躊躇する二人静氏の判断は、まず間違いなく正しいものだろう。自分だったら絶対にお断り。精々外野から参加して、お隣さんに助力をするくらいだろうか。

　部外者として臨むのと、当事者として巻き込まれるのでは、雲泥の差である。

「だったら当面は、五回に一度で我慢して下さい」

「ちなみに現時点で、何度ほどご褒美をもろうておるのじゃ？」

「ゲーム開始から、通算で二回もらっています」

「……ふむ」

　顎に手を当てて、考え込むような仕草をする二人静氏。これにお隣さんから矢継ぎ早に、疑問が投げかけられた。

「我々が回数を誤魔化すと考えていますか？」

「それは当然じゃろう？」

「既に経験があるかもしれませんが、隔離空間での出来事はこれに関与していない限り、一瞬で過ぎていきます。なので申告を信じてもらうしかありません。それが不服でしたら、やはり使徒となることを検討して下さい」

　相手の目をジッと真剣な眼差しで見つめて、お隣さんは語る。

二人静氏は顎に手を当てたりして考えるような素振り。

ややあって、後者は小さく頷いて応じた。

「分かった、当面はそれで手を打とう」

「ありがとうございます」

「この屋敷の近くに別邸を用意する。それでええかぇ？」

「はい、是非ともお願いします」

お隣さん、立派にデスゲームに臨んでいらっしゃる。

まだお若いというのに、二人静氏を相手にしてここまで言い合えるのは、なかなか大したものではなかろうか。

もちろん目の前の人物が備えた力や、過去の悪行を知らない、という点は大きいと思うけれど。

『ところで、そちらの二人はどうなんだい？』

二人静氏とのやり取りを終えて、アバドン少年の意識が我々に向いた。

舟をこぎ始めていたエルザ様が、彼の声を受けてハッとしたように顔を上げる。私は寝ていませんよ、みたいな感じで背筋を伸ばして、居住まいを正す仕草が可愛らしい。そのままコテンとされても全然構わないと思うのだけれど。

あと、口元からちょっと涎が垂れております。

「僕らの成果は当面、二人静さんのものにして頂けたらと」

「はぁん？　太っ腹じゃのぉ？」

『小娘、何か文句でもあるのか？』

「いんや？　そういうことなら、ありがたく頂戴しようかのぅ」

「代わりにピーちゃんとの件は、これで帳消しにできませんか？」

「これ以上、その文鳥を弄ると後が恐ろしい。この辺りで手を打っておくのが無難じゃとは儂も考えておるよ。しかし欲を言えば、なるべく早めにご褒美とやらを届けてもらいたいところじゃなぁ」

「その点は承知しています」

『……貴様よ、本当にすまない』

これでお隣さんの身の安全が、より一層図られるというのなら、それ以上のご褒美はない。金銭的な問題は異世界とのやり取りで解決しているので、当面、優先すべきは二人静氏との円満な関係である。

ピーちゃんもそのあたりは把握しているようで、反論は上がらなかった。

段々と重要度が増して行く二人静氏の存在に、そこはかとなく不安を覚える。

『差し支えなければ、そちらの彼女ともご挨拶をしたいなぁ？』

自身の隣に座ったエルザ様を眺めて、アバドン少年が言った。

見つめられた彼女は、相手が何を言っているのか分からなくて、けれど、自身に話が振られたことは何となく理解して、困った表情となりこちらを振り向いた。その口から伝えられたのは、想定通りの文句である。

「ササキ、この者は何と言っているのかしら？」

「エルザ様とお話をされたいと仰っています」

「そうは言っても、私はこの国の言葉が喋れないわ」

どうしましょう、といった面持ちで首をかしげる。

これに代わって自分の方からアバドン少年に伝えさせて頂く。

「ご覧の通り、彼女は我々とは扱う言語を異にしておりまして」

『でも、そういう君は普通に意思疎通できているみたいだねぃ？』

「そちらで言うところの、隔離空間や使徒のような、何かしら不思議な仕組みが働いていると考えてもらえたら幸いです。ただ、これを私以外の方々に与えることは、現時点で仕組み上不可能、といった感じでして」

エルザ様を天使と悪魔の代理戦争なる行いに巻き込む訳にはいかない。

お隣さんたちには申し訳ないけれど、下手にデスゲームな方々と面識を持たれては、他所から狙われる可能性もある。この場はやんわりとお断りしたい。そんなこちらの意思を察したのか、アバドン少年は話題を変えるように言った。

『今の時代、僕が知らない言語なんて珍しいなぁ』

「アバドンは他所の国の言葉が分かるのですか？」

『そうだよ？　これでも昔から勉強熱心なんだ』

「……そうですか」

『だから、君が英語の小テストで見せた点数を眺めていると……』

「そ、それ以上は喋らないで下さい。黙っていて下さい！」

『おやおや、口を止められてしまったよ』

どうやらお隣さん、英語の成績が芳しくないようだ。家庭環境が壊滅的だし、こうして無病息災で毎日を過ごしている以上を望むのは酷だとは思う。ただ、本人はその事実が恥ずかしいようで、アバドン少年と賑やかにし始めた。

こうして眺めていると、仲のいい姉弟のように感じられる。

彼の存在が彼女にとって、今後とも良いように働いてくれれば嬉しい。

そうしたら自分も、安心して今のアパートから引っ越しすることができる。

などと考えたら、驕り高ぶりが過ぎるだろうか。

「ところでお主らよ、そろそろ晩飯にせぬか？」

「私たちも一緒でいいんですか？」

「むしろ、主賓じゃのぅ」

『それは嬉しいねぃ。僕の相棒は毎日の食事にも事欠いているから』

「ふむ？　そういうことであれば、ここで腹いっぱい食うていくといい」

協力関係について話し合いを終えたのなら、以降は夕食と相成った。

お隣さんとアバドン少年に対する意識も手伝ってだろう。二人静氏が気を利かせてくれたおかげで、なかなか豪華な食事となった。ご相伴に与った我々としては役得である。ピーちゃんも美味しそうにお肉を頬張っていた。

そして、食事を終えたのなら異世界行脚のお時間。

これまでと同様、拠点となる倉庫で物資を選定の上、いざヘルツ王国へ。

＊

日中は色々とあったけれど、夜はいつもどおり世界を渡ることができた。

現代で過ごした時間は普段と変わらない。異世界との時間差は過去の経験から、最大で一ヶ月、短ければ半月くらいだろうか。計測を行っているピーちゃんによれば、都度多少のゆらぎが生じているとのこと。

そんなこんなで訪れたるはミュラー伯爵のお膝元、エイトリアムの町。

エルザ様からのビデオレターをお届けするべく、彼の

お屋敷に向かった。

「お久しぶりです、ミュラー伯爵」

「よく来てくれた、佐々木殿、それに星の賢者様」

『毎度のこと事前の連絡もなしにすまないな』

「そんな滅相もありません。いつでも気軽にいらして下さい」

ソファーに掛けて辞令を交わす。

こちらの肩から飛び立ったピーちゃんは、正面のローテーブルの上、止り木にふわりと降り立つ。そこに止まるとミュラー伯爵が嬉しそうなお顔をされるので、きっと彼も気を遣っているのだろう。

その脇にノートパソコンを設置して、以前と同様にビデオレターを再生する。

最初から最後まで流してから、エルザ様の近況についてもご連絡。

天使と悪魔の代理戦争については、現時点では黙っておくことにした。彼女自身が巻き込まれた訳ではないし、ミュラー伯爵を無駄に不安がらせるのもよろしくない。これはピーちゃんとも相談した上で決めた。

そうして一通り、現代側の情報をお出しした後のこと。

「ところでササキ殿、こちらからもお話ししたいことがある」

「なんでしょうか？　是非ともお願いします」

居住まいを正した伯爵から、改めて伝えられた。

なんだろう、また何か問題だろうか。

ここのところ現代が大変忙しなかったので、異世界ではゆっくり過ごそうと考えていた。できることなら何事もなくあって欲しい。ただ、そうした願いを裏切るように、ミュラー伯爵からは刺激的なお話が続けられた。

「ルイス殿下がマーゲン帝国に攻め入ることを決めたそうだ」

「え……」

思わず間抜けな声を出してしまった。

ルイス殿下と言えば、アドニス殿下のお兄さん。自身も陛下に謁見した際、チラリとお顔を拝見する機会に恵まれた。快活なイケメンの弟に対して、どこか陰りのあるイケメンであったことを覚えている。

そして、二人は次代のヘルツ国王の座を巡り争っている。本人たちが直接剣を交えるようなことはないが、その周囲では決して少なくない国内の貴族たちが、今も血を流していることだろう。

ミュラー伯爵はアドニス殿下の派閥に所属しており、ササキ男爵も同様。

つまり我々の総大将の政敵。

そんな人物が何故か、このタイミングでマーゲン帝国に特攻宣言。

「我々が留守にしている間に、国内で開戦の目処が立ったのでしょうか？」

「いいや、その手の話は一切聞こえてきていない」

「アドニス殿下がどのように考えているのか気になるところですね」

「この話は殿下から伺ったのだが、とても困惑しておられた」

『馬鹿な。ルイスは代替わりを待たずして、国を滅ぼすつもりか？』

ピーちゃんからも声が上がった。

彼にしてみれば、身を粉にして尽くしてきた古巣。その忠義心溢れる働きぶりから怨恨を買い、暗殺されてしまったほど。文鳥に転生して以降は、一歩引いた立場を表明していたようだけれど、これには流石に憤りを覚えたようだ。

「星の賢者様の仰ることは尤もです。しかし、殿下の意思は頑なのようでして、既に自派閥の貴族に声を掛け始めているそうです。すぐに動くことはないと思いますが、何事もなく終わるとは考えられません」

『国境沿いのドラゴンが、ヘルツ王国に味方するとでも過信したか？』

「分かりません。ですが、その可能性もゼロではないかと存じます」

『うぅむ……』

首を傾げて唸るようにお喋りする文鳥殿、とても可愛らしい。

星の賢者様を唸らせるとは、ルイス殿下、なかなか凄い人物ではなかろうか。以前には、エルザ様を側室に迎えるだなんだと、ミュラー伯爵にも苦労をかけていた。おかげで今も離れ離れの父娘である。

思いつきで行動しちゃうタイプの人なのだろうか。

だとしたら、ちょっとそれは困ってしまうな。

しかもそんな人物が次期国王の可能性ありとか、ヘルツ王国は大変だ。

派閥争いにはノータッチでいるつもりだった。

けれど、そんなことを言われたら、アドニス殿下を応援したくなってしまう。

「こちらについては引き続き、私の方で探りを入れておきます」

『うむ、是非とも頼みたい』

「お任せ下さい」

ピーちゃんの発言を受けて、ミュラー伯爵は深く頭を下げて応じた。

多分、星の賢者様に頼られたのが嬉しいのだろう。

割と何でもかんでも、自分一人で解決してしまう文鳥殿だから。

当初は喜ばしいばかりであった、異世界と現代の時間経過の差。けれど、こうして一歩深入りしてみると、決して良いことばかりではないことが分かった。伯爵と顔を合わせる度に、重大ニュースや事件が飛んでくる。

*

ミュラー伯爵との近況報告が一段落したのなら、続けてエルザ様に対するビデオレターの撮影。更にはノートパソコンの回収。諸々（もろもろ）の作業を終えたところで、我々は同日中にも、ササキ男爵領に向かうことにした。

前回の訪問時に目の当たりにした進捗を思うと、足を運ばない訳にはいかなかった。現代日本ではたった一日の経過であっても、こちらの世界ではどこまで作業が進んでいるか想像もつかない。資金が枯渇していたりしたら大変なことだ。

移動はピーちゃんの空間魔法。

今回は伯爵様は同行されず、自分と文鳥殿の二人で訪問だ。

まずは上空から全景を確認しようと、飛行魔法を行使の上、空の高いところに行き先を決めて頂く。一瞬の暗転。見慣れたミュラー家の応接室から一変して、周囲の光景がガラリと様子を変える。

四方を囲うのは青々とした空の風景。

ひゅうと風が吹いては、頬を撫（な）でる感覚が心地いい。

ポカポカとした陽気も手伝い、絶好のお昼寝日和である。

『これまた随分と勢いよく進んでいるな』

「そうみたいだね」

ピーちゃんと二人で、眼下の光景を眺めて感想を交わす。

彼の言葉通り、そこでは防壁改め、砦（とりで）の建造が急ピッチで行われていた。前に訪問した際は、建物の基礎部分を思わせる工事が多く目についた。それが今回は、随所で上部構造に取り掛かっていると思われる。

大型のゴーレムを駆使して進められる建築風景は、現代のそれと比較して幾分かシンプルだ。足場も最低限しか設けられていない。組み立てブロック玩具で建物を作っている途中、みたいな雰囲気が感じられる。

余計な手間がない分、作業も早く進められるのだろう。

『大型のゴーレムを利用した建造は効率が素晴らしいな』

「あぁ、やっぱりそうなんだ？」

『それもかなりの精度で運用している。数を操っていながら大したものだ』

「たしかに人間と同じくらいキビキビと動いているね」

『この手の魔法は華やかさにかける為、世間的にはあまり知られていない。術者の名が話題に上がることも少ない。だが、土木事業に携わっている者なら、喉から手が出るほどの逸材に違いあるまい』

ピーちゃんが他所の魔法使いをベタ褒めとは珍しい。

きっと凄腕（すごうで）の達人が手伝ってくれているのだろう。現代でもそういう人、割といらっしゃる。メディアで話題に上がったりはしないけれど、この仕事ならこの人にお声がけすれば間違いない、みたいな知る人ぞ知る職人さんたち。

個人的にはもう少し、ゆっくりと作業して頂けるとありがたいけれど。

「地上に降りて、フレンチさんにご挨拶をしてもいいかな？」

『うむ、承知した』

文鳥殿に確認の上、飛行魔法を操作して高度を落とす。

この辺りはだいぶ慣れたもの。

前にもお邪魔したテントの連なる辺りに着地。

現地で作業にあたって下さっている方々の生活スペースに当たる界隈（かいわい）だ。こちらも人口密度が上がっていらっしゃる。テントの数も倍近い。一部では木材を利用した、簡易なウッドハウス的な代物も窺える。

通りを歩いている人たちも、現地で作業に当たっている方々以外に、商人や冒険者を思わせる方々が増えた。馬車の往来も見られる。パッと見た感じ難民キャンプみたいだけれど、既に集落として機能し始めていると思われる。

下手な寒村より賑わっているのではなかろうか。

そうした界隈を歩いていると、行く先から見慣れた人が近づいてきた。

「旦那！　やっぱり旦那だったんですね！」

「お久しぶりです、フレンチさん」

「空から人が降ってきたって聞いたんで、もしやと思ったんですよ！」

「わざわざ足を運んで下さり、ありがとうございます」

「いえ、こちらこそご足労いただき申し訳ないです」

上手いことフレンチさんに捕捉して頂けたみたいだ。

こちらから探す手間が省けたのはありがたい。

テントが並んだ界隈で立ち止まって、互いにご挨拶を交わす。コック姿から離れて久しい彼は、半袖シャツに粗い生地のズボンというラフな格好をしている。これがまた厳つい顔立ちと相まって迫力が感じられた。

本日も現場に出ていたのか、そこかしこが土埃に汚れていらっしゃる。

「飲食店のみならず、色々と苦労をかけてしまい申し訳ありません」

「そんな滅相もない。好きでやっていることですから」

ニカッと爽やかな笑みを浮かべる姿はイケメン。

野性味溢れる出で立ちと相まって、とても頼もしく映る。

「妙な横槍などは入っていませんか？」

「今のところ、その手の問題は上がってきていませんね」

「それはよかったです」

「旦那の言うとおり、マーゲン帝国も大人しいものですよ」

以前、アインハルト公爵の指示で、オーム子爵なる人物がミュラー伯爵の下を訪れていた。その関係で何か問題が起こっているかもと危惧していたのだけれど、どうやらこちらについては杞憂であったみたい。

「資金に不足が見られましたら、いつでもご相談頂けたらと」

「不足なんてとんでもない。むしろ、多すぎるくらいですよ、旦那」

「そうでしょうか？」

「今でも仕事を求めて、人が毎日のようにやって来ているんです。これ以上、現場の給料を増やした日には、どうなるか分かったもんじゃありません。位の高い魔法使いの方々にも、大勢出張ってもらっているほどですから」

「なるほど、どうりで進捗がよろしい訳ですね」

「ええ、おかげさまで防壁と合わせて、砦の建造も順調ッスね」

「こんなことを私から尋ねるのも申し訳ないのですが、砦というのは一体、どういった用途を想定されているのでしょうか？　マーゲン帝国への牽制に、国から兵の駐屯を指示されていたりするのであれば、事前にお話を伺いたいのですが」

「えっ、そんなの旦那のお屋敷に決まってるじゃないですか」

「私の屋敷、ですか？」

「だってここは旦那の領地でしょう？」

　それはちょっと困ってしまう。

　こんな何もない草原の只中にお屋敷を頂いても、全然嬉しくないのどうしよう。最寄りのコンビニまで車で三十分、みたいな僻地（へきち）感あるよ。今後ともミュラー伯爵のお膝元で、リッチな宿屋のお世話になる気も満々なのだけれど。

　これにはピーちゃんも焦りを覚えたようで、ピクリと身体を震わせた。

　このままでは理想のスローライフが、限界集落での節制生活に早変わり。

　しかも、いつマーゲン帝国が攻めてくるとも知れない上に、近所ではやたらと図体（ずうたい）の大きなドラゴンが生活している。こう言っちゃなんだけれど、居住スペースとしては最悪の部類に入るのではなかろうか。

「フレンチさんもご存じの通り、私が滞在していられる期間は限られていますが」

「だとしても、お貴族様が根無し草という訳にはいかないかなと思いまして」

　何よりこちらの世界では不在にしている期間の方が圧倒的に長い。

　有事の際にも活躍できるとは思えない。

　その辺りをミュラー伯爵に説明して、こちらの砦は彼の身内で固めてもらう、というのが最良の手ではなかろうか。彼らはエイトリアムの前線基地を得られて幸せ。我々は以前と変わらない生活が営めて幸せ。

　あぁ、それがいい。

「安心して下さい、俺らもここを寂しい場所にするつもりはありません」

「しかし、皆さんにあまり負担を強いる訳にもいきませんし……」

「エイトリアムの町とを結ぶ、街道の整備も始まっています」

「街道ですか？　少し離れたら、道と言えるほどのものは、なかったと思いますが」

「ええ、なので砦が完成する頃には、馬車の往来もだいぶ楽になると思います。以前までは平時でも一週間ほどかかっていました。整備が行われれば、より短期間で行き来できるようになると聞きました」

「色々と考えてくださり、誠にありがとうございます」

「旦那が頑張って下さっているんです。俺らも是非付き合わせて下さい！」

　フレンチさんたちエイトリアムの住民からすれば、マーゲン帝国の兵から制圧の一歩手前まで晒された経緯がある。他所の貴族に寄与してでも、前線を前に押し上げることには、意味があるのだろう。

　そうでなければ、ここまで頑張る理由もないし。

　場合によっては他に国境を接している貴族が、手を貸していたりするのかも。

　そうこうしていると、彼の後ろから見知った相手が近づいてきた。

「ああ、やっぱりササキ男爵じゃありませんか」

　前回、ミュラー伯爵とこちらを訪れた際に顔を合わせた人物だ。エイトリアムの町で建築業を営んでいる棟梁さん。厳つい顔立ちとスキンヘッドが印象的な方で、筋骨隆々とした大柄な体躯が非常におっかなく映る。

　彼は我々の姿を見つけて、足早に歩み寄ってきた。

「お久しぶりです、棟梁さん」

「現場の視察ですかい？　なかなか随分な進みっぷりでしょう」

「ええ、まさかこれほどとは思わず、とても驚いています」

　フレンチさんと同様、我々が空から降りてきたのを確認して、わざわざ足を運んで下さったのだろう。作業服姿は彼に負けず劣らず、土埃にまみれていらっしゃる。お忙しいところ邪魔をしてしまい申し訳ないばかりだ。

「ちょうどフレンチさんとも、進捗のお話をしていたところでして」

「なるほど、左様でしたか」

　彼を迎えて三人で顔を合わせつつ軽く立ち話。

　現場の状況などを共有して頂く。

　相変わらずフレンチさんは大切にされているようだ。

　本日も前回の訪問時と同様、彼の頑張り具合を棟梁さんの口から耳にすることになった。寝食すら忘れたかのように、こちらの砦の為に働いて下さっているとのこと。

　だからだろう、お喋りをすることしばらく、ふと閃いた。

　それは目の前に現われた節制生活から、華麗に距離を取る方法。

「ところで、現場の指示は誰が出していらっしゃるのでしょうか？」

「指示ですか？　今のところ仕事の分かる方々が、各々現場で指揮を取って下さっています。自分のところにも話は入ってきますが、何か問題があったら、皆で集まって決めている感じッスね」

「対外的に代表者を立てる必要が出てきた場合は、どうされていますか？」

「そうした機会はほとんどねぇんで、今のところ考えていませんな」

　フレンチさんの他、棟梁さんからもコメントを頂戴した。

　よし、このタイミングで切り出させて頂こう。

「現場の方々には大変申し訳ありませんが、私は訳あってあまり長くこちらに滞在することができません。それが理由で作業に滞りが出ては、頑張って下さっている皆様に申し訳がありません」

「その辺りは自分らも、ミュラー伯爵から直々にお言葉を頂戴しておりますぜ。ササキ男爵はヘルツ王国の貴族であると同時に、伯爵の御用商人でもあらせられるとのことで、そちらの仕事をおろそかにはできないのだと」

　なんと、こんなところまで伯爵にフォローして頂いていたとは。

　どうりで稀にしか顔を出さない不甲斐ない領主に対して、現場の方々が不満を抱いていない訳である。同時に彼がエイトリアムの町の人たちから好かれていることを、改めて確認することができた。

　これ幸いと、なんちゃって領主は言葉を続ける。

「見たところ以前と比べて、こちらを訪れる方々も増えておりますし、今後は集落としての側面も大きくなっていくことでしょう。当然ながら、外部からお客様がお見えになることもあるかと思います」

「ササキ男爵、それがどうしたって言うんですかね？」

「そこで今後はフレンチさんに、領地開拓の全権を委ねたく考えています」

「っ……だ、旦那！　いくらなんでも話が大き過ぎます！」

「本気で言っているんですかい？　この場で動いているモノ、カネは並の貴族が一年で手にする税収より遥かに大きなものじゃねぇですか。それを血もつながっていない平民に託すなんざ、酔狂にも程がありますぜ？」

　こちらからの提案を受けて、二人の表情が大仰にも変化を見せた。

　ギョッとした面持ちとなりこちらを見つめていらっしゃる。

　先方からの問いかけに対して、間を設けるようにゴホンと咳払いを一つ。ついでに勿体ぶった態度で周囲の光景を眺めるような素振りをしつつ、自然な流れで肩の上の文鳥殿にチラリと視線を向ける。

　直後にはコクリと頷く仕草が見て取れた。

　やったぞ、星の賢者様から決裁をゲット。

「それもこれもフレンチさんの協力がなければできなかったことです。ですからどのような結果になったとしても、私は構わないと考えています。そこでご提案なのですが、どうかこちらの砦を頼まれては頂けませんでしょうか？」

　最悪、失敗しても最初からやり直せばいい。

　時間をかけてゆっくりと。

　自分とピーちゃんにとっては、まさに願ったり叶ったりの展開だ。

「もちろん投資は引き続き、十分な額をお約束しますので」

「じ、自分は料理しか取り柄のない人間です。そんな大役は……」

「当面は棟梁さんたちと相談して、皆さんで進めてもいいかもしれません」

「………」

そう、なし崩し的に領地の支配権をフレンチさん一派に譲渡する作戦。

人間誰しも一度得たものは、返せと言われてもなかなか返したくないもの。フレンチさんが反発しなくとも、彼と共にこの地を開拓した皆々は、多少なりとも愛着を感じているだろうし、そこに利権が生まれれば、身内の一人くらいは反発するはず。

留守がちな領主よりも、フレンチさんの方が領主にふさわしい、みたいな。

そうなればササキ男爵としてはしめたもの。

致し方なし、でしたら進呈せざるを得ませんね、といった塩梅だ。

晴れて根無し草となった我々は、ミュラー伯爵のお膝元で食っちゃ寝である。

「旦那、そこまで自分なんかのことを考えて下さって……」

「どうか頼めませんでしょうか？　フレンチさん」

「お役に立てるかどうか分かりませんが、が、頑張らせて頂きます！」

「ありがとうございます。とても頼もしく感じております」

これで当面、領地関係も安泰ではなかろうか。

あくまでも我々の目的は悠々自適なスローライフ。

領地など開拓している暇は、これっぽっちもないのだ。

＊

ササキ男爵領で現場の確認を終えた後は、ルンゲ共和国に移動した。

これまたピーちゃんの空間魔法にご厄介になってのこと。

ヨーゼフさんとの打ち合わせに先立ち、彼から借り受けた倉庫に、現代から商品を運び込む。砂糖やチョコレートを筆頭にして、現地で価値のある食材の他、電卓や薬剤など、先方から発注のかかっていた品々で空間を満たす。

この辺りはいつものルーチンワーク。異世界においてはミュラー伯爵へのビデオレターのお届けと並んで、我々にとっては最も重要なお仕事である。逆に言えば、これさえやっておけば、あとは何をしていても大丈夫。

そういう生活を目指している。

然る後にケプラー商会さんの社屋を訪れた。

応接室に通されると、そこには既にヨーゼフさんの姿があった。

「お久しぶりです、ササキさん」

「ご無沙汰しておりました、ヨーゼフさん」

互いに会釈を交わして、向かい合わせでソファーに腰を落ち着ける。

室内には自分と彼の姿しか見られない。

本日、マルクさんは留守のようだ。

「今回の品ですが、いつもどおり倉庫に収めさせて頂きました。目録については、こちらをご確認下さい。以前のご相談どおり、砂糖を多めに持ち込ませていただきました。あとは避妊薬なども数を増やしております」

「ありがとうございます。急ぎ人を確認に向かわせるとしましょう」

懐から取り出した目録をローテーブル越しに、ヨーゼフさんに手渡す。

彼がパンパンと手を叩くと、廊下に通じるのとは別に設けられたドアから、執事っぽい身なりの男性が現われた。前者から後者に耳打ちがなされると、男性はすぐに応接室から廊下に出ていった。

この辺りもいつもの流れである。

ちなみに彼へ提出した目録は、ピーちゃんに書いてもらった。

自身は未だ、こちらの世界の言語を読み書きできないから。

「ササキさんがお持ちになる薬剤はどれも効き目が抜群で、引き合いがとても強いのですよ。精神安定剤もそうでしたが、避妊薬も遅ればせながら、上流階級の間で効果が話題に上がり始めております」

「なるほど、それは何よりです」

ここ最近は当初主力であった電卓やトランシーバーといった工業製品に並び、薬剤が段々とウェイトを占め始めている。あればあるだけ持ってきて欲しい、とは以前からヨーゼフさんに言われていたお話だ。

この辺りは二人静氏の協力を得たことで調達可能となった品々。需要に対して供給が僅かなので、かなり値上がりしているとのこと。しかも使い切りの消耗品であるから、消費のサイクルが非常に速い。

　また、現地の技術力では複製も不可能とあって、完全に独占市場。

　正体不明の商人が持ち込んだお薬とか、個人的には恐ろしくて絶対に使いたくない。しかし、そこは異世界の価値観、回復魔法がブイブイ言わせている世界柄、アッパー階級な方々も、割と躊躇なく利用しているみたい。

　何かあったらお抱えの回復魔法使いに泣きつけば大丈夫、の精神である。

　ややあって、目録を眺めるヨーゼフさんの手が動いた。ローテーブルの上に用意されていたペンを握ると、紙面にサラサラとペン先を走らせる。ずらりと並んだ品名の脇に、現地の記号で数字が追記されていく。

　文字は無理だけど、数字だけはかろうじて扱える。

　流石にこればかりは、覚えないと不味かろうと判断して勉強した次第。

「今回のお取り引きですが、こちらでは如何でしょうか？」

　目録には持ち込んだ品々に対する単価と、小計、合計の追記があった。

　ヘルツ王国の大金貨に換算すると、締めて三千枚くらいだろうか。

　金貨にバラしてインゴットにしたら、結構な重量になりそうだ。これなら二人静氏への見返りも、十分に用意することができる。ここのところ彼女には、お世話になってばかりなので、決して蔑ろにできないポイント。

「ええ、是非ともお願いします」

「品の確認が取れ次第、すぐにでも用意させて頂きます」

　その日はヨーゼフさんのご厚意から、ルンゲ共和国で一泊。夜には例によって接待を受けたりなんかして、心地よく就寝。翌日には品の確認を終えたとのことで、全額即金で支払いを受けた。商品の売れ行きが好調とのお言葉は本当なのだろう。

　同日中にはエイトリアムの町に戻ることになった。

　その足でハーマン商会さんを訪れて、領地開拓に向けた資金をお預け。領地開拓の全権をフレンチさんに委ねたことを説明の上、こちらからお預けした金貨の扱いも含めて、彼のお話を聞いて頂けるようにお願いした。

　今回の収入に対する支出の内訳は、ざっくりと三等分。

フレンチさんへの送金。

二人静氏へのお土産。

有事の際に向けたタンス貯金。

最後の一つに関しては、二人静氏が用立ててくれた倉庫の一角に金庫を用意した。金庫とは言っても鍵のかかるコンテナだけれど、その中に放り込んである。当面、余った利益はこちらに突っ込むことになりそうだ。

フレンチさんへの送金は、前回が五百枚だったので倍に増えたことになる。現場の規模が膨れていたので、幾分か多めに預け入れた。彼らに対して偉そうなことを語った手前、資金だけは尽きないようにしたい。

諸々の作業を終えたのなら、以降は久しぶりに魔法の練習である。

場所はいつも通り、エイトリアム郊外の森に面した草原地帯。周囲に人里も見られない界隈は、異世界を訪れてから本日まで、魔法を練習する場所として利用させて頂いている。文鳥殿から聞いたところ、街道からも距離があるとのこと。

数日にわたって同所とお宿を往復しつつ、ピーちゃんに師事した。

みっちりと時間を取ることができた為、成果も上々である。

『しかし、貴様は魔法を覚えるのが速いな。センスがあるようだ』

「本当？　ピーちゃんにそう言われると、とても嬉しいんだけど」

『うむ、誇ってもいいくらいだ』

文鳥殿から魔法の講釈を受ける。

お褒めの言葉を頂戴したとおり、追加で一つの魔法を覚えることができた。

具体的にはゴーレム生成の魔法。ピーちゃんがパソコンを操作するのに利用しているのと同じ魔法で、生み出すだけであればカテゴリ的には中級。ゴーレムの操縦技術は人によって千差万別で、熟練度が物を言う世界、とのこと。

感覚的には脳内ラジコン。

現時点では土製の小さなゴーレム一体をちょこちょこと歩き回らせるのが精々である。

今すぐに思いつくような用途はないけれど、領地の開発において類まれなる力を発揮していると伺ったので、興味が湧いた次第。今後その手の仕事が発生したとき、自身もご協力できるようにと考えて学ぶことにした。

ちなみに出社魔法については、未だ目処が立っていない。

そんなこんなで気づけば時間も過ぎており、異世界旅行も最終日。

場所はエイトリアムの町にあるリッチなお宿。

『さて、そろそろあちらの世界に戻るとするか』

客室のリビングに設けられたローテーブルの上、ノートパソコンと格闘していたピーちゃんがこちらを振り返って言った。彼の正面では真っ黒な画面に映されて、時刻が刻一刻と刻まれている。

なんでも現代の時刻をシミュレーションしているのだとか。

時間の管理までして下さって、なんて頼りになる文鳥殿だろう。

「お願いするよ、ピーちゃん」

『うむ、任された』

こちらの世界であっても、各方面いずれも不安の種は尽きない。

しかし、まずは忙しない祖国での騒動を脱して、のんびりと過ごすことができたことを喜びたい。久しぶりにスローライフっぽい時間を満喫した気がする。ピーちゃんとも色々とお喋りをできて満足だ。

これで現代に戻っても、局員としてのお仕事に励めるというもの。

〈落下物の調査〉

現代に戻った我々は、いつもどおり各々の作業に取り掛かる。

ピーちゃんはデスクでパソコンに向かい、世界間の時間経過の差とにらめっこ。他方、自身は私用及び局支給の端末を手に取り、留守中に連絡が入っていないかどうか、不在中の通知を確認する。

前者の作業内容に対して、後者のタスクが非常に簡単である点はごめんなさい。ピーちゃんのお手伝いをしたいとは思うけれど、もはや手が出せないのである。そうしてスマホの画面をペチペチし始めたところ、画面の隅に通知のアイコンを見つけた。

不在着信である。

開いてみると阿久津(あくつ)さんの名前が表示された。

現在時刻が午前七時であるのに対して、着信があったのは数分前。そうこうしていると端末がブブブと振動して、メールの受信を知らせ始めた。差出人を確認してみると案の定、課長からのメッセージである。

曰(いわ)く、なるべく早めに登庁して欲しい、とのこと。

「ピーちゃん、上司から呼び出しを受けてしまったよ」

『これから出かけるのか？』

「うん、そうなりそう」

何もなければ二人静(ふたりしずか)氏の別荘で食っちゃ寝しよう、なんて考えていた。

そうした浅はかな心を見透かされたようで、ちょっと悔しい気分。

急ぎ身支度を整える。

「ごめん、留守番をお願いしてもいいかな？」

『気をつけて行ってくるといい』

「ありがとう、ピーちゃん」

愛鳥に挨拶をして、自宅を出発する。

そして、家を出た直後に気づいた。

このまま駅に向かうと、朝のラッシュにぶつかってしまう。

ここ最近はピーちゃんの魔法や、二人静氏の送迎に甘えること度々。最後に満員電車に揺られたのはいつのことだろうか。鈍(なま)りに鈍った肉体が、あのすし詰め状態に耐えられるのかと、不安が押し寄せてくる。

するとどうしたことか、家の前を通りかかったのが夕クシー。

しかも案内灯には、空車の文字が浮かんでいる。

「…………」

いやいや、そんな贅沢は許されやしない。などと考えたところで、しかし、ここ最近は異世界との取り引きで懐にも余裕がある。必要なら二人静氏を経由して、異世界の金品を円に替えることも不可能ではない。

とか考えてしまったら、車道に向かい一歩を踏み出すのを止められなかった。

直後には停車した車両の後部座席ドアが開かれる。

満員電車を忌諱する弱い心が、ふらふらと足を進ませた。

「お客さん、どちらまで向かいますか？」

「あ、はい、こちらまでお願いできたらと……」

私用の端末に地図アプリを起動して、局が収まる施設を示す。平然を装い、タクシー出社とか、割と慣れていますんで、みたいな表情を取り繕って行き先をご相談。先方はしばらく端末を弄くり回して、車両を出発させた。

やばい、タクシーを拾ってしまった。

こんな贅沢、許されるのだろうか。

自身にとってのタクシーというと、体調を崩した時、病院へ向かうのに利用するくらい。だから、健康な状態で乗り込むと罪悪感を覚える。本当にこれでよかったのかと、そわそわしてしまう。

そうして朝っぱらから、ちょっとした冒険に胸を躍らせることしばらく。

タクシーは何事もなく目的地まで到着した。

数日分の食費に相当する金額を支払い、車から降りる。そこは目当てとする建物から少しだけ離れた地点。建物の玄関口に付けてもらう度胸はなかった。知り合いに見られたら、なんか色々と勘ぐられそうだし。

早足で局が収まる建物に向かう。

正面エントランスを過ぎて、未だ慣れない担当フロアの自デスクへ。

机の上に荷物を置くと、すぐさま阿久津課長から声を掛けられた。佐々木君、悪いが打ち合わせスペースまで来てくれたまえ、とのこと。卓上の業務端末に電源を入れる間もなく、促されるがまま会議室に向かう。

するとそこには既に、星崎さんと二人静氏の姿があった。

「さて、佐々木君が来たので話を始めるとしよう」

どうやら自分を待っていたようである。

テーブルの一辺に阿久津さんと星崎さんが座す。その正面に自分と二人静氏が並んだ形だ。課長の正面にはノートパソコンが置かれており、そこから延びたケーブルが、打ち合わせ用の大型ディスプレイに接続されている。

彼の手が動くのに応じて、ディスプレイに何枚か写真が表示された。

「なんじゃ、これは」

「海に浮かんでいる、のよね？」

すぐさま同僚一同から疑問の声が上がった。

星崎さんの指摘通り、画像はどれも大海原を空から写したものだ。周囲にまったくと言っていいほど陸地が窺(うかが)えない点から、外洋ではないかと思われる。多分、航空機から撮影した写真ではなかろうか。

当然ながら、フォーカスされているのは海ではない。

その只中(ただなか)にドンと構えた、巨大な生き物を捉えていた。

パッと見た感じ、タコドラゴン。

タコとドラゴンが合体したかのような風貌をしている。

具体的には手足を失ったドラゴンの胴体に、触手のようなウネウネが多数生えている。全身はびっしりと鱗(うろこ)に覆われており、所々にトゲトゲ。パッと見た感覚で言うと、クトゥルフ神話的なおどろおどろしさの感じられる生き物。

端的に申し上げれば、非常に異世界っぽいクリーチャーではなかろうか。

「クラーケンとでも言うのかのぅ？」

「関係各所では、異物四号の呼称が取られている」

二人静氏が格好(かっこ)いい呼び方をし始めた。

なんだよ、タコドラゴンって。

思わずジェネレーションギャップを感じてしまった。

彼女のほうが遥(はる)かにお年を召しているのに。

「前にコンビニの駐車場に落ちてきたリザードマンが一号になるのかしら？」

「まさかとは思うが、二号と三号は儂(わし)らの連れだったりするのかのぅ？」

「ああ、君たちの想定どおりだ」

ピーちゃんとエルザ様、局内では異物扱いされている模様。発見の都度、順番に番号が振られていくのは、台風と同じ方式みたいだ。もしかしたら自身もまた、六号あたりにノミネートされているかもしれない。

課長が端末を操作するのに応じて、ディスプレイでは次々と写真が移り変わる。

背景が海一色なので、規模感を測ることが非常に難しい。

ヒントになったのは、ある一枚に写り込んでいたヘリコプターの残骸である。多数生えた触手の内一本によって絡め取られたそれは、小さく見積もっても全長十メートルくらいはありそうな、軍用の戦闘ヘリ。

それが触手に巻き付かれて、空中に持ち上げられている。

「課長、こちらの生き物ですが、かなりの大きさではありませんか？」

「報告によれば、胴体だけで五十メートル以上あるそうだ」

「何を喰らったのなら、こんなに大きく育つのかのぅ」

大きい大きいと評判のシロナガスクジラよりも大きい。しかも細長いのではなく、ずっしりとした図体をしている。質量はより一層、大きなものになりそうだ。一桁では収まらない触手も含めたのなら、外洋で荷物を運んでいるタンカーともいい勝負をしそう。

我々が感心していると、ディスプレイで動画が再生され始めた。

空のある一点に留まり、遠方上空から異物四号を撮影している。ローターの回転する音が響いているので、カメラを載せているのはヘリコプターではなかろうか。その面前で対象に向かい、別のヘリコプターが接近した。

すると胴体のまわりでクネクネしていた触手の一本が、距離を縮めた機体に向かい急に伸びた。大きい割にかなり俊敏な動作であって、逃げようとした機体へ瞬く間に接近。勢いよく回るローターを物ともせずに、絡め取ってしまった。

想像した以上にリーチが長い。

恐らくヘリの操縦士も、先方の間合いに入ったとは思わなかったことだろう。

人体が相手なら、いとも容易く肉や骨を切り裂くブレードが、しかし、触手の表面でガッチリと受け止められている。表面の鱗にも変化は見られず、ちょっとした凹みすらも窺えない。かなり頑丈にできているみたいだ。

直後には蛇が獲物を絡め取るように、触手がギュッと引き絞られる。容易にひしゃげたヘリは、間髪を容れず爆散した。すると予期せぬ反応に驚いたのか、クラーケンはこれをポイッと海面に向けて放り投げる。

先程写真に写っていたヘリの残骸は、こうして生まれたようだ。

映像は時間にして二、三分ほど。

再生が終えられると、動画は最初の場面に戻って静止した。

「それで、このタコドラゴンがどうしたと言うのかしら？」

なんということだ、星崎さんとセンスが丸かぶり。

嬉しいような、悲しいような、複雑な気分。

ディスプレイに向けられていた彼女の視線が阿久津さんに移った。

これに倣い、自分と二人静氏の注目も上司に向かう。

「異物四号……通称、クラーケンとしよう。こちらについてだが……」

あぁ、課長はそちらですか。

上司に対して、得も言われぬ敗北感を覚える。

以降、彼からタコドラゴン改め、クラーケンの情報が説明される運びとなった。わざわざ我々三名のみを呼び出して、打ち合わせをセッティングした辺り、まず間違いなくエルザ様やピーちゃんとの関係を疑ってのことだろう。

けれど、そうした背景をおくびにも出さずに課長は話を続ける。

「まず出現場所だが、北太平洋の日付変更線を少し西側に進んだ辺りとなる。監視衛星からの映像によると、コンビニの駐車場に出現したリザードマンと同様、何もない空間に突如として出現、そのまま落下して海洋に着水したとのことだ」

「ほぅ、そのときの映像が気になるのぅ」

「そちらの映像については機密とのことで、我々も得られていない」

「それは残念じゃ」

課長の発言に応じて、ディスプレイに地図が表示された。

その一点にはマーカーが置かれている。

周囲の島々と大雑把に位置関係を比較すると、緯度はハワイや台湾と同じくらい。経度はマーシャル諸島と大差ない辺りに位置している。パッと見た感じ、完全に公海。どこの国の領海ということもないように思う。

「現われた時期くらいは教えてもらえないかしら？」

「出現から本日まで十日前後とのことだ」

登場してからそれなりに時間が経過している点に不安を覚える。当初は秘密にしていただろう一方、それでも局に情報が持ち込まれた理由が気になった。位置的に考えて、他所(よそ)の国々も黙って見ているばかりではないだろう。

「その間に動いたりはしておらんのかぇ？」

「良い質問だ、二人静君」

課長が手元の端末を操作するのに応じて、地図上のマーカーが動く。

東から西へ、画面の上でいうと左にズレた。

「これが昨日の時点で確認された、対象の位置情報だ」

「よりによって西に進路を取るとは、困ったものじゃのう」

二人静氏の指摘通り、クラーケンの進行方向にはアジアの国々が存在している。このまま西に進んだ場合、海洋に面した割合からすると、本国に当たる可能性は決して低くない気がする。

「現在も西方に向かい進行しているとの情報が入っている」

「え、それって大丈夫なの？」

「当然ながらクラーケンの進路については、国も既に検証を進めている。しかしながら、台風などと違って過去の経緯や外的な要因から、その行き先を判断することは困難を極めるだろう。あまり成果は期待できそうにない」

課長の話を耳にして、星崎さんの表情にも緊張が見られた。

何故(なにゆえ)に自分たちが声を掛けられたのか、疑問に思ってのことだろう。触手一本でヘリを問答無用で捻(ひね)り潰すような怪物である。しかもクジラより巨大な図体の持ち主。ランクBの能力者が複数名で当たっても、対処には苦労しそうな気がする。

ランクA能力者であっても、相性次第では負けてしまいそう。

こうなると自身も懸念を抱かざるを得ない。

「ところで課長、これを眺めて我々にどういった仕事が？」

「まさかとは思うが、儂らにどうこうせいとか言わんよね？」

「現われた場所が場所だ。もし仮に君たちがクラーケンの退治を望んだとしても、政治的な理由からそれは許されないだろう。だが、局としても無関係でいる訳にはいかない。上からも意見を求められている」

こちらへ向き直って、阿久津さんは言葉を続ける。

どうやら今すぐに討伐クエストが発生するような状況ではないらしい。課長の語りっぷりから察するに、対象の調査やファーストアタックを巡って、他所の国とは色々と駆け引きが行われていたりするのかも。

まずはその事実にホッと一息。

けれど、直後に続けられた口上に、すぐさま気を張らされる羽目となる。

「そこで調査の為、現場に人員を派遣することになった」

「まさかとは思いますが、我々が向かうのですか？」

「現地で危惧すべきは何もクラーケンばかりではない。ランクA能力者である二人静君の協力は外せないだろう。また、現場は大海原の只中だ。水を扱う星崎君ならば、その力を存分に発揮することができる」

「たしかに彼女たち二人であれば、十分な調査を行えることでしょう」

どのような移動手段を利用して現地に向かうのかは定かでない。けれど、行き先は交通の便もへったくれもない太平洋のど真ん中、もしも任命されたのなら、往復するだけで結構な時間を要することだろう。

以前、入間界隈までメガネ少年のスカウトに向かった際とは雲泥の差。日課となった異世界との取り引きを思えば、絶対に遠慮したいお仕事である。まさか現場までペットの文鳥を連れて行く訳にもいかない。

けれど、残念ながらそうした思いは、早々に裏切られることになった。

「そして、二人静君との相性に問題がなく、星崎君とも柔軟に連携の取れる人物となると、佐々木君、君以外に適任は考えられない。取り分け今回は、異物の調査という仕事の都合上、戦力的な面よりコミュニケーション能力が優先される」

「そういった意味では、二人静さんに勝る人物はいないように思えますが」

「お主、一人だけ逃げ出そうとか酷くない？」

「佐々木って割とこういうところ素直よね」

「そんな滅相もない。単純に自らの力不足を嘆いているばかりです」

「調査だけならいいじゃない。遠距離の場合、出張手当が美味(おい)しいわよ？」

「…………」

星崎先輩、相変わらずお仕事一直線。

いい笑顔をしていらっしゃる。

既に出張する気も満々なの本当に凄(すご)いと思う。

「そうは言っても、自分にできることなど高が知れていますが……」

「現地に向かう調査員の枠を確保するだけでも、それなりに大変な状況であることをまずは理解して欲しい。だからこそ、私も確実に成果を挙げられる人員を選んだつもりだ。佐々木君、私は局員として君の活躍に期待している」

そのように言われてしまうと、正面切って異を唱えるにはハードルが高い。

先日にも偉そうなことを語った手前、ここで首を横に振ろうものなら、それじゃあ何のために局員の身分を求めたのかと、先方からすれば疑念も一入(ひとしお)。反発は免れまい。更には昨日、ホテルでの騒動を巡る借りを思うと、受けないという判断は取れなかった。

「承知しました」

「この件は上からも期待されている。私も君たちならば、十分な成果を挙げられると信じているよ」

異世界の存在こそ知らずとも、クラーケンの存在を出しにして、多少なりともこちらの情報を引き出そうという腹だろう。異物六号としては、どこまで情報を出すべきか、判断に迷うところだ。

いずれにせよピーちゃんに相談する時間を設けたい。できれば異世界の方々に対しても連絡を入れておきたいとは切に。

「ところで、いつ頃から向かうことになるのかしら？」

「急な話で申し訳ないが、本日中にも出発して欲しい」

「それはまた忙(せわ)しない話もあったものじゃのぅ」

本当にめちゃくちゃ急ですね。ビックリである。

今しがたの課長の言葉ではないけれど、調査員の枠とやら、かなり無理をして得たのかもしれない。そう考えると、尚更(なおさら)現場での活動に不安を覚えた。二人静氏も非難がましい眼差しで上司のことを見つめていらっしゃる。

「ところで課長、自分はパスポートが失効してしまっているのですが……」

「安心したまえ。他国に入ることはないのでパスポートやビザは不要だ」

「左様ですか」

「というよりも、自宅まで荷造りに戻ってもらうこともない。必要なものはこちらで既に用意してある。忙しなくて申し訳ないとは思うが、資材課で荷物を受け取り次第、すぐにでも出発して欲しい」

「着の身着のまま向かえと言うのかぇ？」

「往復の便で手配されたチケットが、いささか特殊なものなのだよ」

「局に戻るまでが業務時間だと考えて、差し支えないのかしら？」

「ああ、星崎君の認識しているとおりで構わない」

　そんなこんなで早々、我々はクラーケンの調査に出かけることになった。

＊

　阿久津課長の指示に従い、自分と星崎さん、二人静氏の三名は局を出発した。

　移動には彼の言葉通り、既に局の駐車場にハイヤーが停まっていた。普段利用しているタクシーとは異なり、現行モデルの高級セダン。黒塗りのスモーク仕様。得体のしれない優遇措置に疑問を覚えざるを得ない。

　運転手に目的地を尋ねると、現地で確認して下さい、とのお言葉を頂いた。

　以降、これといってトークが発生することもない。

　事前にこちらとの会話を控えるよう、指示が走っているのかも。

　そして、我々も下手にお喋りをして部外者に情報を漏らしては大変なことである。車内でのやり取りは必要最低限。後部座席に並んで座った星崎さんと二人静氏は、取り留めのない軽口を叩き合っていたが、精々その程度である。

　そうして自動車に揺られることしばらく。

　到着したのは厚木にある海上自衛隊の航空基地。

　自衛隊が某国と共用している基地である。

ハイヤーが敷地内に向かうゲートを抜ける際には、星崎さんも驚いた顔をしていた。一方で二人静氏はなんとなく察していたようで、これといって反応も見られなかった。入場時には三名とも、局員としての身分証を求められた。

どうりで課長が我々を急かした訳である。

彼が取ってきたチケットは、かなりのレア物であった。

ハイヤーが停まったのは、基地内でも奥まった場所にある建物の正面。敷地内には基地で働く人向けにコンビニやショッピングモールなどが見受けられるが、それら施設が設けられた区画とは離れて、滑走路に比較的近い辺り。

車から降りた我々は、すぐさま制服姿の自衛官に迎え入れられた。

なんと二十代も中頃と思しき、お若い女性の方。

それもかなり可愛らしい顔立ちをしていた。

恐らく星崎さんや二人静氏の存在を考慮しての人選だろう。ただ、ビシッとした敬礼に始まり、キビキビとした身のこなしで我々を案内する姿には、紛うことなき本職の雰囲気みたいなものを感じた。

我々のような、なんちゃって公務員とは一線を画していると思われる。

そうした彼女の案内に従い、建物の内部に足を踏み入れた。

歩みがてらに聞いた説明によれば、第四航空群司令部の庁舎とのこと。

向かった先は応接室と思しき一室である。建物自体は無骨なコンクリート造であるが、室内はお客人を迎え入れることもあるのか、それなりに取り繕った様子が見られる。着座を促されたソファーセットも値の張りそうな革張り。

同所で現場の担当者と顔合わせをする運びとなった。

対面のソファーには、案内役の女性と並んで強面の男性が掛けている。

年齢は三十代後半から四十代前半ほどと思われる。

アジア人にしてはかなり大柄な人物で、身の丈は百九十近いのではなかろうか。肩幅も広くて、身体つきも非常にガッチリとしている。異世界で荒事を担当している方々と比較しても遜色ない肉体美。制服姿がとても格好いい。

髪型は他の隊員と似たり寄ったりで、長めのスポーツ刈り。

彫りの深い厳しい顔立ちをしており、キリリとした目元が恐ろしい。

制服の肩に付けられた階級章に従うのなら、一等海佐。

年齢の割に出世を重ねられている。

この手の基地の司令官が、ひとつ上の将補によって担われていることを思うと、かなりのお偉いさんということになりそう。だからだろうか、隣に座った女性も我々を案内していた際と比較して、幾分か緊張しているように感じられる。

ちなみに彼女のポジションは三等海尉。

若々しいお姿から察するに、幹部候補生で間違いない。

他に人が見られないのは、局の存在を極力部外者に伝えない為だろう。自衛隊の方々よりも秘匿される立場にあるという状況が、個人的にはちょっとドキドキする。気分は巨大怪獣の対応に向かう特殊部隊の隊員、みたいな感じ。

いつぞや二人静氏が口にしていた呟き（つぶや）が、本当になってしまった。

「君たちが阿久津のところの人間か……」

開口一番、佐官の彼から上司の名前が発せられた。

お互いに挨拶を交わした直後、名前のやり取りさえ行っていないタイミングでのこと。名刺交換から始まるコミュニケーションに慣れた社畜としては、その不躾（ぶしつけ）な態度と相まって、危機感を覚える反応だ。

「うちの課長をご存じですか？」

「そうでなければ、こんな急な予定を組むことはあり得ない」

「ご多忙のなかお時間を割いて下さり恐縮です」

こちらの男性自衛官は、課長とは旧知の仲にあるらしい。

どういった間柄にあるのか、気にならないと言えば嘘（うそ）になる。内閣府と海上自衛隊、組織こそ違っても志を同じくする同世代の出世頭、といった綺麗（きれい）な関係であったのなら、個人的にはとても嬉しく思う。

悪い意味で名前や顔を覚えられたりしたら、後々怖いから。

「佐々木と申します。こちらは同じく局員の星崎と二人静です」

「吉川一等海佐だ。君たちを案内したのは犬飼三等海尉である」

吉川さんに促されて、ペコリと頭を下げる犬飼さん。

直後にはこちらの女性陣からも声が上がった。

「海上自衛隊ということは、現地までは船で向かうのかしら？」

「流石にそれは勘弁願いたいのぅ。時間がかかって仕方がない」

強面の幹部自衛官を相手にしても、何ら臆した様子が見られない。

彼女たちの備えた異能力を思えば、それも分からないではない。けれど、世話役を仰せつかった立場としては、眺めてヒヤヒヤとしてしまう。もうちょっとフレンドリーに自己紹介をして頂けたら嬉しい。

ちなみに両名は自分を真ん中に据えて左右に掛けている。

これは二人静氏に対して距離を取りたい星崎さんの意図だ。

「安心するといい、海上自衛隊であっても航空機は保有している」

「あら、そうなの？　だったら助かるわね」

「話には聞いていたが、君たちの組織はユニークな人材が揃っているようだ」

「お褒めに与り光栄だわ。そちらとは違って個人の裁量が大きい組織なの」

「…………」

皮肉がまったく通じていない。

星崎パイセンいと強し。

女子高生に自衛隊の編成に対する理解を求めるのは酷な話だ。しかし、先方との温度感の違いというか、前提の相違というか、なんかちょっとズレている感じが、すぐ隣でやり取りを聞いていて恥ずかしい。

二人静氏も、コイツちょっと黙らせない？　って眼差しを向けてくる。

さっさと仕事を終えてホテルに戻りたい勢としては、このような場所で無駄に時間を消費することは憚られる。不敵な笑みを浮かべて言葉を交わす星崎さんに代わり、一等海佐殿に進言させて頂こう。

「すみませんが、阿久津からは急ぐようにと言われて参りまして……」

「あぁ、分かっている。君たちにはすぐに支度を進めてもらいたい」

以降、吉川さんから今後の予定について説明を受けた。なんでも機体の用意は既に完了しているらしく、我々の準備が整い次第、すぐにでも基地を出発するとのこと。数日後には別件で予定が入っているそうで、とにかく急いで欲しいと指示を受けた。

クラーケンの調査に対して乗り気なのは、我々の組織ばかりではないのだろう。

先方に促されるがまま、支度を整えて基地施設内のターミナルに向かう。

南北に延びた滑走路脇に建てられた建造物だ。他所の空港がそうであるように、滑走路に面した大きなガラス窓からは、随所に駐機された航空機が見られる。一部には友好国の国旗がペイントされた機体も。

旅先には吉川さんと犬飼さんも同行されるようだ。

身支度を整えて再び顔を合わせると、彼らも装いを新たにしていた。パリッとした制服を脱いで、迷彩柄の作業服を着用。身軽であった先程までとは一変して、銃器を身に着けている。これがまた厳(いか)つい格好だ。

彼らの指示に従い、滑走路に並んだ機体の一つに向かう。

周囲に居合わせた自衛隊員からは、一様に敬礼で送り出された。多分、吉川さんの存在が影響しての待遇だろう。まるで自分が偉くなったかのような気がして、ちょっと心地よく感じてしまうのどうしよう。

そうしていざ対面した、我々の搭乗予定となる航空機。

「なんかフグみたいな飛行機じゃないの。本当にちゃんと飛ぶのかしら？」

星崎さんが漏らした感想の通り、ずんぐりむっくりとした形だ。

おなかの部分、とでも言うのだろうか。下半分が大きく膨れ上がった、おデブなシルエットが非常に特徴的である。ともすれば素人目には、本当に飛び上がるのかと疑問を抱いてしまうのも致し方なし。

推進力がプロペラである点も、これに拍車をかける。数こそ左右の主翼に二基ずつ、合わせて四基が確認できる一方で、機体に対する大きさは控えめな印象を受ける。たしかにフグみたいな感じ。

すると我々の傍(かたわ)ら、二人静氏からすぐさま突っ込みが入った。

「お主、これ割とお高い飛行艇じゃぞ？　しかも国産で高機能なやつ」

「そうなの？」

「前にお主らが入間で落としたヤツの倍くらいするんじゃないかぇ？」

「ちょっと待って下さい。あれは魔法少女による被害ですから」

「おぉ、そうじゃった、そうじゃった」

自衛隊の方々の面前で、いきなりぶっちゃけないで頂きたい。

彼女がそういうことを言うと、また何か落ちそうで怖い。

そして、先の騒動は厚木基地でも話題になっているようだ。二人静氏の軽口を耳に入れたことで、吉川さんの表情が険しくなった。ただ、これといって非難の声が上がることはない。現場ではどういった扱いになっているのか、非常に気になる。

「US－2という水陸両用の飛行艇です。主に海洋での救難を任務としています。最大速力は五百八十三キロ、航続距離はおよそ四千七百キロ。ちょっとふっくらとした見た目は、海面で着水、離水する為に必要なんです」

上司の機嫌を気にしたのか、犬飼さんから即座にご説明が入った。

機体下部のふっくらとした部分は、波消し装置なのだろう。

個人的にはスペックを言われてもしっくりと来ない。ただなんとなく、可愛らしい見た目に反して色々と凄いのだろうな、とは思った。

不甲斐(ふがい)ない世話役に代わり、二人静氏が受け答えをして下さる。

「というと、小笠原(おがさわら)あたりで補給かのぅ？」

「はい、海上自衛隊の父島(ちちじま)基地で補給を予定しております。皆さんには基地周辺で一泊して頂きまして、翌朝にも異物四号の下に向かう予定です。なので明日の朝は、ちょっと早めに出発することになります」

「調査期間はどの程度になるのかしら？」

「こちらの機体については他にも都合がありまして、現地では半日の活動を予定しています。昼には切り上げて、再び父島基地で補給を受けた後、夜通し飛んで厚木基地に戻る予定となります」

どうやら今回の出張は一泊二日。

長くても三日に片足を突っ込んだ程度で済みそうだ。

その事実に少しだけ安堵(あんど)を覚えた。

向こう一週間は帰れません、などと言われたら大変なことである。そうなったら異世界側では、数ヶ月(すうかげつ)という月日が経過してしまう。エルザ様をお預かりしていることもあって、ずっと気にしておりました。

*

吉川さんと犬飼さんに促されるがまま、海自の飛行艇に乗り込んだ。

内部には都内を走っている電車のような、向かい合わせの席が用意されていた。ただし、数は控えめで十人も乗り込んだらパンパンになってしまうくらい。そこへ我々三名は犬飼さんと一緒に、横並びでご厄介になることになった。

位置関係は機首側から順番に犬飼さん、星崎さん、自分、二人静氏。

吉川さんは一人離れて、コクピット内の席に座していらっしゃる。

他に面識のない男性隊員が三名、少し離れたシートに座っている。整備士及び通信員だと吉川さんから紹介を受けた。彼らについては出会い頭に挨拶を交わした限り。何かと声を掛けて下さる犬飼さんとは違って、完全に無言である。

救助が主な任務という説明通り、機内の壁には備え付けの担架が見られた。他にも雑多に色々と、用途の知れないモノが取り付けられている。目に映る光景を端的に称すると、実用性重視の機内環境である。

失礼ながら快適性は皆無。機内サービスも期待はできない。

救急車に乗り心地を求めるようなものだと思えば、仕方がないと諦めもつく。ただ、これに往復で十時間以上となると、気が滅入(めい)るのは避けられない。途中で一泊、休憩があることに今更ながら安堵を覚えた。

昨今、ピーちゃんの空間魔法に甘えてきた結果だろう。

こうして人は忍耐力が欠如していくのか。

「離陸のときの加速、凄いわね。こんなに勢いよく飛び立つなんて思わなかった」

「ジェット機と比較して、プロペラ機はゆっくりとした印象がありますが、離陸時に受ける加速感はジェット機と同じか、より強烈な場合もありますね。民間機でもプロペラ機に初めて乗った人は、驚く方が多いそうです」

「へぇ、勉強になるわ」

一方で賑やかなのが、隣に座った星崎先輩。

甚く感心した様子で、犬飼さんとお話をしている。

厚い化粧の下に、年相応の可愛らしい笑顔が垣間見える。

自分も若い頃は、友達とお喋りをしているだけで、あっという間に時間が過ぎていったような気がする。今となっては信じられない。その理由が興味や感心の狭まりによる結果だとしたら、ちょっと恐ろしく思える。

「こんなことなら、ゲーム機の一つでも持ってくればよかったのぅ」

「オフラインで遊べる対戦系のアプリとか入っていたりしませんか?」

「おぉ、その手があったか。しくったわぃ」

二人静氏が流行のゲームに手を出しまくっていたり、自動車やバイクを自ら運転しているのも、そうした感慨の先にある行いだったりするのだろうか。なにかと多趣味な同僚を眺めては、ふとそんなことを考えた。

「なんじゃ？　妙な眼差しを向けてくれて。ムラムラしたかぇ?」

「いえ、歳を取ると色々とありそうだなと、ふと思い浮かんだものでして」

「っかぁー、人の顔を見てまた失敬なことを言うのぅ」

「どちらかというと、素直に感心していたのですけれど」

「そもそも、お主だって他人事ではないじゃろ?」

「どういうことですか?」

「あの者から聞いたぞぇ？　上位個体と言ったかのぅ」

同一の種族において、魔力的な素養に長けた個体に訪れる変化。そうして変質した対象を上位個体と呼称するのだと、自身も過去にピーちゃんから教わった。けれど、二人静氏にまで話が入っているとは思わなかった。

何故ならばそれは、とても異世界的な話題だから。

「失礼ですが、本人から口にしたのでしょうか?」

「この世界だと、儂みたいなのって一般的じゃないじゃろ？　孤立したら爪弾きにあう可能性があるから、自分に何かあったときには、お主のことを頼むと言われてのぅ。まったくもって注文の多いヤツじゃわい」

「……そうだったんですか」

そこまで気を回されているとは思わなかった。

なんて根回しに長けた文鳥殿だろう。

便利に使われてしまっている二人静氏には申し訳ないけれど。

「まあ、長生きに関しては儂に一日の長がある。色々と教えてやろうかのぅ」

「お手柔らかにお願いします」

ニヤリと怪しげな笑みを浮かべる彼女に、小さく頷い（うなず）て応じる。

ついつい忘れそうになるけれど、今後はこれまで以上に老後、というか将来を意識して生きていかなければならない。身の振り方如何（いかん）によっては、普通に生きていては訪れない不幸に飲まれる可能性も、なきにしもあらず。

その点、目の前にいる彼女は、既にハードルを越えた成功者だ。

「佐々木、何の話をしているのかしら？」

「二人静さんがやっているゲームの話ですよ」

「ふぅん？」

手持ち無沙汰なまま、雑談を交わして時間を潰す。

天候にも恵まれたことで、飛行は順調そのもの。

厚木基地を出発してから、二時間半くらいで父島基地に到着した。

フライトを終えて基地を出るころには、既に空が茜色（あかね）に染まりつつあった。港のすぐ近く、入り江が陽光に照らされてキラキラと輝く光景はとても綺麗。白い砂浜に波が寄せては返す風景なんて、何年ぶりに見ただろうか。

ピーちゃんには私用の端末からメールを入れている。

厚木基地へ向かう間にも、今晩は仕事の都合から戻れない旨、メッセージを送った。飛行艇に乗り込む前に、了解した、気をつけるといい、とのお返事を頂戴している。パソコンを操作してメール連絡を取ってくれる文鳥、なんて素敵なんだろう。

基地を出発した我々は、犬飼さんの案内で近隣の宿泊施設に向かった。

住所的には大村（おおむら）地区と呼ばれる、父島内ではもっとも賑やかな界隈。同島を訪れた観光客などは、大多数がこちらで寝泊まりすることになるらしい。我々もこれに漏れず、地区内に所在する民宿で一泊することになった。

そうして訪れた宿泊先でのこと。

「あら？　もしかして貴方もここに宿泊するの？」

我々とともに荷物を持ち込み、チェックインを行っている犬飼さん。

彼女の姿を傍らに眺めて、星崎さんから疑問の声が上がった。

「短い間ではありますが、上官より皆さんの案内を仰せつかっております」

「それはまた、お忙しいところ申し訳ありません」

「いえ、こちらでは私ができることも限られておりますので」

「案内役というより、監視係、と言った方が適確ではないかぇ？」

「我々は民間人に毛が生えたようなものですから、仕方がありませんよ」

「申し訳ありません。これも上からの命令となりまして……」

「いえ、こちらこそよろしくお願いします」

翌朝に仕事を控えて、それでも夜に飲みに行ってしまうとか、サラリーマンあるある。最近はそういう方も減ったようだけれど、以前の勤め先を思うと、先方の判断は仕方がないことのように思えた。

出張先で飲むお酒が美味しい点は、自身も決して否定できない。

ご当地の地酒やおつまみとか、出張の醍醐味にして唯一のお楽しみ。

「本日はこの近くのお店に夕食の席を予約してあります。お疲れのところ申し訳ありませんが、部屋に荷物を預けたら、またこちらに集まって頂いてもいいですか？　体調が優れないようでしたら、決して無理にとは言いませんが」

「でしたら、三十分後にロビーに集合でよろしいでしょうか？」

「佐々木、三十分も必要ないわよ」

「そうじゃそうじゃ、さっさとメシに向かわねば腹が鳴いてしまう」

「自分はそれでも構いませんが……」

普段と変わらぬ出で立ちの星崎さんと二人静氏はさておいて、犬飼さんは非常にさっぱりとした格好をしている。町中を歩くのであれば、化粧を直したり何をしたり、それなりに時間が掛かるのではなかろうか。

「私に気を遣って下さっているようなら、それは大丈夫です」

「よろしいのですか？」

「では、そのようにお願いします」

以降、すぐに民宿を出発して、近所の飲食店に四人で入った。

食事の席では犬飼さんから、それとなく局について質問を受けた。多分だけれど、我々の監視役と合わせて、可能なら異能力者についても情報を入れてくるよう、指示を受けていたのではなかろうか。

ただ、そこは二人静氏が上手いことのらりくらりと躱して下さった。

夕食後は真っ直ぐに民宿まで戻り、各人別室にて就寝。

明日の仕事に備えて、日が変わる前に床に就くことになった。

＊

翌日、我々は朝イチで父島基地を出発した。

移動は当初の予定通り、補給を終えた海上自衛隊の飛行艇。搭乗員や客員の機内での位置取りも、昨日と変わりはない。横並びの座席に、犬飼さん、星崎さん、自分、二人静氏の順番で腰を下ろしている。

ただし、吉川さんのみコクピット内の席から場所を移して、我々の正面に座す。

機内ではクラーケンの調査に向けて、打ち合わせが行われることになった。

昨晩にも犬飼さんから聞いた話によると、阿久津課長から見せられた映像中のヘリ以外にも、現地では航空機や船舶がクラーケンの被害にあっているらしい。当然ながら自衛隊の方々もピリピリしていらっしゃる。

また、近隣の海域では、他所の国の船舶や飛行機も多数活動しており、その挙動次第では予期せぬ危険に巻き込まれる可能性も、十分にあり得るとのこと。居合わせた調査隊が、友好国ばかりとは限らないと説明を受けた。

一層気が引き締まる思いである。

「現時点で判明している異物四号の触手の射程は約百五十メートル。だが、これが限界とは限らない。よって我々は本体より五百メートル以上離れて調査を行う。君たちが阿久津から、どのような指示を受けてきたのかは知らないが、これは大前提だ」

「承知しました」

　本日、調査で飛行艇から外に出る予定はない。けれど、我々も万が一に備えてライフジャケットを着用している。海自の方々から支給を受けたものだ。同乗している方々も同じものを身につけている。

「双眼鏡など配ったのはそれが理由かぇ」

「どうせならもう少し近くから見たかったわね」

　首から下げたそれを手に取って、ぼやくように言う二人静氏と星崎さん。

　そうした二人に対して、吉川さんからは厳しい声が向けられる。

「君たちが勝手にくたばる分には構わないが、隊員を危険に晒す訳にはいかない。それ以上を望むというのであれば、この機から降りて泳いで向かって欲しい。当然ながら、その場合は復路についても保証しない」

「おっかないことを言うのぅ」

「仕方がないわね。今回は眺めるだけにしておきましょう」

　ただでさえ大柄で厳つい顔の吉川さん。しかも本日は現場に向けてフル武装。そんな人物から脅すように言われると、たとえ争って負けることはないと理解していても、喧嘩慣れしていない素人は怯えてしまう。

　だから、なんら動じた様子のない二人には素直に感嘆を覚えた。

　なんて肝の据わった方々なのだろう。

　これには先方もしょっぱい顔をしつつ、お話を続ける。

「君たちには異物四号の調査が終わるまで、一時的に私の指揮下に入ってもらう。現場におけるこちらの指示は絶対だ。もしも聞き入れられなかった場合、身の安全は保証できない。この点は十分に注意して欲しい」

「ご迷惑をお掛けしますが、どうぞよろしくお願いします」

　二人に代わって素直に頭を下げておこう。

　それとなく他の乗組員の顔色を窺うと、こいつら本当に大丈夫か？　といった面持ちで我々のことを眺めている。局の職員教育がユルユルな点に、不安を覚えているのではなかろうか。その気持ちは分からないでもない。

民間人の寄せ集めが故の緩さである。

二人静氏とか、見た目からして女児だし。

他所の組織と連携を取るたびに、浮世離れしている事実を再認識。

「何か質問があれば伺おう」

「上司からはクラーケ……異物四号の撮影も指示されているのですが、映像に写り込んでは不味(まず)いものなどありますか？　もしも何かありましたら、事前に確認をさせて頂けると嬉しいのですが」

「取り立ててないので、好きに撮ってくれて構わない」

「ありがとうございます」

「そこにある搭乗口を開放したりはできんかのぅ？」

「海に落ちても構わないというのなら開けるが？」

「なんじゃ、ケチじゃのぅ」

「二人静さん、無理を言って皆さんに迷惑をかけるのはどうかと」

「そうは言っても、窓が小さくて外が見にくいんじゃけど」

「双眼鏡越しなら窓から覗(のぞ)いても視野角に変わりはないだろう」

突拍子もない二人静氏の提案に対して、表情を厳しくしながらも、いちいち返事をしてくれる吉川さんは、意外と面倒見がいい方なのかもしれない。部下の犬飼さんは黙って我々のやり取りを眺めている。

「他には？」

「私たちが乗っている飛行機って、かなりの速度で飛んでいると思うのだけれど、現地ではどうするのかしら？　相手がいくら大きいとは言っても、このままだとすぐに近くを通り過ぎてしまうわよね」

「良い質問だ。現地では速度を落として、対象の上空を旋回する」

「そんなにゆっくりと飛べるものなの？」

「海上での風向きや風速にもよるが、本機はセスナなどと同様、自動車と大差ない速度で高度を維持できる。ヘリのように静止するような真似(まね)は不可能だが、遠巻きに観察する程度であれば問題ないだろう」

「ほぅ、それは便利じゃなぁ」

「すみません。私もいくつかお伺いしたいことが……」

せっかく自衛隊のお偉いさんと話をする機会なので、この機会に自身もあれこれと質問をさせて頂く。結果的に今回の調査とは関係のない事柄にまで話題が及んでしまったけれど、吉川さんは親切にご回答を下さった。

そうして過ごすこと小一時間ほど。

質疑応答も一段落して、話題が途切れ始めた時分。

「異物四号を目視で確認しました！」

コクピットからクラーケン発見の声が上がった。

これを受けて吉川さんから、調査開始の指示が為される。

我々は当初の予定通り、席から立って機体の窓から屋外に注目。

「急な揺れに注意して欲しい」

「承知しました」

各々、機体の各所に設けられた窓から外を眺める。欲を言うなら二人静氏の言う通り、搭乗口を開放して頂けると見やすくてよさそうだ。けれど、万が一にも落下したら目も当てられないので、おとなしくガラス越しに外の景色を確認。手にしたカメラを構えることも忘れない。

よく晴れた青空の下、視界は良好。

双眼鏡を掲げたのなら、かなり鮮明にクラーケンを確認できる。

「おぉーおぉー、たしかにデカイのが聳え立っておるのぅ」

「私たちが乗っている以外にも、航空機が飛び回っているわね」

すぐさま二人静氏と星崎さんから感想が聞こえてきた。

たしかに写真や映像で確認していた以上に大きく感じる。

お互いの位置関係としては、上空から斜め下に見下ろす形。

クラーケンの姿は事前に写真や映像で確認していたものと変わりはない。シンプルに申し上げてタコドラゴン。多数生えた触手は大半が海面下に収まっており、海中をゆっくりと漂うように移動している。

遠巻きに飛び回る航空機に対しては、意識した様子も見られない。

どれほどの知性があるのか、とても気になる。

また、遥か遠方には船舶もチラホラと見られた。

大半は平べったいシルエットが印象的な軍艦だ。近隣には小型のヘリも多数飛んでいるので、それらを運んできた空母ではなかろうか。船舶の側面にはどれも、他所の国の国旗がペイントされている。

「これ以上近づくことはできないが、位置取りについては多少融通が利く。まずは何度か対象の周りを旋回するように飛行するので、必要に応じて要請を上げて欲しい」

「できれば海中の様子も見てみたいのぅ」

「海面下についてては、無人の潜水艦による調査を検討している」

そうして観察を続けることしばし、現場に変化が訪れた。

発端は遠方から近づいてきた一台のヘリだ。

空母が停泊した辺りから、クラーケンに向かい真っ直ぐに飛んできた。グレー系の三色塗装が為された、軍用を思わせるタンデムローター式。我々が乗り込んだ飛行艇と同じく、太めの機体が印象的なデザインのヘリコプター。

その搭乗口が開かれたかと思えば、機内から人が数名飛び出した。

パラシュートも背負わず、空に向かって一歩を踏み出した面々は、本来であれば海面に向かい真っ逆さま。けれど、数名からなる一団は誰一人として高度を落とすことなく、クラーケンに向かい飛んでいく。

可愛らしいフリルの沢山付いた衣服を、風にパタパタとはためかせながら。

「ぬぉ、どこぞのヘリから魔法少女が出てきたぞぇ」

「ど、どうしてこんなところに魔法少女がいるのよ！」

場違いなワードを耳にして、乗り合わせた自衛隊員の方々に動揺が走る。

魔法少女ってなんだよ、みたいな。

双眼鏡を手に取った吉川さんが、急いで窓に向かった。

「…………」

たしかに魔法少女である。

しかも一人ではなく、数名から成るグループでの登場だ。

内二名は自身も見覚えがある。

一人はつい先日にも、ホテルの客室で星崎さんやお隣さんとバトっていた子。もう一人は彼女が局に攻めてきたとき、サポートに当たっていたブロンドの子。前者がピンクをベースカラーとしているのに対して、後者は黄色を基調としている。

そして、彼女たち以外にも、同じ年頃の女の子たちが確認できる。赤や青といった華やかな色合いの衣服に身を包んでおり、手には魔法のステッキ。いずれも初めて見るけれど、似たりよったりのデザインの衣服から察するに、誰もが魔法少女なのだろう。

なんでも世界中に七人いるのだとか。

数えてみると、そのうち五名が海上には確認できた。

「あやつらクラーケンに攻撃を仕掛けたぞぇ」

二人静氏の言う通り、魔法少女たちはヘリから飛び出すと早々、クラーケンに向けてマジカルビームを撃ち放った。横並びとなった五人の下から、息を揃えて一斉に発射されたそれは、極太の代物である。

海面に佇(たたず)むタコドラゴンを一瞬にして閃光(せんこう)が飲み込んだ。

直視することも憚られるほどの輝きが対象を包み込む。

我々の搭乗した飛行艇にも、少し遅れて衝撃と轟音(ごうおん)がズズンと届けられた。機体がグラリと横に揺れたことで、思わず蹈鞴(たたら)を踏んでしまう。よろけた星崎さんが、それでも双眼鏡を構えつつ吠(ほ)えた。

「一箇所に五人も魔法少女が揃っているなんて、おかしくないかしら？」

「魔法少女同士、横の繋(つな)がりがあるのではありませんか？」

自身も必死になってカメラを回しておりますとも。

頑張れ、手ブレ補正。

「以前も黄色いのがピンク色と一緒になって、局に攻めてきておったしのぅ」

「だとしても、彼女たちの指揮を取っている人物は気になりますが」

魔法少女たちがお互いに連絡を取り合っていることは、自身もピンク色の彼女からチラリと聞いた覚えがある。全員が全員と知り合いとは限らないけれど、仲のいい相手の一人くらいは互いにいるのだろう。

マジカルビームが放出されていたのは、時間にして十数秒ほど。

ややあって輝きが収まりゆく。

我々は息を呑(の)んで現場の動きに注目。

間髪を容れず、魔法少女たちに反応が見られた。

マジカルフライを利用して、各々が別方向に向かい、クラーケンから距離を取るように散開。直後には彼女たちの浮かんでいた辺りをめがけて、海面から伸びてきた複数の触手がブォンブォンと振るわれた。

「なんとまぁ、あの娘っ子らのビームに耐えるとは驚きじゃのぅ」

「しかも全然ダメージを受けた様子が見られないわね」

二人静氏と星崎さんの言葉通り、クラーケンに損傷は見られない。

触手を振り回す動きも機敏なものだ。

そうした先方の反応を受けてだろう、魔法少女たちは上空に逃れた。大きく距離を取って触手の射程外まで高度を上げる。そして、散り散りになったのも束の間、再び一点に集合して顔を合わせた。

多分、作戦会議とかしているのではなかろうか。

個人的には何語でやり取りしているのか気になる。

とても国際色豊かな肌の色、顔立ちの魔法少女たちだから。

「失礼ですが、事前に何か聞いていましたか?」

「聞いている訳がない。まさか、本当にあんなものが存在するとは……」

吉川さんは魔法少女たちを眺めて驚きの表情。

その存在こそ耳に挟んではいたようだけれど、実物を目の当たりにしたのは初めてみたいである。他方、他の隊員たちは彼女たちについて欠片もご存じなかったようで、海上の光景を目撃して絶句だ。

そうこうしていると、クラーケンに顕著な反応が見られた。

どうやら先方は魔法少女たちを脅威と捉えたようだ。

移動を停止すると共に、進行方向に向けられていた頭部が、頭上に浮かんだ彼女たちを振り返るように大きく動いた。それなりに知性があるようで、先程のビームの発射元が、上空の魔法少女一同にあると理解したようである。

ギョロリとした目玉が、作戦会議中の少女たちに向けられる。

時を同じくして、頭部に備わった巨大な顎がグワッと開かれた。

ギャースと凄まじい声量の咆哮が発せられる。

割と賑やかな飛行艇の機内にまで、はっきりと響いたほど。

そうかと思えば、クラーケンの正面に妙なものが浮かび上がった。

厚みの感じられない大きな円形。内側にはびっしりと文字や模様のようなものが敷き詰められている。しかも出現と同時にキラキラと輝き始めた。その法線ベクトルは、空に浮かんだ魔法少女たちに向けられている。

「のぅのぅ、どこかで見たようなのが浮かんでおるんじゃけど」

「………」

二人静氏の言う通り、自身もどことなく覚えのある代物だ。

ピーちゃんやエルザ様、ここ最近は自分も含めて、異世界勢が魔法を使うのに際して浮かび上がる魔法陣。それと似たような雰囲気を感じる。やはりというか、空から降ってきた巨大怪獣は、異世界からの闖入者で間違いなさそうだ。

念の為に私物の端末でも、クラーケンの写真を何枚か撮影しておこう。こうなると我々が現場であれこれ確認するより、ピーちゃんにお伺いを立てたほうが、得られる情報は遥かに多いような気がする。

空に浮かんだ魔法少女たちも、クラーケンの変化に気づいたようだ。

大慌てで対象に向かい、魔法のステッキを構える姿が見られた。

直後、魔法陣の中央から真っ赤な輝きが放たれる。

クラーケンの正面から発して、魔法少女一同に向かい一直線。

「おぉ、あやつらタコもどきの攻撃を真正面から受け止めおったぞ」

「そもそもあの攻撃は一体何なのよ……」

魔法少女たちの展開したマジカルバリアに弾かれて、クラーケンによって放たれた魔法の煌めきは後方に流れていく。川の流れが水面に顔を出した岩に割かれて、その行き先を二分されるかのように。

しかし、それも段々と押されて、安全地帯の幅が狭まっていく。

このまま放っておいたら、数分と経たずに飲み込まれてしまいそうな。

「見ていて不安しかないのだけれど、大丈夫なのかしら？」

「どうじゃろうなぁ？」

我々の面前、魔法少女たちに動きがあった。

マジカルバリアを展開したまま、クラーケンから距離を取りつつ高度を落とす。そして、そのまま海中に突っ込んでいった。互いに一定の間隔で付かず離れず、同じコースを描いての曲芸飛行である。

相手が視界から消えたことで、タコドラゴンの魔法は勢いを失った。

「子供の癖に頭の回転が速いわね」

「子供の行いに嫉妬とかヤバない？」

「……うるさいわよ」

魔法を止めたクラーケンが移動を始めた。

向かった先は魔法少女たちが沈んでいった辺りだ。海上に出ていた触手の多くが、海中に沈んでウネウネと動き回る。それなりに執着を見せる姿には、多少なりとも感情のようなものが感じられた。

ただ、そうしていたのも僅かな間のことである。

早々に海中から魔法少女たちが飛び出した。

クラーケンを取り囲むように位置取り、五人は一斉に上空へ浮かび上がる。そして、対象より高い位置から、海面に鎮座する目標に向けて、互いにタイミングを合わせて一斉にマジカルビームを発射。

またも直撃を受けた先方はギャースと憤怒の雄叫び。

触手を海中から引き上げて、クラーケンは彼女たちへ反撃に向かった。

こうなるともうアレだ。

巨大怪獣VS魔法少女連合。

異種格闘技戦的な絵面が違和感も甚だしい。

「なにやら賑やかになってきたのぅ」

「流れ弾が当たったら大変じゃないかしら？」

「その通りだ。調査は中断、すぐにでも現場を離脱する」

星崎さんの発言に頷いて、吉川さんから指示が出される。

そうしたやり取りと前後しての出来事であった。

クラーケンから立て続けに発せられた魔法のうち一発が、我々と同様、現場から逃げ出さんとしていた船舶に触れた。空を飛び回る魔法少女たちを狙っての攻撃が、今まさに危惧した通りの展開へ。

大きく船首を削り取られたことで、船は制御を失ったと思われる。

爆発こそせずとも、航行は絶望的。

そのままバランスを崩して、我々の面前で沈没していく。

双眼鏡を向けると、海上に避難せんとする乗組員たちの姿が目に入った。

「っ……友軍だ。これより救出に向かう」

一連の出来事を眺めて、吉川さんから追加で指示が上がった。

これには我々も驚いた。

ギョッとした面持ちとなり、二人静氏が呟く。

「えっ、それマジで言うとるの？」

自分としてもできることなら、素直に逃げ出したい状況である。

多少は離れているとは言え、海上ではクラーケンが暴れまわっている。細めの触手一本とっても、直径何メートルとありそうな巨大怪獣。海では台風が直撃したかのように、バシャバシャと白波が立っている。

しかも現場は本国から何千キロと離れた北太平洋のど真ん中。

万が一にも飛行艇が損傷したのなら、帰還は絶望的な状況である。

「急げ、今ならまだ異物四号とは距離がある」

そうした我々の思いとは裏腹に、吉川さんからは指示が飛ぶ。

飛行艇は沈没しつつある艦艇に向かい進路を取った。

「ちょっとちょっと、それで儂らまで巻き込まれたらどうするの」

「現場には我々の機体が一番近い場所にいる。そして、異物四号の注目は魔法少女に向かっている。対象を迂回しつつ接近すれば、決して救出は不可能ではないだろう。助けられる命を見捨てる訳にはいかない」

「っていうか、この飛行艇ってそんなに沢山人とか乗れんじゃろ？」

「幸いこの機は水上に離着が可能だ。近隣に展開した船舶の間を往復すれば、それなりの人数を救出することができる。不安があるようなら、最初の人員を救出した段階で、君たちは機から降りるといい」

「おぉ、是非ともそうさせてもらいたいのぅ！」

訓練も受けていない我々が協力しても、むしろ彼らの和を乱すばかりだろう。ここは先方の提案に従い、現場を脱するべきではなかろうか。二人静氏が引き出した譲歩に、心の中でガッツポーズを一つ。

「私たちにも何か協力できることはあるかしら？」

「ちょっ、お主ってば要らんことをっ……」

「ありがたい申し出だが、君たちは足手まといにしかならない」

「そう、残念だわ」

星崎さんの正義感も不発に終わった。

ややあって我々の搭乗した機体は、沈没しつつある船舶に接近。

高度を落として海に向かい着水姿勢に入った。

バシャバシャと波を立てて、海面を滑っていく飛行艇。

「す、凄い揺れるわね！」

「この機は三メートルの高波であっても着水が可能だ」

海の上を滑走していたのは、ほんの数秒ばかり。すぐに機体は勢いを失って、海上に停止した。操縦されている方の腕前が優れているのか、上手い具合に撃たれた船舶の傍ら、人の浮いていない辺りである。

すぐさま動き出した乗組員たちにより、機体のハッチが開かれる。

「結局、搭乗口を開けることになったのぅ？」

「飛行時と停泊時では状況が異なる」

他の乗組員と協力してゴムボートを膨らませる吉川さん。

最中（さなか）にも二人静氏の軽口に付き合って下さるのいい人過ぎでしょ。

「どれ、ババァも手伝ってやろう。連中に恩を売る絶好の機会じゃ」

飛行艇の着水に気づいて、搭乗口まで自力で泳いできた要救助者。

これに手を差し伸べた彼女は、相手の両脇に腕を伸ばすと、ヒョイッと持ち上げて機体に引きずり上げた。相手は大柄な白人男性だ。身の丈も自分より頭一つくらい大きそう。それを赤子でも抱き上げるかのように軽々と。

「っ!?」

持ち上げられた人物は軽くパニック。

両手両足をバタつかせた。

これには吉川さんを筆頭に、居合わせた乗組員たちも目を白黒させる。ゲームをプレイしていて、予期せぬバグに遭遇したかのような反応だ。事情を理解していても、脳が違和感を覚えておりましたもの。

数瞬の後、吉川さんから二人静氏に声が掛かった。

「先程の発言を取り消す。悪いが手伝ってはもらえないか？」

「仕方がないのぅ」

ゴムボートには吉川さんと男性乗組員一名が乗り込んだ。これに二人静氏も同乗する形で、界隈に浮かんだ友軍の兵を助けに、いざ海上へと旅立たんとする。残る面々は機内に待機。負傷者の治療に向けた支度やら何やら、忙しく動き始めた。

だが、いざオールを海面に突き立てんとした直後のことである。

向かう先から、溺れる友軍兵のものと思しき悲鳴が聞こえてきた。

「シャーク！　シャァアアアアクッ！」

これまた非常にサメっぽい響きだ。

英語が苦手な自分でも十分聞き取れたくらい。

大慌てで声の聞こえてきた方向に双眼鏡を向ける。すると海上に突き出したサメの背びれがいくつか確認できた。海に投げ出された人たちのなかに、怪我をしていた方がいたのではなかろうか。

ややあって悲鳴を上げていた方が、ズボッと海中に引き込まれるのが見えた。

「あっ、儂やっぱり止めとこうかのぅ」

「だったら私も行くわ！」

いきなり搭乗口から飛び出した星崎さん。

なんとゴムボートに飛び乗った。

これには吉川さんも声を荒らげて吠える。

「馬鹿者！　さっさと機内に戻れ！」

「いいから早くボートを出しなさい！　サメを無効化するわ！」

「む、無効化、だと？」

これに負けじと言い返す星崎さん、現役JKとは思えぬ胆力だ。

並のJKだったら、泣き出してもおかしくないと思うのだけれど。

並のJKって何だろう。

「早くしなさい！　助けられる命をむざむざ見殺しにするつもり!?」

「っ……分かった」

恐らく海水を凍らせて、サメの動きを封じるつもりだろう。

最終的には彼女の意見が押し通った。

阿久津さんとは以前から知り合いのようだし、魔法少女にも情報をお持ちだった。きっと異能力者についても、多少なりとも事情を把握しているに違いない。つい先程にも目の当たりにした、二人静氏によるパワープレイも影響していることだろう。

「最近、人がサメに襲われる映画が流行っておるらしいのぅ？」

「二人静さん、すみませんが星崎さんのことをお願いします」

「あいよぉ、しっかりと面倒をみるでのぅ」

今回、現場で自分ができることは何もない。

精々機内に待機して、回収された方々の引き上げを手伝うくらい。まさか人前で魔法を披露する訳にはいかない。阿久津さんの口こそ塞ぐことはできたけれど、他所様との関係までは彼も庇ってくれないだろう。

致し方なし、大人しく機上からゴムボートを見送った。

そして、我々が救助活動に精を出している間にも、クラーケンと魔法少女の交戦は依然として継続。目を引くのは後者の健闘だ。マジカルバリアを張りながら、マジカルフライで空を飛びつつ、マジカルビームを連発している。

対して前者は、海面から真っ赤な光線の魔法を連打しつつ応戦。

両者ともに決定打を欠いており、互いにダメージが入った様子はない。

魔法少女たちは第三者の被害が気になるのか、船舶の沈没以降は努めて高いところを飛行している。クラーケンが海面に向けて魔法を放たないように、気を遣ってくれているのではなかろうか。

改めて双眼鏡を向けると、耳元にはインカム。場合によっては、他所から指示を受けている可能性もありそうだ。

「おぉ、これは大漁じゃのぅ。なかなか愉快な光景ではないかぇ」

「昨日から座ってばかりだったから、丁度いいストレス発散よね！」

ゴムボートが向かっていった先では、氷で全身を固められたサメが、次々と海面に浮かび上がる光景が確認できた。本日の星崎先輩、絶好調である。こと海上においては、無敵と称しても過言ではないのではなかろうか。

海辺では絶対に彼女の機嫌を損ねるまいと、後輩は心に決めた。

*

それは沈没した船舶の乗組員の救助を始めてしばらく。星崎さんや二人静氏の乗り込んだゴムボートが、海上と飛行艇を何往復かした時分のことだった。ボートから引き上げられた方々のお世話をしていると、機内に控えていた通信士の方が声を上げた。

「吉川さん、通信が入りました！」

「どこの誰だ？」

「それが、その……」

上手いこと機上に居合わせた吉川さんが対応に当たる。

キャビンの片隅に設置された、通信士用と思しき席に向かった。席正面に設けられた通信用の機材につながるヘッドフォン。席に掛けた人物から差し出されたそれを手に取り、何やらどこかの誰かさんと会話を始める。

やり取りは全部英語で、自分には意味がさっぱり分からない。

ややあって我々を振り返った吉川さんが言った。

「友軍から救助要請を受けた。これより我々はその対応に当たる」

「要請もなにも、既に助けておるではないかぇ」

「対象は魔法少女だ」

「なんじゃと？」

「魔法少女だったら、元気に空を飛び回っているじゃないの」

星崎さんの言葉を疑問に思い、改めて窓から外の様子を窺う。

双眼鏡の倍率を下げて、空を飛び交う魔法少女の数を数える。

すると、先程確認した際より人数が一人減っていた。

「青色をベースカラーにしている子の姿が見られませんね」

「あぁ、星条旗のスカーフを巻いとった娘かぇ」

他の魔法少女たちは依然として、クラーケンと争っている。

ただ、よくよく観察してみると、それまで頻繁に撃ち放たれていたマジカルビームが、現在はかなり控えめになっている。杖を相手に向かい構えても、何もせずに下げるような場面もチラホラと。どうやら使用を躊躇しているみたいだ。

その理由はクラーケンの本体を確認したことで判明。時を同じくして、吉川さんからもその事実が伝えられた。

「魔法少女が一名、異物四号に接触後、離脱不可能に陥っている」

双眼鏡の倍率を最大まで上げてみる。

するとクラーケンの本体上部に倒れて、ぐったりとする魔法少女が確認できた。巨大怪獣は触手の動きこそ激しい一方、本体はそれなりに緩慢である為、振り落とされることもなく現在に至っているようだ。

場合によっては、衣服が鱗に引っかかっていたりするのかも。

「まさかとは思うけれど、あの触手に捕まってしまったのかしら？」

「いえ、本体の上に落下して、そのまま意識を失ったようです」

他の魔法少女たちは、青い子を回収するべく奮闘しているみたい。

しかし、クラーケンの周囲では巨大な触手が忙しなく振り回されている。万が一にも直撃を受けたのなら、それこそ高速で走行する大型トラックと正面衝突するようなもの。また、絡め取られた日にはマジカルバリアがあっても危うい。

おかげで上手く本体まで近づくことができずに苦労しているみたいだ。

「だとしても、自らの部隊を危地に晒してまで行うことかぇ？」

「上からの命令だ」

「なんとまぁ、お互いに碌でなしの上司を持つと大変じゃのぅ」

「…………」

友軍とやらが吉川さんの上司に掛け合って、現場での協力を要請した、みたいな感じではなかろうか。世のブラック企業も真っ青の無茶振りだ。しかも、相手が魔法少女な時点で、政治的な匂いがぷんぷんとする。

口には出さないけれど、隊員の方々も顔色を悪くしているぞ。

「して、どうする？　サメと同じように凍らすかぇ？」

「凍らせたくらいで動きを封じられるとは思えないわよ」

ヘリコプターすら簡単に握りつぶすような手合いだ。

星崎さんの言う通り、氷で包んだ程度ではすぐに逃げられてしまう気がする。本体から発せられる真っ赤な破壊光線による脱出も考えられる。

「景気よくミサイルでも撃ち込んだらどうじゃ？」

「少なくとも我々の手元にある火力で、異物四号にダメージを与えることはできない。生半可な兵器では、表面の鱗に阻まれて碌にダメージが通らない。しかも、そうして与えた損傷はすぐに癒えてしまう」

「えっ、アレって自前で回復するの？」

「上からの報告ではそのように聞いている」

「一目散に逃げ出した連中なら、大層なものを持っとるじゃろうに」

「既に実地で確認済みだ。また、救出対象が気絶したまま海に落下する可能性がある。現状であっても異物四号の懐に潜り込めていない時点で、これを許容することはできない。触手に揉まれるか、溺れるか、いずれにせよ看過できないリスクだ」

「どうしようもない化け物が降ってきたもんじゃのぅ……」

二人静氏から、ジッと恨めしそうな眼差しが向けられた。

こちらに言われても困ってしまうのだけれど。

彼女はクラーケンが異世界の産物であると確信しているようだ。リザードマンの件と合わせて、自分とピーちゃんが何か良からぬことを企んでいるとすら、勘ぐっているかもしれない。決してそんなことはないのだけれど。

とりあえず自分からも一つ、意見を上げておこう。

「個人的には魔法少女がそれぞれ備えた固有の力、というのが気になります」

「同族の為とはいえ、この状況で手の内を明かす者がおるかのぅ？」

「魔法少女には各々スポンサーが付いているし、使用を禁止されている子もいるんじゃないかしら？　こうして結託して怪獣退治にまで出向いているくらいだから、局と同じような雇用関係が発生していると思うのだけれど」

「たしかにその可能性は高そうですね」

「もしくは既に儂らの理解が及ばぬところで使われておるのか」

二人静氏や星崎さんのご指摘どおり、界隈には随所に人の目がある。自身が手にしたものと同様、調査の名目で構えられたカメラも一つや二つではないだろう。昨今では衛星画像の地上分解能も高度化が著しいと聞く。

もしも秘密にしておきたいのなら、使用を躊躇するのは当然のこと。思い起こせば、二人一組で局を襲ってきた際にも、行使は確認できなかった。割とギリギリ一杯まで粘っていたことを覚えている。

おかげで八方塞がり。

さて、どうしたものかと皆々で頭を悩ませる。

そうした我々の下、コクピットから操縦士の声が聞こえてきた。

「ま、魔法少女が本機に接近してきます！」

「なんだと!?」

報告を受けた吉川さんが、大慌てで搭乗口から身を乗り出す。

時を同じくして、機内にスッと人が一人舞い降りた。

今まさに話題に上がった人物だ。

マジカルフライで身を飛ばしている先方は、吉川さんの脇をスルリと過ぎて、搭乗口を機内に向かい抜けた。

そして、キャビンで顔を合わせる我々のすぐ近くに着地、ストンと乾いた音を響かせる。

多数のリボンやフリルに彩られた衣装は、アニメのコスプレ衣装さながら。

鮮やかなピンク色を基調としたデザインが一際人目を引く。

それは我が国に根を張った魔法少女の証。

「っ……」

居合わせた乗組員一同、すぐさま拳銃を抜いて銃口を彼女に定めた。

あまりにも機敏な動作であった為、見ているこっちが驚いてしまった。

星崎さんと二人静氏も彼女に注目。

前者は自衛隊の方々と同様、銃を抜いて身構えていらっしゃる。

そうした周囲の反応に構わず、先方はこちらに向かい口を開いた。

「魔法中年、いた」

「まさかとは思うけど、僕に何か用事だったりするのかな？」

「……友達を助けて欲しい」

　そういう言い方をされると、弱ってしまうのだけれど。

　何故ならば彼女は、どこからどう見ても女児。

　二人静氏のような紛い物とは違う。

　そのような人物から必死な眼差しで、友達を助けてなどと言われたら、お断りすることも憚られる。けれど、こちらとしても表立って動くことができない以上、行えることは非常に限られている。

　自身の勝手な一存で、ピーちゃんの思いを裏切る訳にはいかない。

「助けてくれたら、代わりに何でも言うことを聞く」

「安易にそういうことは言わない方がいいと思うよ？」

「何故？」

「いつか悪い大人に騙されてしまうから」

「お主、どうしてこっちを見るのじゃ？」

　ところで本日、魔法少女の衣服には汚れが見られない。以前までは随所にあった解れなども綺麗に修繕されている。こうしてすぐ近くに立って会話をしていても、悪臭が漂ってくることがない。多分、集団行動を前にして身なりを整えたものと思われる。

　他の魔法少女や、彼女たちを囲っているスポンサーのご提供だろう。そのまま他所に拾われてしまった方が、本人の為になるのではないか、などとは考えないでもない。ただ、その場合はまず間違いなく、本国とは敵対することになるだろうけれど。

「佐々木、ちょっといいかしら？」

「なんですか？　星崎さん」

「魔法中年って何？」

「あ、いえ、それは……」

　このタイミングで尋ねられるとは思わなかった。

　過去の格好つけが、巡り巡ってダメージ入った感じ。

「昨日、ホテルでの出来事についても、課長からは追及するなって言われちゃうし、貴方のこと疑問に思わざるを得ないのだけれど。今後とも良きバディで在り続ける為に、もう少し歩み寄ってもらえないかしら？」

「んほぉ？　お主らってそういう仲なの？」

「そ、そういう意味じゃないからっ！」

「悪いが痴話喧嘩は後にして欲しい。それよりも魔法少女に伝えたい。我々としては友軍からの要請に基づき、君の仲間を助ける意思がある。差し支えなければ、是非とも今後の動き方を相談したい」

二人静氏がいい感じに誤魔化して下さった。

感謝せぇよ、みたいな眼差しをヒシヒシと感じる。

魔法少女に対しては我々に代わり、吉川さんからお返事が。

ニカッと笑みを浮かべて、穏やかに語りかける一等海佐殿。果たして彼は知っているのだろうか。目前の女児が撃墜スコア二桁は下らない、異能力者の誰もが恐れる、ジェイソン系魔法少女であると。多分、この場で最強だ。

「マジカルフィールドで懐に入り込んで、拐ってくればええんでないの？」

「やろうとしたけど、駄目だった」

「何故じゃ」

「あの大きいの、魔法にとてもよく反応するから」

「なるほどのぅ」

「逆に言えば、魔法を使わなければ問題ない、ということですかね？」

「実際問題、青い子が引っかかっていても気づいていないわよね」

「やたらと大きな図体に相応しく、細かなことには気が回らないんじゃないかぇ？　儂らだって蚊に血を吸われても、腫れて痒くなるまで気づけん訳じゃし？　まあ、目の前でブンブンされたら嫌でも気づくが」

「だとすれば、先方の死角から海上より接近するしかあるまい」

吉川さんの提案に、誰もがギョッとした面持ちで視線を向けた。

まさかとは思うが、今我々が搭乗している機で向かうつもりだろうか。部下の方々でさえも、おいちょっと待てよ、みたいな表情で彼のことを見つめていらっしゃる。対象から五百メートル以内に近づかないという宣言はどこに行ってしまったのか。

「失礼ですが、こちらの機体で接近するおつもりですか？」

「いいや、救命用のゴムボートを利用する」

「触手の只中を、あの頼りない小舟で向かうのかぇ……」

「最悪、帰還は友軍に面倒を見てもらえばいい」

そうなると帰宅には何日かかるだろう。

考えただけで頭が痛くなる。

けれど、表立って否定できる理由もなく、反論は困難。

早く帰りたいから嫌です、とは口が裂けても言えない状況だもの。

「じゃあ、それでいきましょう！」

他方、星崎さんは吉川さんの提案に即賛成。

後輩は理由が気になる。

まさかとは思うけれど、帰宅するまで賃金が発生し続けるから、だったりするのだろうか。友軍の船舶に回収された場合、母国に戻るまでの期間も、局では業務時間と見做（みな）される可能性が高い。

向こう数日、仕事をせずとも船に揺られているだけで、お賃金がチャリンチャリン。しかも遠方に赴いての業務となるので、割増賃金が発生。夜中など深夜手当が乗算で入って、かなりの額になるのではなかろうか。

「先方に連絡を頼む。魔法少女たちに我々の動きを伝達の上、触手が暴れまわらないように、異物四号から距離を取るよう伝えて欲しい。また、本機に何かあった場合のバックアップも頼みたいと」

吉川さんから通信士に指示が飛ぶ。

しばらく待つと、巨大怪獣から魔法少女連合が引いていった。

当初は後者を追いかける素振りを見せた前者だが、遥か上空に飛び立った上、マジカルフィールドで姿を消した彼女たちの挙動を受けて、続くアクションは控えられた。たぶん、追跡を諦めたのではなかろうか。

「救命ボートは四、五人も乗り込んだら窮屈になってしまいます。速度を確保するのであれば、人数は少なければ少ないほうがいいと思いますが、クラーケンの下に向かう実働部隊はどうされるおつもりですか？」

「私と魔法少女、それと可能であればそちらの彼女に頼みたい」

こちらの問いかけに対して、吉川さんが二人静氏を見つめて言った。

先程にも目撃した、彼女の圧倒的な身体能力に期待してだろう。

「まぁた、そういうことを言う。自身の部隊から選出したらどうなのじゃ？」

「万が一の場合、君の腕力に期待したいと考えている」

「二人静さん、自分もご一緒するので、どうか頼まれてはもらえませんか？」

「えぇぇ、お主までそういうこと言っちゃうの？」

本国への帰還を確実なものとする為、この場は頑張りどころである。

ピーちゃんや異世界の方々に迷惑をかける訳にはいかない。ただでさえ今は、ミュラー伯爵からエルザ様をお預かりしている。救出に失敗して他国籍の軍艦に収容された場合、一週間あっても帰国できるか怪しい。

「言っておくが、儂に貸しをつくると恐ろしいぞぇ？」

「無事に帰還できたのなら、改めて挨拶に向かわせてもらう」

「……仕方がないのぅ」

そうした我々の背景を理解してか、二人静氏も折れて下さった。

多分、自身の背後にいる文鳥殿の存在を危惧しての判断だろう。

ここのところ無理強いばかりしてしまい申し訳ない限り。

魔法少女救出作戦の実働部隊は決定した。


救命ボートは空気を入れて膨らませるゴム製のもの。これにエンジンが取り付けられている。機内では隊員たちの手により、すぐさま支度が整えられた。吉川さんと魔法少女、二人静氏、自身の四名を乗せた救命ボートが飛行艇から出発する。

エンジンの回転数は低め。

なるべく音を立てないように静々と対象に接近。

段々と離れていく飛行艇に不安を覚える。

「ところでお主ら、どうしてこんなところで怪獣とバトってたの？」

「友達から、手伝って欲しいって言われた」

「この場合の友達というのは、クラーケンに不時着しちゃった子のことかな？」

「クラーケン？」

「あの大きなタコみたいなの」

「そう、あの子から言われた。それで皆で集まった」

我々の接近に対して、クラーケンに反応はない。

背面から近づいているので、気づいていないのだと思いたい。

「つまりなんじゃ、これは友軍とやらの尻拭いかぇ」

「君たちには申し訳ないと思っている。これは本当だ」

「二人静さん、吉川さんに当たるような真似は止めましょうよ」

「じゃって儂ら、完全に貧乏くじを引いた形じゃし？」

昨日の時点で阿久津さんは、魔法少女連合によるクラーケン強襲を知っていたのではなかろうか。その上で我々を派遣した、と考えると非常にしっくりとくる。どう転んでも彼には得しかない状況だもの。

きっと二人静氏もそのあたりを理解して、吉川さんに八つ当たり。

「おっそろしいのぅ。触手が振るわれたら一発でアウトじゃぞ？」

「それでも二人静さんなら、大丈夫なんじゃないですか？」

「ここから泳いで帰るのかぇ？　心が砕けてしまうわい」

触手の射程圏内に入ってからは、更に速度を落としての接近。

エンジンを停止させてオールを漕いでのアプローチとなった。

幸い先方がこちらに気づいた様子はない。

その場で停止して、何を考えているのか、ただジッとしている。

魔法少女たちを追い払ったことで、ちょっと休憩、といった感じだろうか。

「ところで、どうやってお友達を回収するつもりじゃ？」

「近くまで行けたら、私が助けに行く」

「おぉ、それなら安心じゃのぅ。儂らはすぐにでも離脱じゃ」

「離脱時には、友軍を介して魔法少女たちに再接近の要請をかける予定だ」

「そういうことでしたら、我々はすぐに離脱してしまった方がよさそうですね」

「ああ、そちらの彼女が飛び立ち次第、触手の射程圏内より脱出しよう」

クラーケンのすぐ近くまで接近できたのなら、青い子までは目と鼻の先。マジカルフライでお友達に急接近してゲット、からの急上昇による救出は、素人目にも確度の高い作戦のように思われる。

他の魔法少女たちが陽動に出てくれるなら、より成功率も高まりそうだ。

どちらかというと、こちらの脱出のほうが状況的にはシビアな気がする。

そうして触手の合間を縫うように、海上を救命ボートで進むことしばらく。

我々はクラーケンの手前、僅か数メートルまで接近した。

先方の何気ない身じろぎに応じて、海面に大きく波立つ。天候こそ穏やかでも海上は非常にデンジャラス。これ以上の接近は不可能だと思われる地点。体表面に並んだ鱗が一つ一つ、細かな模様まで視認できる。

ここまで近づくと、先方の姿は完全に壁である。

「鱗の一枚でも引っ剝がして持ち帰りたいところじゃのう」

「たった一枚でも、我々より大きくないですか？」

「持ち帰ったらボーナスの査定が上がったりするかもしれんぞぅ？」

「既に多くの国や組織が、異物四号の組成物を求めて海底に人を向けている」

「ボーナスどころの話ではなさそうですね」

ややあって、吉川さんが手にした無線端末から通信士の声が響いた。

通信士が友軍とやらに向けて、ピンク色の魔法少女、便宜上、マジカルピンクと称されているっぽい、彼女の行動開始を伝えた。しばらくすると上空から、一時撤退していた魔法少女連合の再接近する様子が見えた。

こうなると完全に魔法少女と自衛隊の合同作戦。

「君の仲間たちが出てきたみたいだよ」

「……行ってくる」

マジカルフライにより、救命ボートからふわりと飛び立つ魔法少女。

まるでロケットのように加速して、勢いよくクラーケンの頭部を目指す。

「よし、我々は離脱だ！」

吉川さんの操作を受けて、救命ボートが勢いよく動き出した。

停止していたエンジンが再始動。

競艇ボートさながらに水をかき分けて進む。

危うく振り落とされそうになったほど。

魔法少女たちの存在を確認したことで、再びクラーケンの動きが活発となる。何本もの触手がウネウネと蠢き始めた。そう遠くないところでバシャバシャと、水面を波立たせる光景が目に入る。ボートも激しく上下し始めて、これがまた恐ろしい。

右へ左へ、何かを求めるように動き回る触手。

その挙動を追いかけていると、合間に人の飛び回る姿が確認できた。

マジカルブルーを両手で抱きかかえたマジカルピンクである。

「吉川さん、無事に回収できたようです」

「触手はどうだ?」

「大半は陽動に向かっています。これなら恐らく……」

大丈夫ではないでしょうか。

そう伝えようとしたところ、視界の隅に迫る触手を捉えた。

意図してのことなのか、偶然からなのか。

クラーケンの思いはさっぱり分からない。

ただ、救命ボートの全長よりも太さのある触手がこちらに向かってくる。

「なっ……」

吉川さんもこれに気づいたようだ。

救命ボートのエンジンが唸(うな)りを上げる。

けれど、それでも回避は不可能と思われた。

手足が千切れ飛んでも平気な二人静氏はまだしも、吉川さんの生存は絶望的。この状況で海に落ちたのなら、探し出して回復魔法をかけることも困難だろう。ビルの倒壊に巻き込まれるようなものだ。

一瞬にして様々な思いが脳裏を巡る。

ミカちゃんとの騒動を思うと、障壁魔法に任せるのも不安が残る。また、異世界の存在が自衛隊のお偉いさんにバレるというのも避けたい。そうして考えた時、自身に取り得る選択肢はなんだろうか。

必死になって考えた甲斐(かい)もあって、すぐに閃(ひらめ)いた。

それは飛行魔法を覚えるより以前。

異世界で空の上から地上に向かい真っ逆さまに落ちたときのこと。

「船体を加速させます、二人ともボートにしがみついて下さい」

「な、なにをするつもりじゃ!?」

「承知した」

両足で身体をボートに固定の上、後方に向かい腕を掲げる。

　そして、水を放出する魔法を放った。

　道路の下に埋設されている太めの水道管が破裂したかのように、大量の水が自身の手の先から放出される。角度を若干下方に向けて、海面を浅く叩くようにすると、より大きな力が身体に掛かるのが感じられた。

　推進力を得たことで、救命ボートは急加速。

「おぉ、こりゃ速いのぅ」

「喋っていると舌を噛む。注意するべきだ」

　これなら局の異能力者として、周囲に知られている能力しか利用していない。些か水の出が強すぎる気がしないでもないが、それくらいは妥協すべきだろう。他所様から指摘を受けても、能力のレベルアップだと伝えれば問題ない。

　間髪を容れず、それまでボートが浮かんでいた辺りを触手が叩いた。

　対して我々は、直撃を危ういところで回避。

「おぉぉぉぉ、なんというギリギリセーフ。寿命が縮んだわぃ」

「すまない、助かった！」

　二人からは安堵の声が届けられた。

　こちらもホッと一息。

　水を放出する魔法を止める。

　ところで、水に濡れたボート表面は不安定なものだ。

「あっ……」

　魔法を止めたことで肉体にかかる圧が変化したことも手伝い、バランスを崩した身体が海面に向かい倒れていく。とっさに伸ばした手はボートの表面でツルリ。このままでは海への落下も免れない。

　飛行魔法を行使して持ち直そうか。

　検討した刹那、背中にぐいっと腕が回された。

　視界に映ったのは二人静氏のお顔。

　圧倒的な腕力が、自身の肉体を後方に引き戻す。

「あっぶないのぅ。お主こそしっかりとしがみついとらんかい」

「ありがとうございます、二人静さん。危うく海に落ちるところでした」

　身体能力も然ることながら、素晴らしい反射神経をお持ちである。

　おかげさまで魔法を行使せずに復帰することができた。

BUNKO
BUNKO

彼女に向き直りお礼を口にする。

するとと目に入ったのは、焼け爛れてしまった小さな手。

こちらの身体を支えるのに際して、ボートのエンジンに触れてしまったのではなかろうか。先刻から延々と救出活動を続けていたので、金属パーツはかなりの熱を持っている。手の平から指先まで皮膚が破けて大変なことだ。

それでも早々、自然に治癒が始まったのは流石である。

「すみません、こちらのミスのせいで手に怪我を……」

「このくらい怪我には入りゃせんよ。すぐに治るしのぅ」

「ですが、痛くないという訳でもないでしょう？」

「それを言うなら、お主にやられた時の方が酷かったじゃろ？」

「あの時は、お互いに立場がありましたから」

「まあ、そうじゃのぅ」

軽口を叩くと共に、クフフと笑みを浮かべる二人静氏。

もしも手の甲に痣がなかったら、惚れていたかもしれない。

そして、すべてが彼女の策だとすれば、あぁ、なんて危うい人物だろう。


以降はエンジン全開で飛行艇の下まで離脱。

魔法少女連合による陽動も手伝い、クラーケンから狙われることもなく、無事に機内まで戻ることができた。

そして、我々の回収と合わせて、救命ボートを機内にしまい込んだのなら、ミッションは完了である。

飛行艇は一目散に海域から離脱した。

クラーケンの下から撤収直後、友軍からはすぐに連絡が入った。

通信士の方から伝え聞いた話によれば、是非ともお礼をしたいとのこと。差し支えなければ合流できないか、とのご提案であった。連絡に際しては、救出された魔法少女も君たちに会いたがっている、とのコメントまで添えられていた。

マジカルピンク以外、各国の魔法少女とのコネを得る絶好の機会である。

吉川さんからも問題ないと、前向きに勧められた。

個人的には、友軍とやらも気にならないではない。

しかしながら、今回は急ぐ仕事があるからと、お断りを入れさせて頂いた。

クラーケンの調査と同様、お邪魔した先で何かしら面倒事に巻き込まれたら、せっかく見えてきた定時上がりがおじゃんである。危惧すべきは巨大怪獣だけではないと、阿久津さんからも事前に伝えられている。

　これにより飛行艇は当初の予定通り、父島の基地に向かい一直線。

　同所での補給を経て、その日の内にも本島に向かい帰路へ就いた。

*

厚木基地に到着する頃には、既に日も落ちていた。

色々とあって疲労困憊の我々は、阿久津課長への報告も明日に持ち越し。本日のところは現地で解散、ということにした。お賃金ラブの星崎さんは、局に戻って報告書を作成するとのことだが、自分と二人静氏はそのまま直帰である。

　父島を出発する時点で、局の駐車場から基地付近まで、愛車の配送を手配していた同僚からのお誘いだ。相変わらずこの手の行いに長けていらっしゃる。

　彼女の運転する自動車にゆられて自宅アパートに帰宅。からの、ピーちゃんのお出迎えにより、二人静氏の別荘まで移動した。

「あぁぁぁぁ、ほんっとうに疲れたのぅ！」

　リビングに到着するや否や、ソファーにドカッと腰を下ろした二人静氏。勢いから着物の裾が乱れて太ももが顕わとなるも、何ら気にした様子はない。エルザ様やピーちゃんの目にも構わず、唸るように呟いた。

　その気持ちは分からないでもない。自身も彼女の対面、空いていたソファーに腰を落ち着けて、ハァと大きく溜息を吐く。クッションに身体を預けると、足の裏がジンジンと熱を持って痺れるのを感じる。

　すると正面のローテーブルの上、ピーちゃんから労いの言葉を受けた。

『どうやら大変な仕事であったようだな』

「今回は移動時間が長かったから、精神的にも疲れた感があるね」

「大変なんてもんじゃないわい。危うくタコに縊り殺されるところじゃったろ」

『タコ？』

「ピーちゃん、そっちの世界にはタコっていない？」

『それはあれか、海に生息している足が沢山あるヤツだろうか？』

「あ、いるみたいだね」

そのまま横になって、すぐにでも眠ってしまいたい欲求に駆られる。

けれど、本日はまだ休む訳にはいかない。

クラーケンについて、ピーちゃんにご確認をさせて頂かねば。

ある意味では、現地に赴いての調査以上に大切なことだ。

『それがどうした？』

「ピーちゃんに見てもらいたいものがあるんだけど」

『ほぅ』

「二人静さん、ちょっとテレビを借りてもいいですか？」

「そんなもん好きにすればええじゃろ」

現地に持ち込んだビデオカメラを荷物から取り出す。

ソファーに腰を落ち着けたのも早々、席を立ってリビングの一角に設けられたテレビに向かう。付属のケーブルを利用して、カメラをテレビの脇にある端子に接続した。

本来であれば、部外者への提供は懲罰に価する。けれど、ピーちゃんとエルザ様が相手であれば、どれだけ見せたところで誰に知られることもない。再生ボタンを押下して、本日の成果を二人の面前で再生させて頂いた。

数秒ほどで画面にはクラーケンの姿が映る。

すると映像が流れ出してすぐに、文鳥殿から疑問が上がった。

『これは貴様の世界の、こちらの世界の出来事なのだろうか？』

「上司が言うには、以前のリザードマンと同じっぽいけど」

『……そうか』

頷いたピーちゃんの声色に若干の変化が見られた。

どことなく憂いの感じられる響きは、ちょっとシリアスな感じ。

「もしかして何か知ってたりする？」

『貴様たちが予想している通り、これは我々の世界の生き物だ』

「むしろ、それ以外の場合であったら困ってしまうがのう」

映像が進むにつれて、画面内では魔法少女たちが飛び回り始めた。

やがて、マジカルブルーがピンチに陥って一時撤退。マジカルピンクの要請により、クラーケンの下へ救命ボートで突撃準備。といった辺りまでが、自身の撮影により映像には収められている。

それ以降については、星崎さんにバトンタッチ。我々のボート上での奮闘が、遠方から映されていた。適宜早送りをしつつ、主にクラーケンが映っている箇所を流す。

一通り確認を終えたところで、ピーちゃんは改めて呟いた。

『このような大物まで、紛れ込んで来ているとは思わなかった』

「そういう不吉な物言いは止めてもらいたいのぅ」

「申し訳ないけれど、この生き物について説明してもらってもいい？」

うむ、と小さく頷いて、文鳥殿の歩みがローテーブルの上をテレビの設けられた方向に向かう。そして、シュバッと片方の翼を広げると、一時停止された画面上、アップで表示されたクラーケンを指し示して言った。

『これは我々の世界の海に生息している、ドラゴンの亜種だ』

「え、これってドラゴンなの？」

『いささか形状は不格好だが、竜種には違いない』

ピーちゃんが異世界で召喚した使い魔、ゴールデンドラゴンとやらと比較して、ドラゴンっぽさが段違い。自身もタコドラゴンだ何だと扱ってはいたけれど、いざ本当にドラゴンですと言われると、君は本当にドラゴンだったのかと、違和感が先行する。

「まさかとは思うけれど、空とか飛んだりする？」

『そういった話は聞いたことがないな』

「こんなもんに空を飛び回られたら堪らんわい」

そして、先方は異世界の方々にとってもレアな存在であったみたい。

ピーちゃんの説明を耳にして、エルザ様からも声が上がった。

「こんな生き物、見たことも聞いたこともないわ」

『滅多なことでは人目に触れることもない。というより、遭遇したら命が危うい。逃げる他にないだろう。陸上にまでやって来ることは稀（まれ）だが、過去にはこれに襲われた為、一晩で壊滅した都市もあったという』

「おぉ、なんと物騒な生き物じゃ」

『こちらの世界には、そうした脅威はないのだろうか？』

「儂らの世界で海の生態系に君臨する魚類が、むしゃむしゃと喰われとったぞ」

『……そうか』

　異世界は海の中まで難易度ハードであらせられる。

　漁師さんとか、きっと苦労されているのではなかろうか。

『しかも魔法を行使する姿が見て取れた。本来であれば魔力こそ有しても、あのような手間の掛かる魔法を行使することはない。つまり、上位個体である可能性が非常に高い。いいや、まず間違いないと考えて差し支えないだろう』

　上位個体なるワードは、過去にも何度か耳にした覚えがある。同種族の他の個体より突出して高い魔力を備えた、特定の個体を指し示す言葉だ。前に自身も、扱いの上では人の上位個体だとピーちゃんから説明を受けた。

　直近では他に、異世界でミュラー伯爵たちと共に戦ったオークが該当する。

「ピーちゃんが召喚したドラゴンと比べて、どっちが強いのかな？」

『上位個体である点を考慮せずとも、こちらの亜種の方が強力だ』

「なるほど」

　僅か二体で数万という異世界の軍勢を牽制（けんせい）できるゴールデンドラゴン。彼らよりも強力となると、果たしてどれほどの戦力になるのか、まるで見えてこない。ピーちゃんより強かったりするのだろうか。

　素直に尋ねることは憚られた。

　二人静氏やエルザ様の目もあるし、この場で確認するのは控えておこう。

「だったらもう、核でも何でも撃ち込んで蒸発させてしまえばいい」

「位置的には決して不可能ではないと思いますけれど、いつ誰がどうやってやるのか、色々と揉めそうな案件ですよね。あと、もし万が一にも倒せなかった場合を考えると、その後が恐ろしく思えます」

「いくらなんでもそれは心配のし過ぎじゃろう」

「ねぇ、ササキ。私にも何かできることはないかしら？」

「エルザ様？」

「ササキやフタリシズカたちが苦労しているのに、私ばかり何もせずにゆっくりとしているのは申し訳ないわ。もしも手伝えることがあるようなら、是非とも言って欲しいの。この屋敷の掃除でもなんでも、お手伝いをしたいわ」

自分と二人静氏が掛けた向かい合わせのソファーに対して、その横にお誕生日席的なポジションで設けられた一脚に座している。ピンと背筋を伸ばして足を綺麗に揃えた姿は、ぐでっとした二人静氏の在り方とは対照的なもの。

その発言を受けて、皆々の意識がエルザ様に向かった。

「この娘っ子、なんと言っておるのじゃ？」

「我々が慌ただしくしているところ、自分ばかり何もせずに申し訳ないと、心を痛めて下さっております。差し支えなければ、こちらのお屋敷の掃除でもなんでも、お手伝いをと申し出て頂いたのですが」

「おぉ、ええ子じゃのぅ」

エルザ様を眺めて、二人静氏がほろりと呟いた。

多分、ピーちゃんに対する当て付けだろう。

「お主は客人じゃ。何もせずにゆっくりとしておったらええ」

「ササキ、あの、フタリシズカは……」

「エルザ様はお客様ですから、ゆっくりとお過ごし下さいと言っております」

「だけど……」

「手が回らなくなったときは、そっちの文鳥に出張ってもらおうかのぅ」

エルザ様からピーちゃんに向き直った二人静氏。

ローテーブルに立った彼を眺めて言う。

巨大怪獣の対応については、自身もその可能性を否定はできない。

『貴様たちの話を聞いた限り、必要とあれば我も協力を惜しまない』

「なんじゃ、いつもと違って優しいのぅ？」

『この世界の者たちにアレの対処は、些か荷が重いと判断したまでだ』

「面と向かってそういうことを言われると、ちょっと慄いてしまうのじゃけど」

「だけど、ピーちゃんの身バレはなるべく避けたいところだよ」

「砂糖なんかと同じように、向こうの世界にうっちゃってくればええんでない？」

『ドラゴン種の上位個体となると、魔力抵抗もかなりのものだ。友好的な相手ならいざしらず、一方的に拐うような真似は困難を極めるだろう。少なくとも人目につかず、という前提では難しいように思う』

「そうなるとやっぱり、何かしら手立てを考える必要があるね」

『うむ……』

「とは言え、まだ儂らに仕事が降ってくると決まった訳ではない。今から深刻な顔をしたところで仕方があるまい？　話すことを話したのなら、さっさとメシを食って寝るとしよう。儂はもう疲れたよ」

「ええ、そうですね」

　クラーケンについて仔細を確認したところで、夕食と相成った。

　食卓は別荘に勤めるお手伝いさんが用意して下さっていた。豪華な住居施設に相応、大変美味でありました。

　そして、食後はいつもどおり異世界行脚のお時間。

　二人静氏の別荘から自宅アパートに戻り、そこから彼女が提供してくれている倉庫を経由しての異世界入り。

　前回の訪問から日本時間で丸二日が空いてしまったので、その分だけ多めに商品を持ち込むことを決める。

　品目は甘味料やチョコレート、薬剤、既に扱いのある工業製品など。

　ただ、取り急ぎ行うべくはミュラー伯爵との面会である。

　我々はエルザ様のビデオレターを携えて、エイトリアムの町に向かった。

〈領地と発展〉

例によって例の如く、ミュラー伯爵のお屋敷を訪れた我々は、すぐさま応接室に通された。同室には既に伯爵殿の姿が見られる。向かい合わせで設けられたソファーの間、ローテーブルの上にはピーちゃん用の止り木も然り。

各々いつものポジションに落ち着いてのやり取りだ。

「またも期間が空いてしまい申し訳ありません、ミュラー伯爵」

「そう気にしてくれずとも構わない。ササキ殿たちにも都合があるだろう」

『大切な娘を預かっている手前、不安にさせて申し訳なく思う』

「滅相もない。こちらこそお二人の好意にご厄介になっている身の上です」

これまでと同様、応接室には二人と一羽の姿しか見られない。

つい先程までは、お茶の用意にメイドさんがいらしていたけれど、それも部屋を出ていった。代わりに我々の正面ではゆらゆらと、カップが湯気を上げている。傍らにはお高そうなお茶菓子が並ぶ。

ピーちゃんの分は例によって、特注でデザインされた食器でのご提供。

『今回は色々と想定外のことが起こったので時間を要してしまった。場合によっては今後も、同じ理由から期間が空くことがあるかもしれない。一方的に申し訳ないが、どうか承知してはもらえないだろうか』

「不躾な質問となり恐縮ですが、あちらで何か問題でもあったのでしょうか？　差し支えなければ、お話を伺いたく存じます。私にできることがあれば、少しでもお二人に協力したく考えているのですが」

エルザ様とまったく同じ反応が戻ってきた。

やっぱり親子なんだなぁ、なんて思ってしまう。

『あちらの世界に、こちらの世界の海竜が出現したのだ。その関係でこの者たちも色々と騒々しくしている。逆にこちらの世界で、この者たちの世界の事物と思しきものが見られたのなら、我々に知らせてくれると嬉しい』

「なんと、そのようなことが……」

文鳥殿の説明を受けて、ミュラー伯爵はとても驚かれた。

その口からは早々に疑問が続けられる。

「まさかドラゴンが、星の賢者様と同じ魔法を使ったのでしょうか？」

『理由は定かでない。しかし、その可能性は低いように考えている』

現代に放逐されたリザードマンの存在については、ミュラー伯爵にご説明していなかった。その関係で少々勘違いをされてしまったのだろう。自発的な行いではなく、他の要因から世界の垣根を越えてしまった事物の存在。

より詳しい状況を伝えると、彼もピーちゃんの発言に納得して下さった。

「承知しました。そういうことであれば、私も調査を行ってみます」

『能動的に動いてくれずとも構わない。ただ、何か気づいたら教えて欲しい』

「承知しました」

あぁ、この人絶対に率先して動くな、とミュラー伯爵を眺めていて思った。

相変わらず、星の賢者様のことが大好きである。ネットで動画が流出した騒動について知ったら、どのような表情をするだろうか。文鳥殿のメンツの為にも、決してチクるような真似はしないけれども。

そうして我々の都合について、一通りご説明を終えた後のこと。

「ところでササキ殿、私からも急ぎで伝えたいことがある」

「なんでしょうか？」

ミュラー伯爵から改まって、話題を切り出された。

急ぎで、などと言われたことで、思わずピンと背筋が伸びる。

前回の訪問から数えること、異世界時間で一ヶ月ほど。

国内では次期国王の座を巡り、後継者争いが激化するヘルツ王国。何か騒動が起こるには十分な期間である。

それなりに覚悟を決めて臨んではいるけれど、いざお話を受けるタイミングになると、ドキリとしてしまった。

「ササキ殿の領地に、ルイス殿下が足を運ばれていらっしゃる」

「それはまさか、レクタン平原にということでしょうか？」

「うむ、そうなのだ」

これまた明後日の方向から問題がやってきた。

ルイス殿下と言えば、ヘルツ王国の第一王子であらせられる。第二王子であるアドニス殿下とは、後継者争いにおいて国内を二分している。ミュラー伯爵や自身が後者の派閥に属していることを思えば、自ら敵中に飛び込んできた形だ。

「それは以前、お話を伺った件と通じていることなのでしょうか？」

「ああ、その通りだ」

自らの派閥の貴族を巻き込んでまで、ルイス殿下がマーゲン帝国に攻め入るべく動いている。そのような噂話を前回、異世界を訪れた際にもミュラー伯爵から聞いていた。先方の名前が出されるまで、半分忘れかけていたのは内緒である。

ここのところ現代側が忙しくて、異世界のことを忘れがちなの本当に申し訳ない。

「ササキ殿が建造している国境沿いの砦があるだろう」

「あれが原因でございましたか」

フレンチさんに色々と丸投げしていたことを思い出す。

彼の人望と料理の腕前のおかげで、領地の開発は大変順調だ。大型のゴーレムを多数動員することで、現代の大手ゼネコンも真っ青の勢いで作業は進捗。当初の予定から前倒しを重ねている。

「失礼ですが、ミュラー伯爵も既にお会いになっているのでしょうか？」

「こちらにもつい先週、殿下自ら足を運ばれていた」

『そうなるとルイスは今どこにいるのだ？』

「ササキ殿の領地に向かって町を出発されて、本日で数日となります」

『となると、そろそろ現地に到着した頃か……』

「アドニス殿下もご一緒されているのでしょうか？」

「いいや、アドニス殿下はご同行されていない。派閥の貴族のみで訪れている」

ルイス殿下がササキ男爵領を訪れた理由には、現時点でもいくつか当たりがつく。しかし、実際にお会いして話をしないことには、いずれも想像の域を出ない。そして、確認をするならば早いほうがいい。

フレンチさんや現場の方々と揉めていたりしたら大変だ。

彼らに迷惑をかける訳にもいかないので、すぐにでも現場に向かうべきだろう。相手は貴族社会でもトップ層の方々。フレンチさんには領地の全権を委ねるだなんだと偉そうに語ったけれど、どこまで話を聞いてもらえるかは分からない。

っていうか、キング属性の方々が足を運ばれるとか完全に想定外。

「すみませんが、すぐにでも現地に向かいたく思います」

「私も同行させてもらって構わないだろうか？」

「ご面倒をおかけしますが、是非ともお願いします」

『我々の面倒に巻き込んでしまってすまないな、ユリウスよ』

「界隈（かいわい）での出来事は、我々の町も無関係ではありません。むしろ、本来であれば私の方で対処して然るべきところ、ササキ殿や星の賢者様にご迷惑をお掛けしてしまい、申し訳なく感じております」

『このまま現地に向かおうと思うが、それで構わないか？』

「はい、どうかお願いします」

ミュラー伯爵のご確認が取れたところで、我々はすぐさまお屋敷を出発。

ピーちゃんの空間魔法のお世話になり、ササキ男爵領までひとっ飛びである。

*

レクタン平原を訪れるのに際しては、前回と同様、まずは最初に飛行魔法で身体（からだ）を浮かせた上、界隈上空に場所を移した。領地の開発具合に関して、空から大まかに状況を確認しておこうという算段である。

視界の暗転を挟んで、周囲の光景は一変。

ミュラー家の応接室の代わりに、どこまでも広がる青空が視界を埋め尽くす。

地上を見下ろすと、眼下には地平の彼方（かなた）まで延々と続く草原地帯。

その只中（ただなか）に青々とした茂りが失われて、ゴチャゴチャとした一角が目についた。

以前の来訪時には、建造物の基礎に加えて上部構造の一部が出来上がりつつあった辺り。そこに本日は未完成ながら、建物と思しき構造物が見て取れる。インターネットの画像検索で、砦、と入力したら表示されそうな、総石造りの無骨な建物だ。

見た目は簡素であるけれど、ガッチリとした造りを感じさせる。

また、周囲にはこれを囲うように、背の高い石壁が築かれつつある。各所には張り出し櫓が設けられており、側面には狭間と思しき小窓も見られる。ただの住まいではなく、戦を意識してデザインされているみたい。

それなりの規模で兵の駐屯を想定しているのか、壁の内側は結構な広さだ。

壁と砦、いずれも随所に造りかけと思しき箇所が多々見られる。けれど、完成像を想像できる程度には建造が進んでいた。あと何日か現代で過ごせば、運用を始められるくらいまで作業が進んでしまいそう。

近隣にはいくつも馬車の並ぶ光景が目につく。物資の運び込みもかなり大々的に行われているみたいだ。こうして軽く眺めた限りであっても、二桁では収まらない規模で待機する様子が確認できる。

『また随分と勢いよく作業が進んでいるな』

「エイトリアムの町にも、ここと他所の町とを行き交う人々が溢れています。ササキ男爵領の噂を聞きつけた者たちが、あちらこちらから集まってきているようですね。夜逃げさながらで訪れる者も、決して少なくないようです」

「噂、ですか？」

「マーゲン帝国との騒動から本日まで、ヘルツ王国の貴族は未だに多くが、厳しい懐事情を抱えています。税の取り立ても相応のものでしょう。そこへ支払いのいい大規模な開拓の噂が舞い込んだのなら、人の移動は避けられません」

開拓を始めてから、現地では既に数ヶ月が経過している。噂の広がりや、これに伴う人の動きも相応ということなのだろう。建造中となる砦や石壁の周囲には、その敷地面積を越えて、現場で生活をしている方々のテント街が広がっている。

所々にはログハウスのような施設も見られたりして、ちょっとした町の体だ。

建設現場では相変わらず、沢山のゴーレムが動き回っている。以前よりも数を増やしたように思われるのは、術者に追加があったのだろうか。所々で魔法使いと思しき人たちが、杖を片手に動き回る様子が見て取れる。

『だとしても、自ら敵国との国境付近まで訪れるとは大したものだ』

「当事者にしてみれば、今日飢えて死ぬか、明日攻められて死ぬかの違いです」

『この国の民にはもう少しばかり、縋れるものを残してやりたかった』

「恥ずかしながら力及ばず、申し訳ないばかりです」

『いいや、貴様が気にすることはない。意味のないことを言った』

ふっと遠い目をして語る文鳥殿の物言いに、こちらまで寂しくなった。普段よりも貫禄の感じられる横顔に、施政者としてのピーちゃんを垣間見た気分。パッと見た感じ、やっぱり普通の文鳥以外の何物でもないのだけれども。

同時にササキ男爵領が、世間様から期待されていることを理解。

二人のトークが重苦しいものだから、ちょっとプレッシャーを感じてしまう。

『さて、それでは地上に降りるか？』

「まずはフレンチさんにご挨拶をしたいんだけど」

『承知した』

上空から進捗を確認することしばらく、飛行魔法を操作して高度を落とす。

ミュラー伯爵については以前と同様、文鳥殿が面倒を見ている。

着地地点は砦のすぐ傍らとした。

すると地上に降り立った直後、すぐに我々の下へ駆けてくる人の姿が。

「旦那！　お久しぶりです、旦那！　そ、それにミュラー伯爵までっ……」

「時間が空いてしまいすみません、フレンチさん」

「そんなとんでもない。わざわざ足を運んで下さって助かります」

駆け足でやって来てくれたのは、作業着姿のフレンチさん。

ここ最近はコック姿から代わって見慣れたものである。

「しかし、今回は本当にいいところで来てくれました」

「まさかとは思いますが、既にこちらにはルイス殿下が？」

「えっ、ご存じだったんですか？」

「つい先程にも、ミュラー伯爵から事情を伺いました」

「そういうことでしたら、すみませんが力を貸してもらえませんか？　旦那は自分らに色々と良くして下さりますが、王子様に面と向かって口を利けるヤツなんて、ここには一人もおりませんでして」

「むしろこちらこそ、ご迷惑をお掛けしてしまい申し訳ありません。すぐに対応させて頂きますので、案内をして頂いてもよろしいでしょうか？　怪我をされた方などいましたら、先んじて具合を見させて頂きます」

「怪我人までは出てないっスね。どうぞ、こちらです」

フレンチさんの案内に従い、作業現場を駆け足で移動する。

向かったのは砦とは反対側だ。

建造作業が進められている一角から離れて、更にテント街からも離れた辺りに、馬車がいくつも連なっている一角があった。空からも確認はしていたけれど、地上から眺めたことで、それがかなり立派なものであったことを理解する。

平民が荷物を運ぶ馬車ではない。

別所には荷馬車も多数見られるが、界隈については例外的。

貴族や王族が利用する、派手な装飾が為されたものだ。お供の騎士やメイドさんもかなりの規模で見られる。馬車の数も相応のもの。本丸と思しき一番立派な馬車以外にも、何台も豪奢なキャビンが連なっている。第一王子がお一人で国境付近まで足を運ぶ筈もなく、お供にお貴族様を連れてのこと。

フレンチさんが向かったのは、そうした馬車の並びの只中となる。

すると早々に居合わせた騎士から声が掛かった。

自分とフレンチさんだけであったら、門前払いされていたかも知れない。けれど、本日はミュラー伯爵が同行して下さっている。先方が伯爵殿をご存じであったおかげで、我々はどうにかルイス殿下との面会に進むことができた。

ご案内を受けたのは、界隈に並んだ豪華絢爛な馬車でも指折りの一台だ。

その側面に立つと、窓から見覚えのある人物が顔を覗かせた。

「おや？　ミュラー伯爵、君がどうしてここにいるんだろうか？」

「この地の領主が殿下にご挨拶をとのことで、同行させて頂きました」

　以前、謁見の間で陛下とお会いした際に、玉座の傍らに眺めた青年だ。

　やはり彼こそ、第一王子のルイス殿下で間違いなかったみたい。

　先立って声をかけてきた先方に対して、地に膝をついて頭を下げるミュラー伯爵。ササキ男爵もこれに倣い、大慌てで同じ姿勢を取った。一人で面会していたら、まず間違いなくお辞儀で済ませていたシーンだ。

　傍らではフレンチさんも同じように身を屈めている。

「ふぅん？　それは気が利くね」

　殿下の視線が伯爵殿からこちらに移った。

　ちなみに馬車のすぐ近くには、護衛と思しき騎士が何名か立っている。きっと近衛的な立場にある方々なのだろう。ミュラー伯爵が相手であっても、キリリとした眼差しを油断なく向けていらっしゃる。

　第二王子であるアドニス殿下と仲良しの我々とは、派閥的に敵対関係。

　彼らとしては敵中にも等しい現場でピリピリとしているのだろう。

　少しでも緊張を解いて頂けるよう、こちらからもご挨拶をさせて頂く。

「わざわざご足労下さり恐悦至極にございます。佐々木と申します」

「君のことは以前、父と共に謁見の場で見た覚えがある」

「それはまた大変光栄に存じます」

　笑顔が魅力的な爽やか系のイケメンの弟さんに対して、窓から顔を覗かせた兄君は、表情にどことなく陰りが感じられる。こちらを見つめる眼差しも、露骨に相手を品定めするような雰囲気がヒシヒシと。

　長めの頭髪やしっとりとした語りっぷりが、これに拍車をかける。

　血の繋がったご兄弟ということで、顔立ちはアドニス殿下と同様、とても整っていらっしゃる。かなりのイケメン。ただ、そうした湿っぽい言動や姿格好が、弟さんとは対照的に映るルイス殿下の在り方である。

「我らの面前、父に直談判してみせたのだ。嫌でも覚え

ているよ」

「その節は出過ぎた真似をいたしまして誠に申し訳ありませんでした」

先方にはしっかりと、こちらの顔を覚えられてしまったようだ。既にアドニス殿下の一派として活動している手前、その事実はあまり喜ばしいものではない。すぐにでも忘れて頂けたらとは願って止まない。

こうした状況はミュラー伯爵としても複雑な気分だろう。ルイス殿下の気まぐれから、向こうしばらくはエルザ様とも離れ離れ。それでも立場的には雲の上の人物となり、頭を下げなければならない。

さっさとご用件を確認してお帰り願いたい。

「ルイス殿下、申し上げてもよろしいでしょうか？」

「いいよ。言ってごらん」

「この地には見ての通り何もございません。殿下にも多大なるご不便をおかけしておりますこと、大変心苦しく感じております。もしよろしければ場所を変えて、存分におもてなしをさせて頂きたく存じます」

ヨーゼフさんとのお取り引きのおかげで、懐には余裕がある。

こうなったら酒池肉林の術でご満足して頂き、王宮にお帰り頂こう。

などと考えたのだけれど、先方はニュッと眉間にシワを寄せて仰った。

「何もなくはないだろう？　立派な砦が着々と出来つつあるじゃないの」

ルイス殿下の視線が我々の背後に控えた、未完成の建造物に向かう。

既にかなりの規模となっているので、周囲に立ち並んだテント街を越えて、その一端を同所からも確認することができる。作り途中の城壁の合間から、ひょっこりと大型のゴーレムたちが顔を覗かせる光景は、これぞ異世界の土建風景。

「こちらの砦が気になられますか？」

「余はこの国の第一王子である。隣国との関係が危ういこの時期に、国境で大規模な開発が始まったとあらば、視察に訪れるのは当然のことじゃないの。そもそも発端は、父の思いつきだと聞いている」

「出過ぎた物言いを申し訳ありません。その通りにございます」

これはもしかして、あれか。

後継者争いのネタに、国境沿いの砦を利用すべく訪れたのではなかろうか。ルイス殿下の言葉通り、発端はアインハルト公と陛下のやり取りにある。現場を預かっているのが場末の新米男爵であれば、成果を掠め取ることは容易だろう。

アドニス殿下に対する牽制にもなって、一石二鳥である。

エルザ様との件といい、欲しい物は何でも手に入れたい質なのかも。

「せっかくササキ男爵とミュラー伯爵が揃っているんだ。作りかけであっても構わないから、この砦を案内したまえよ。マーゲン帝国との争いでは最前線となる地、上に立つ者が事前に規模感を把握しておくことは大切だ。そうは思わないかい？」

「仰るとおりにございます、ルイス殿下」

まさかノーと言う訳にもいかず、素直に頷くことになった。

ミュラー伯爵からも異論は上がらない。

すると先方の顔にはニコリと、小さく笑みが浮かんだ。

「良い返事だ。それでは早速だが向かうとしよう」

我々の反応を確認して、ルイス殿下が馬車から降りてきた。

キャビンの守りに就いていた騎士たちが一斉に動いて、その周りをガッチリと固める。とても物々しい気配を発していらっしゃる。少しでも怪しい動きをしたのなら、問答無用で切りかかって来そうな雰囲気があるよ。

そうした面々を率いて、自分とミュラー伯爵とは砦に向かうことになった。

＊

抜き打ちで始まったルイス殿下の現地視察。

現場で作業に当たっていた方々には申し訳ないばかりのイベントだ。馬車から砦に移動するまでにも一騒動。本人からは作業の手を止めずに構わない、などと声がかけられたけれど、居合わせた作業員たちは誰もがその場で土下座状態。

その只中を共に歩くというのは、なかなか居心地の悪いものだった。

殿下の案内役には自分とミュラー伯爵の他、フレンチさんが同行して下さった。移動の間に確認したところ、領地で作業している人員の規模から、今後の予定まで、事細かに把握して下さっていた。ありがたい限りである。

そうして訪れた先、砦のすぐ正面に並び立ってのこと。

「遠くから確認したより、幾分かしっかりとしたものに感じられる」

「お褒め頂き恐縮です」

「随分とゴーレムが目につくけれど、アレらが活躍しているのか？」

「ご指摘の通り、大型のゴーレムのおかげで作業は大変順調にございます」

ピーちゃんから聞いていた事情をそっくりそのままお伝えする。

実際、ゴーレムの協力がなければ、作業は半分も進んでいないと思う。物を浮かせる魔法とゴーレムの合わせ技から、現場ではタワークレーンも不要。また、エイトリアムから現地まで、資材の輸送でも活躍をみせているとのこと。

「内部がどうなっているのか気になるんだけど、もう入れるのかね？」

「こ、こちらにどうぞ！」

大仰にも頷いて、引率役のフレンチさんが歩き出す。

その背中に続いて、砦の正面に設けられた出入り口に向かう。

こうして内部まで確認するのは、我々も初めてのことだ。

護衛を務める騎士の方々も連れ立ち、ぞろぞろと砦の内側に入っていく。

まず目に付いたのは、兵たちの詰め所や食堂、物資を収める倉庫といった軍備に関わる設備。他にも執務室や応接室、客間など、辺境の領主宅として必要な施設に至るまで、一式を備えていた。

以前、領主の屋敷として考えていると言っていたのは本当みたい。

内観は現時点で、コンクリートの打ちっぱなしならぬ、総石造りの積み上げっぱなし。正確に寸法を測って切断、形を整えられた石材が綺麗に積み上げられており、見た目は決して悪くない。

壁紙を貼り付けたりせずとも、絨毯を敷いたり、家具の類いを運び入れたりすれば、かなり見られる形になるのではなかろうか。現代人の感性からすると無骨に映るけれど、異世界的には断然アリ。テーマパークのお城さながら。

ただ、未完成の部分が目につく。

細かな部分はやはり、人の手で丁寧に仕上げる必要があるのだろう。

一通りを巡ったところで、我々の歩みは上層階に設けられたバルコニーへ。

同所からは近隣の光景を見渡すことができた。

延々と広がったテント街と、その先に延びた草原。

いつの間に用意したのか、そこには一組のテーブルセットが設けられていた。卓上ではいままさにメイドの格好をした女性たちがお茶の用意をしている。直後には殿下の周りを固めていた騎士たちが手早く動いて、椅子を引いたり何をしたり。

多分、ルイス殿下が引き連れてきた方々により、我々が内観している間にも、わざわざ用意したのだろう。改めて確認すると、界隈からは作業員の方々も姿を消している。仕事の邪魔をしてしまい申し訳ないばかり。

ルイス殿下がテーブルにかける。

我々はその周囲に立って、彼のお相手をするポジション。

当然ながら先方の背後には、騎士の方々が目を光らせていらっしゃる。

「想像していた以上に良い出来栄えだ、ササキ男爵」

「お褒め下さり光栄にございます」

「腕の良い職人たちが仕事に当たっているのだろうな」

「はい、殿下の仰るとおりにございます」

自身は何もやっていない。現地で作業に当たって下さっているフレンチさんたちをヨイショしたいところ。けれど、相手が敵対派閥のトップとなると、それも憚られた。この場でのやり取りは最小限に留めるべきだと思う。

「ところでこの砦だが、どの程度の兵を常駐させ得るのだろうか？」

「そうですね……」

何もかも丸投げしていた手前、返答に困る。

すると即座にミュラー伯爵がフォローして下さった。

「正確に確認をした訳ではありませんが、五、六千であれば問題はないかと」

「何もないよりは遥かにいいが、相手の兵力を思うと心もとない数だ」

「危惧すべきは数の差ばかりではありません。以前の騒動で近隣の村々が壊滅。この周りには何もありませんので、補給路の確保には労力を要します。帝国の侵攻時には、エイトリアム近郊まで敵の伏兵が見られました」

「道の整備が重要であるとは、余も重々承知しているさ」

殿下の危惧はご尤もである。先の侵略でマーゲン帝国は万を超える軍勢を動員していた。大穴に住み着いたドラゴンが居なくなれば、頑張ってこさえた砦も、すぐさま敵国に奪われてしまうことだろう。

「ルイス殿下、どうしてもお伺いしたいことがございます」

「なんだね？」

「マーゲン帝国に対する侵攻は、既にお心を決めているのでしょうか？」

ミュラー伯爵が本丸に切り込んで行ったぞ。

居合わせた騎士たちの表情も、これを受けて緊張を見せる。

彼らはどこまで知らされているのだろうか。


「ああ、決めているとも」

対するルイス殿下は、なんとも軽々しく頷いて見せた。さも当然だと言わんばかりの対応だ。

「その時は君たちにも、協力を頼みたいと考えている」

「我々はヘルツ王家に、アドニス殿下に忠誠を誓っております。ルイス殿下が弟君と協力して敵を討ちに征かれるというのであれば、我々はその剣となり、最後の一人となるまで戦い尽くすことを誓いましょう」

「素直に言いなよ、ミュラー伯爵。御免被ります、ってさ」

「…………」

部下の面前、ニヤニヤと笑みを浮かべて殿下は語った。

煽られてしまった伯爵は、無言でこれに向き合う。

イケメンが互いに向かい合う姿は、とても絵になる光景だ。

凡夫は回れ右をして、舞台から退場したくなる。

「失礼ですが、勝機はあるのでしょうか？」

「当然であろう？　私とて自らの命が惜しくない訳ではないのだ」

ミュラー伯爵の突っ込んだ物言いは、本来であれば騎士たちから非難の一つでも上がりそうなもの。けれど、彼らも主人の意向が気になるのか、口を噤んで二人のやり取りに注目していらっしゃる。

「差し支えなければ、その根拠をお伺いしたく存じます」

「差し支えありまくりだ。この場で策をバラせと言うのかね？」

「いえ、そこまでは……」

「冗談ではない。それこそ愚策ではないか、ミュラー伯爵」

「……過分な発言をいたしまして申し訳ありません」

殿下からの叱咤を受けて、伯爵は素直に頭を垂れた。

その姿を傍らに眺めて、ルイス殿下はテーブルの上に用意された紅茶に手を伸ばす。カップを口元に運び、淹れたてのそれを軽く口に含んだ。背後に国境沿いの大草原を望む砦のバルコニー、優雅にもお茶を嗜む姿はとても絵になる光景だった。

「余の頭の中では既に、マーゲン帝国に一矢報いる兵たちの姿が、手に取るように見えているのだよ。君たちはこちらが指示する通りに動けばいい。それで我が国は、この度の窮地を見事に打開することができるであろう」

「…………」

ミュラー伯爵からルイス殿下に、物言いたげな眼差しが向けられる。

けれど、その口から続く声が上がることはなかった。

あぁ、ギスギスしている。

見ているだけで胃が痛くなってくる。

政治的には敵対派閥であるとはいえ、相手はヘルツ王国の第一王子である。これ以上の物言いは、傍らに控えた騎士たちも黙っていないだろう。当然ながら、場末の男爵風情には横槍を入れることも憚られた。

縋るような思いで、肩に止まったピーちゃんに視線を向ける。

けれど、彼は何に反応を示すこともなく、淡々と文鳥の振りをされていらっしゃる。あまりにも普通に鳥類しているものだから、いつの間にか別の鳥さんと入れ替わったのではないかと、一瞬でも不安に思ったほど。

そうした只中、お天道様に照らされていた我々の下、急に陰りが差した。

時を同じくして、ゴォッという音と共に、何かが空を過ぎていく気配。

頭上を見上げると、そこには巨大なドラゴンが飛んでいた。

ピーちゃんが召喚した二頭のゴールデンドラゴンの片割れである。

それもかなり近い距離を過ぎていった。

もしかしたら、ピーちゃんの存在を捕捉して様子を見に来たのかも。

ルイス殿下の周りに控えていた騎士たちは、ギョッとした面持ちとなり、大慌てで剣を抜いて身構えた。他方、フレンチさんやミュラー伯爵は慣れがあるのか、自宅の近所を訪れた焼き芋屋でも眺めるかのようだ。

「アレが近所に巣食っているドラゴンとやらであるか？」

「ええ、そのとおりで……」

その通りでございます、そうお伝えしようとした間際のことだ。

ルイス殿下の腕がドラゴンに向けて掲げられた。

はて、何をするつもりだろう。

疑問に思ったのも束の間、手元から魔法が放たれた。

無詠唱による攻撃魔法だ。

ドラゴンに向けられた手の平から、一抱えほどの火球が撃ち放たれる。

「なっ……」

時を同じくして上がった驚愕の声は、果たして誰のものだろう。これには自身も驚いた。だってまさか、ドラゴンに攻撃魔法とか、完全に想定外の出来事。あまりに突拍子もない行為であった為、呆然としてしまう。

火球は凄まじい勢いで飛んでいき、ドラゴンの尻尾に着弾した。

間髪を容れず、ズドンと爆発音が響く。

空の一角に炎が吹き荒れた。

当然ながら、攻撃魔法を身に受けた先方は、その場で急停止。こちらに向かいクルリと空中で身を翻した。これといって怪我をした様子はない。キラキラと煌めく黄金色の鱗には陰りも見られない。

直後にはガオーと、顎を大きく開いて威嚇するように吠えた。

両方の翼がブワッと広げられたのなら、ひと目見て臨戦態勢。

我々との間にはそれなりに距離がある。

しかし、先方の巨大な体躯が故、その行いには圧倒的な迫力が感じられた。

「で、殿下!?　何を為さるのですか！」

「ミュラー伯爵、ドラゴンの反応を確認するといい」

「いえ、そうは言われましてもっ……」

火球の飛んできた方向、つまり我々を振り返った直後、ドラゴンは苛立ちも露わに吠えてみせた。次の瞬間には、喉元からせり上がってきた炎が、砦ごと皆々を焼いてしまうのではないかと危惧したほど。

強面に並んだ双眸は、ギョロリとこちらを睨みつけていた。

それが口を開いて威嚇の姿勢を示すも束の間、ビクリと震えて反応を見せた。

先方の眼差しは依然として、砦のバルコニーに居合わせた我々を凝視。

けれど、今まさに広げられた両翼が、しおしおと折りたたまれていく。耳が痛くなるほどの声量で咆哮を上げたお口も、半開きとなって静止。そして、空の一点に静止したまま、次なるアクションは窺えない。

ただジッと、こちらを見つめるばかり。

これは勝手な想像だけれど、その眼差しが向かう先は自らの肩の上、ちょこんと止まった文鳥殿ではなかろうか。炎をぶつけられて怒ったのも早々、その出処にご主人様を発見して困惑のドラゴン、みたいな。

さっきまで怖かったのに、ちょっと可愛い感じになってしまっているぞ。

ぐるると喉を鳴らす姿にも、先程と比較して迫力が感じられないの愛らしい。

「これはどうしたことだろう？　ドラゴンはどうして我々を襲わないのだ」

「殿下、急いで砦の中にお入り下さい！」

「そうは言っても、先方には変化が見られないが？」

「しかしっ……」

事情を察したミュラー伯爵が、殿下をドラゴンから遠ざけようと一芝居。

居合わせた騎士たちも、これに同調して騒ぎ立てる。

だが、当のルイス殿下は椅子に座ったまま、悠然と空を見上げて言った。

「いくら人間に興味がないとはいえ、一方的に攻撃されても怒り出さないというのは、なんとまあ不思議なドラゴンじゃないの。いや、むしろ今のは反撃をしようとして、躊躇したかのようにも見えたがね」

「…………」

ルイス殿下、大穴のドラゴンの舞台裏に気づいているっぽい。

しかし、だからと言って出会い頭に魔法を撃ち放つとは、恐ろしいまでの胆力。ロシアンルーレットさながらの答え合わせである。もしもピーちゃんが同席していなければ、今頃は皆揃って仲良くローストヒューマン。

陰キャっぽい雰囲気を醸している割に、抜群の行動力を備えていらっしゃる。

アクセス数欲しさに危ないことを率先して行うユーチューバーみたいなお方だ。

「ミュラー伯爵、貴殿はどう思う？」

「ドラゴンの考えていることなど、私には分かりません。ただ、今は殿下の身の安全を第一に考えるべきかと存じます。どこまで持ちこたえられるかは分かりませんが、どうか砦の中にお戻り下さい」

剣を抜き放った伯爵が、騎士たちに並んでルイス殿下の傍らに立つ。

ドラゴンのことは知らぬ存ぜぬで押し通す心意気のようだ。

こうなるとフレンチさんも顔面蒼白。膝をガクガクと震わせ始めた。

「ふむ……」

バルコニーに並んだ面々を眺めて、何やら考える素振りのルイス殿下。

ミュラー伯爵の進言などどこ吹く風である。

そうこうしていると、空に浮かんだドラゴンに変化があった。

我々を見つめていたのも僅かな間のこと、プイッとそっぽを向く。

そして、空中で回れ右。

何をするでもなく、当初の予定の空路で飛び去っていった。

先程までピンと伸びていた尻尾が、ぺろんとタレ気味なのがちょっと気になる。ドラゴンなりに気を遣ってくれていたりするのだろうか。そうして考えると、砦の近所に住まった彼らに幾分か愛着が湧いた。

大きめのペットを飼いたい欲が高まってくる。

「皆の者、見るといい。ドラゴンが去っていく」

我々の見つめる先、殿下のお言葉通りドラゴンが遠退いていく。

先方はゆっくりと空を飛んで、草原の只中に生まれた大穴に収まっていった。どうやら帰宅の途中であったみたい。他所で食事でもしてきたのか。それとも暖かな陽気に誘われて、お散歩に出ていたのか。

ドラゴンの姿が完全に見えなくなったところで、皆々は緊張を解いた。

騎士たちやミュラー伯爵は手にした剣を下ろしてホッと一息。

直後には後者から殿下に進言があった。

「ルイス殿下、こういった行いはどうか控えて頂きたく存じます」

「君たちはあのドラゴンの出処が気にならないのかね？」

「気にならない訳ではありませんが、藪をつついて蛇を出す必要もございません」

騎士たちも同じ思いなのか、ミュラー伯爵の発言に非難は上がらない。

むしろよく言ってくれたと言わんばかりの面持ちだ。

「ササキ男爵、あの大穴に住まうドラゴンについて知見を述べよ」

「申し訳ありませんが、私が知っているのは、彼らが人を襲わない、という事実のみです。ただし、国境を越えてくる者に対しては、その限りではないとも話に聞いております。過去にはマーゲン帝国の兵に被害が出ているそうです」

「そうした生態について、男爵はどう考えているのか知りたい」

「大穴のある辺り、ないしは国境付近に何かしら、彼らが固執するものが存在しているのではないでしょうか。しかしながら、危険を犯してまでこれを確認に向かうことは、現時点では憚られます」

「攻撃されても大人しく去っていった理由は？」

「一部のドラゴンは人より優れた知性を備えているといいます。我々が目の前を飛びまわる羽虫を手で追い払うことはしても、執拗に追い回して始末するまではしないのと同じように、そこまでの存在として認知されていないのではないかと」

苦しい言い訳だとは理解している。けれど、事実を確認する術はない。もし仮に殿下が、人を向けて調査だ何だと言い始めたら、ドラゴンたちには頑張ってもらうことになるのかも知れない。

それで彼が出兵を諦めてくれたら幸い。

マーゲン帝国に侵攻するよりも、遥かに人的被害は少なそうだ。

あまり褒められたやり方ではないけれど。

「現時点では何も分かっていない、ということか」

「誠に恐れ入りますが、殿下の仰るとおりでございます」

以降、ああだこうだと言葉を交わしているうちに時間は過ぎていった。

その間にお聞きした話によると、ルイス殿下は向こう数日、こちらの砦近辺に滞在するとのこと。現地で作業に当たっている下々の視察に加えて、マーゲン帝国によって蹂躙(じゅうりん)されてしまった近隣の村々の調査を行うのだという。

わざわざ自ら僻地(へきち)に出張ってまでの陣頭指揮。帝国に攻め入るのだという彼の主義主張に信憑性(しんぴょうせい)を覚えた。ただ、どのような策を講じたとしても、ヘルツ王国が一矢報いる光景を想像することができない。

過去に垣間見た大規模な帝国の軍勢が、未だ脳裏にはこびり付いているから。

アドニス殿下の派閥に属する我々としては、彼の行いに付き合うのも抵抗がある。ミュラー伯爵に相談したところ、彼らの面倒は私に任せてくれて構わない、とのお言葉を頂戴した。ササキ殿は商売を優先して欲しい、とも。

領地開発の資金はルンゲ共和国での貿易によって賄われている。この辺りの事情を理解している伯爵殿からお気遣いを頂いた形だ。異世界に滞在していられる期間には限りがあるので、今回はそのご厚意に甘えることにした。

ただでさえ昨今は現代が忙しい。

今回のステイを逃したら、また一ヶ月近く時間が空いてしまうかもしれない。

そうして考えると、伯爵には申し訳ないけれど、他に選択は取れなかった。

＊

レクタン平原を出発した我々は、その足でルンゲ共和国に向かった。

ヨーゼフさんの下を訪れるのに先立っては、現代と異世界を行き来して、ケプラー商会さんの倉庫に商品を運び込むことも忘れない。事前に用意していたメモに従い、注文を受けた品々を運搬する。

何トンもありそうな重量級のコンテナを、魔法でヒュンヒュンと飛ばしつつ作業に当たる文鳥殿。その姿にもだいぶ慣れてきた。荷物の運び込みにも効率化が見られる。世界間を行き来する回数も最低限で済むようになった。

そうして訪れたケプラー商会さんの応接室。

いつもどおりローテーブル越し、ソファーに掛けてヨーゼフさんとご挨拶。

「間が空いてしまい申し訳ありません、ヨーゼフさん」

「いえいえ、お気になさらなくて結構ですよ、ササキさん」

何気ない先方とのやり取りに癒やしを覚える。

現代のみならず、異世界側も騒々しくなり始めた昨今。予定調和の見込まれるルーチンワークがとても心地良い。事前に用意していた内容をお喋りして、想定通りのお返事を頂けるのありがとうございます。

社畜的に、とても安心する。

本日も例外なく、商品の引き渡しと査定、金銭のやり取りを交わした。

収入はヘルツ大金貨換算で約五千枚。

前回のお取り引きより更に二千枚ほどの増収。二日ぶりの来訪であったから、少し多めに品を持ち込んだが為の上振れだ。正直、これ以上の儲けは必要ないのではないか、と思わないでもない。

スローライフの行楽費に当てるにせよ、ササキ男爵領の開拓を行うにせよ、既に十分な額が懐にはある。後者の維持費は都合しなければならないけれど、それも今後は現地で収支を合わせるのが正しい。

そうしてお取り引きが一段落した頃。

応接室を見知った人物が訪れた。

「すみません、こちらにササキさんがいらっしゃると聞いたのですが」

「おや、マルクさんが戻られたようですね」

ドアがノックされるのに応じて、ヨーゼフさんが声を上げる。

彼に促されて、すぐさま出入り口が開かれた。

廊下から顔を出したのは、ご指摘に挙がった通りの人物である。

「お久しぶりです、ササキさん。お出迎えができずに申し訳ありません」

「こちらこそお忙しいなかご足労下さりありがとうございます」

ソファーから立ち上がってのご挨拶。

お互いに頭を下げてペコペコと。

すると彼の入室を受けて、ヨーゼフさんが言った。

「丁度いいタイミングで戻ってきて下さいました、マルクさん」

「もしや、ヘルツ王国に足を運ばれていたのでしょうか？」

「手紙では利かない用件がありまして、向かわせて頂いておりました」

そうして答える彼は、靴やズボンの裾が土埃(つちぼこり)に汚れている。ルンゲ共和国に戻って来るも早々、我々の来訪を耳に挟んで、駆けつけて下さったのではなかろうか。だとしたら申し訳ないばかり。

思い起こせばついこの間も、二カ国間を行き来していた。

マルクさん大忙しである。

しかも、その原因はすべてササキ男爵ときたものだ。

「ご迷惑をお掛けしてばかりで申し訳ありません」

「エイトリアムで生まれ育った身の上、ササキさんの行いは私にとっても、決して無関係ではありません。むしろ、こうして町のために働けることは、とても誇らしいことです。ですからどうか、気にしないで下さい」

ミュラー伯爵やフレンチさんもそうだけれど、ここのところ関係各所には負担を強いてばかり。皆さんいい人なので、構わないと言ってくれる。けれど、このままではよろしくないと考えておりました。

そこで本日は、これを是正する為の商品を持ち込ませて頂いた。

いいや、商品というと語弊があるかも。

主に内々での利用を目的として、日本から運び込んだ機材。

「これ以上、マルクさんに負担を強いる訳にもいきません。そこで本日はマルクさんのヘルツ王国でのお仕事を改善する為、商品を持ち込ませて頂きました。もしよろしければ、一緒に話を聞いては頂けませんでしょうか？」

「お気遣い下さり恐れ入ります。是非お願いできたらと」

「それはもしや、こちらに持ち込まれたそのカバンでしょうか？」

「ええ、そうです」

ヨーゼフさんがソファー脇を視線で指し示して言った。

そこには旅行用のキャリーケースが一つ。

事前に受けていたお取り引きとは別に、自発的に持ち込んだお品となる。ソファーから立ったついでに、これを開けて内に収めていた品をローテーブルの上に置く。現代での仕入先は、当然のように二人静氏から。

パッと見た感じ、AVアンプみたいな外観。筐体は金属製で色は黒。正面には液晶ディスプレイと多数のボタンが設けられている。背面には様々な規格のケーブルを差し込む為の穴がずらりと並ぶ。重さは二十キロくらい。かなり重い。

当然ながら、マルクさんとヨーゼフさんは困惑。

ドヤ顔でこれをテーブルに載せたところ、前者から疑問の声が漏れた。

「ササキさん、失礼ですがこちらはどういったお品なのでしょうか？」

「前にもご確認を頂いた、トランシーバーの親戚のような道具です」

「おぉ、それは興味深いですね」

こちらの機器もトランシーバーには違いない。ただ、異世界の方々を相手に言葉の定義を語っても仕方がない。その辺りは適当に流すことにした。こうして他言語のワードは意味を変えて、後世に伝搬されていくのだろう。

無線機であることを伝えると、先方にはすぐさま変化が見られた。

これはヨーゼフさんも同様。

揃って興味深そうに筐体を見つめていらっしゃる。

より具体的に説明するなら、アマチュア無線機。ただし、アマチュアとは言っても、それなりに高価な商品であって、これ単体でも数十万円。中型のバイクなら新車で乗り出せるくらいのお値段がする。

異世界の金品を円に換金できるようになったからこそのご提案だ。

実際にはこちらの機材に追加して、アンテナを張ったり、電源を用意したりと手間がかかる。取り扱いにも相応の知識が必要だ。そもそも根本的な問題として、こちらの世界に電離層が適切な高さで存在しているかどうかも分からない。

そこでササキ男爵領の開発と合わせて、マルク商会のルンゲ共和国本店と、ヘルツ王国にあるエイトリアム支店を実験的に結んで頂こうと考えた。上手(うま)く運用ができたのなら、マルクさんの苦労もだいぶ軽減されることだろう。

その辺りを掻(か)い摘(つま)んでご説明させて頂いた。

「国を跨(また)いで会話をする為の道具、ですか……」

ローテーブルの傍らに立ち、驚いた面持ちで呟(つぶや)いたのがマルクさん。

他方、ヨーゼフさんは無言で無線機を眺めていらっしゃる。

「運用には専門的な知識が必要です。また、以前ご紹介したトランシーバーの電池と同じように、道具を動かすには専用の燃料が求められます。ですのでこちらの道具については、マルク商会の連絡用として、実験的に運用を行わせて頂けたらと」

電源には別途、発電機を何種類か用意している。

最近はカセットコンロなどで利用されている市販のガスボンベを消費して発電を行う、小型の発電機も世の中に出回っている。最悪、軽油とディーゼル発電機を持ち込むという手もあるので、どうとでもなるだろう。

どちらかと言うと、機器の操作を覚えてもらう方が大変な気がする。

無線機のマニュアルは日本語で書かれているので、これを読み下してマルクさんや商会の方々に説明するのは、自らの役目となる。アマチュア無線を趣味にした経験もないので、自身もまたゼロスタートの異世界ハム生活。

「あの、ササキさんはこちらの道具も売りに出されるつもりですか？」

「そのつもりはありません。内々での利用のみを想定しています」

「それはやはり、燃料の都合からでしょうか？」

「ええ、その通りです。こちらの道具は専用の燃料が求められます。しかも、前にご紹介したトランシーバーと比較して、遥かに燃費が悪いのです。とてもではありませんが、世に広めるような真似はできません」

「なるほど……」

矢継ぎ早にマルクさんからご質問が上がった。

砂糖やチョコレートに替えて、軽油を定期的に持ち込むようになれば、多少の融通は不可能ではないと思う。けれど、それを行っても我々に旨味（うまみ）は少ない。むしろ、異世界の電波資源を独占してこそ美味（おい）しい思いができそうだ。

そんな卑しい腹の中を抱えつつのご説明。

この辺りは事前にピーちゃんにも説明をして合意を得ている。

その過程で文鳥殿からは、異世界の電力利用について講釈を受けた。電気の存在には、雷や魔法を介して理解があるらしい。経験則的に、絶縁物を身に着けて雷撃の魔法に備える、といった真似も行われているそうな。

しかし、産業利用されているようなケースは、少なくとも我は知らない、と言っていた。発電機の存在もご存じないとのこと。磁石こそ一般的であっても、ファラデーの法則は見つかっていない、みたいな。

その理由の一端は、モンスターと魔法の存在にある気がする。

こちらの世界には人類以上に力を持った生物が沢山住まっている。頑張って発電所をこしらえたところで、生み出した電力を集落を跨いで配電することが困難。街道の整備すら儘（まま）ならない状況、送電線の維持など夢のまた夢。

もし仮に電力が普及しても、一部の都市で閉じたものになると思われる。

それとは対照的に、明かりを灯（とも）したり、氷を生み出したり、物を浮かせたり、モンスターを退治するのにも利用されたり、あまりにも便利過ぎる魔法なる現象。これが電気のみならず、科学文明の発達を阻害していることは容易に想像された。

こちらの世界はきっと、魔法を発展させていくのが正道なのだと思う。

飛行魔法や障壁魔法の性能次第では、我々地球文明よりも先に、宇宙空間の開拓が進む可能性も無きにしもあらず。その行く末を眺めることができるのは、愛鳥殿によってもたらされた大変贅沢（ぜいたく）な娯楽の一つ。

「失礼ですが、この商品は他所でも利用されているのでしょうか？」

「いいえ、こちらに持ち込んだのが最初の一台となります」

「それというのは、この大陸において、といった認識で合っておりますか？」

「ええ、そのとおりです」

「……左様ですか」

ややあってヨーゼフさんからもご質問を頂いた。

しかもマジ顔。

ちょっと怖いくらい。

これまでになく真剣な面持ちで見つめられた。

彼が他所での利用を気にされていることからも、こちらの世界では長距離通信的な行いが未発達であることが窺える。ルンゲ共和国の商人さんがご存じないということは、きっと世の中的にも珍しいことだろう。

この辺りも事前にピーちゃんから確認した通り。

遠方との通信で最も高速なのは、飛行能力に長(た)けた使い魔や魔法使いをリレーさせての輸送とのこと。つまり伝書鳩(でんしょばと)ならぬ、伝書使い魔。もしくはマジカル飛脚便。

感覚的には江戸時代のそれと同様である。

自身が知っている飛脚よりは幾分か速いけれど、連絡先との距離によっては、日を跨ぐ場合も珍しくはないそうな。送達先が国外ともなれば、二、三日かかることも普通。運送中に事故で紛失したり、盗賊的な人たちに奪われたりも日常茶飯事なのだとか。

空間魔法については、あまり一般的ではない、とも。

もう少し魔法的な通信手段はないものかと確認したところ、大規模な魔法を行使した際に、微弱な魔力的波動が遠方まで飛ぶことを利用して云々(うんぬん)、アカデミックなご説明を頂戴した。ただし、研究段階で実用には至っていないらしい。

「このようなことをお願いするのは心苦しいのですが、こちらの商品については、他所に出すことを控えて頂いてもよろしいでしょうか？　可能であれば、マルク商会内での取り扱いも、なるべく内密にして頂けたらと」

「承知しました。そのようにさせて頂きます」

ヨーゼフさんの反応が非常によろしい。

ここでお断りをした場合、後が色々と恐ろしいので素直に応じておこう。伝書使い魔やマジカル飛脚便の利権を脅かしている以上に、ルンゲ共和国に存在する商会一同へ無差別に喧嘩(けんか)を売りかねない。

先方が何を危惧しているのかは、こちらも重々承知している。

現代では僅か数分という情報の伝達差に、何百億というお金が動いていた。

「やり取りした記録はすべて、ご確認頂いても構いませんので」

「……よろしいのですか？」

「ヨーゼフさんの危惧されていることは重々承知しております」

「ありがとうございます。そのように仰って頂けて幸いです」

我々の目的はあくまでも悠々自適なスローライフ。

ケプラー商会さんを隠れ蓑にして、ほそぼそと稼がせて頂くばかり。領地の開発が一段落したら、ヨーゼフさんの前で壊してしまっても構わない。野心を抱いた結果、ピーちゃんのように闇討ちにあったり、なんて困ってしまう。

「ところでマルクさん、これからお時間は空いていますか？　差し支えなければ、こちらの道具の使い方をご確認して頂けたらと思います。設置にもそれなりに技術を要する代物でして、最初から一緒に行えたらと」

「わ、私などが触れてもよろしいのでしょうか？」

「一方的なご相談となり恐れ入りますが、ご協力を頂けたら幸いです」

「ササキさん、でしたら私もご一緒させて下さい」

「ええ、是非ともお願いいたします」

以降、同日はケプラー商会さんで無線機を囲んで賑やかにしている内に時間が過ぎていった。事前に確認を行っていたにもかかわらず、アンテナを設置したり何をしたり、思ったよりも作業に手間取ってしまった次第。

翌日には前もって用意した別局からの電波を拾うことが出来た。

相方はエイトリアムの町で、我々が滞在してるお宿に設置している。

ちなみに教示してくれたのは二人静氏。慣れた手付きでアンテナを組み立てる彼女曰く、この手の機材に触れるのは久しぶりじゃのぅ、とのこと。ソシャゲ、自動車やバイクときて、次はアマチュア無線である。

彼女のおかげで導入のハードルがグッと下がった。

というより、大半の設定は二人静氏にやって頂いた。

自身は設定済みの機器をこちらの世界に持ち込んで、電源の投入から通信の開始までの手順を確認したのみ。筐体に付いたボタンの大半は意味不明のまま。

亀の甲より年の功とはよく言ったものである。

＊

ルンゲ共和国でのやり取りを終えた次の日、我々はヘルツ王国に戻った。

そして、ハーマン商会改めマルク商会のエイトリアム支店で、マルクさんやヨーゼフさんに行ったのと同様、無線設備のご説明と運用のご相談をさせて頂いた。担当者の方にはマルクさんに手紙を認めて頂いたので、お話はすんなりと進んだ。

当面は毎日決まった時間に日報を取り交わす予定とのこと。

これでマルクさんの稼働にも多少は余裕が生まれるのではなかろうか。

ただし、代わりに自身は向こうしばらく、運び込んだ機材のアフターサービスに時間を取られそう。機材の利用方法は最低限しか伝えていないし、自らも理解していない。アマチュア無線を楽しむつもりで頑張ろうと思う。

そうして関係各所とのやり取りも一段落。

我々はエイトリアムの町にあるお宿まで戻ってきた。

『今回は思いの外時間がかかったが、魔法の練習はどうするのだ？』

「たまにはお休みにして、ゆっくりとしてもいいかなぁ、とか」

『うむ、是非そうするといい。我もとことん付き合おう』

リビングでソファーに腰を落ち着けて、愛鳥と過ごすくつろぎの一時。

ローテーブルの上、止り木に佇む彼と他愛ない会話を交わす。

癒やしである。

この為に頑張っていると称しても過言ではない。

「ところで、今晩の夕食はどうしようか」

『いつもの通りではないのか？』

「フレンチさんが他所で頑張ってくれている手前、あまり頻繁に彼のお店に足を運ぶのは体裁が悪いと思うんだよね。そこで提案なんだけれど、しばらくは町の飲食店を開拓したいなと思うんだけど、そういうのどうかな？」

『ならばルンゲ共和国に出向いてもいいのではないか？』

「それは名案だよ、ピーちゃん」

ヘルツ王国よりも経済的に豊かなルンゲ共和国であれば、飲食店のクオリティも高いものが期待できる。実際、ヨーゼフさんから現地で接待を受けた際には、かなり豪華なお食事を頂いていた。

異世界グルメ食べ歩き、断然アリだと思います。最近ずっと気張っていたこともあるし、頑張った自分へのご褒美。

などと考えたのが良くなかったのかもしれない。

時を同じくして、部屋のドアがノックされた。

続けて聞こえてきたのは、部屋付きのメイドさんの声。

「ササキ様、ミュラー家から使者の方がいらしております。火急の用件とのことで、こちらまでおいで下さっておりますが、いかがしましょうか」

「あ、はい。すぐに参りますので少々お待ち下さい」

伯爵様のところから急ぎの使者とあらば、お受けしない訳にはいかない。

ピーちゃんに目配せをすると、彼は止り木からこちらの肩に移った。

これを確認して、客間から廊下に顔を出す。すると部屋の正面には、なんとなく見覚えのある顔立ちをした騎士の方がいらした。恐らくだけれど、ミュラー伯爵の身の回りを固めていた一人だろう。

「ササキ男爵、ミュラー伯爵から急ぎの手紙を受けました」

先方はこちらの顔を確認して、懐から一通の封筒を取り出した。

差し出されたそれには、彼の家の家紋が蝋で押されている。

「これはどうも、わざわざお持ち下さり恐れ入ります」

「指示書には、可及的速やかに男爵へお持ちするように、と」

「承知しました。もしよろしければ、この場で開封させて頂きますが」

「ええ、是非ともお願いいたします」

こちらの提案を受けて、騎士の方が懐からナイフを差し出して下さった。

ご厚意に与り、先方の面前で頂戴した封筒を開けてみる。

中には一枚、丁寧に折り畳まれた手紙が入っていた。

当然ながら何が書いてあるのかはサッパリだ。

なので紙面を開いて、適当に読んでいる素振り。

先方からは不安そうな声が上がった。

「ササキ男爵、どうされた？」

「すみませんが、すぐにでも宿を出ることにします。お手紙は確かにお預かりしましたので、これで失礼してもよろしいでしょうか？　ミュラー伯爵には近日中にも、こちらからご挨拶に参りますので」

「失礼ですが、伯爵に何かあったのでしょうか？」

「いいえ、そういった知らせではないので、どうかご安心下さい」

「分かりました。それでは私はこれで失礼させて頂きます」

メイドさんに連れられて、騎士の方がドア正面より去っていく。

二人分の足音は早々に遠退いて聞こえなくなった。

これを確認して、自身はすぐさま客室のリビングに戻る。

すると直後には、ピーちゃんからお声が掛かった。

「ピーちゃん、この手紙なんだけど……」

『ルイスがマーゲン帝国の兵に捕まった、と書いてある』

「………」

肩の上で一緒に手紙を眺めていた文鳥殿。

その可愛らしいお口から、衝撃的なニュースが伝えられた。

これには自身も絶句である。

『この手紙を確認したのなら、そして、問題が解決していないようであれば、ササキ男爵領まで足を運んでくれると嬉しい、とのことだ。記載されている日付はつい昨日のものだな。良いタイミングで受け取ることができた』

多分、伝書使い魔かマジカル飛脚便で速達された一通なのだろう。

自然と先方の急ぎっぷりが窺えた。

「無視したら、やっぱり不味（まず）いよね？」

『他所の貴族の領地ならまだしも、貴様が治める土地での出来事とあらば、事情を知った上で知らぬふりをする訳にもいくまい。こうして手紙まで受け取ったとなれば、知らぬ存ぜぬでは言い訳も通らぬだろう』

「申し訳ないけれど、現地に向かってもらってもいいかな?」

『うむ、すぐにでも出発しよう。ドラゴンたちの働きも気になる』

ルンゲ共和国での食べ歩きは取り止め。

ひと仕事終えてお宿に戻ったのも早々、レクタン平原に向けて出発だ。

*

移動はピーちゃんの空間魔法のおかげで、僅か一瞬の出来事である。

宿屋を後にした我々は、次の瞬間にもササキ男爵領に到着。

すぐさまルイス殿下率いる調査団の下へ向かわんとしたところ、フレンチさんの知り合いの棟梁（とうりょう）さんに遭遇した。どうやら先方もこちらの到着を待っていたようで、すみませんが自分と一緒に来て下さい、とのこと。

素直に頷いて向かった先は、やはり殿下が率いて来た馬車群の下である。

以前よりも現地に停車している馬車の台数が減って見えるのは、近隣の視察に向けて出発したルイス殿下が、お供に人を連れて行ったからだろう。それでも半分以上はこちらに残留しているけれど。

そして、同所にはミュラー伯爵の姿もあった。

豪華な馬車の並びの傍ら、騎士や貴族と思しき方々と顔を向き合わせている。

「ミュラー伯爵、遅れてしまい申し訳ありません」

「おぉ、ササキ殿！　こちらこそ無理に呼び出してしまい申し訳ない」

急ぎ足で伯爵の下に駆け寄る。

同所まで案内をして下さった棟梁さんには、これ以上負担をかけるのも申し訳ない。状況が落ち着き次第、改めてご報告に向かう旨を伝えて、本日はお帰りを願うことにした。フレンチさんに同様の伝言を頼むことも忘れない。

「すみませんが、状況を確認させて頂いてもよろしいでしょうか？」

「マーゲン帝国から入り込んだ伏兵が、エイトリアムからこちらに向かっていた商隊を強襲。ルイス殿下が率いる調査団は、これに偶然から遭遇したところ、民を助ける為に奮闘されたそうだ。しかし、残念ながら共に捕まってしまったらしい」

「…………」

なんということだ。ササキ男爵の立場、めっちゃ悪い予感。

一方でルイス殿下、圧倒的にいい人ポジション。てっきり殿下の身柄目当ての誘拐だとばかり考えていた。

こうなると全面的に協力せざるを得ない。

むしろ、協力しなかったら反逆罪とかで処刑されそうな状況。

実際問題、居合わせた騎士や貴族の方々は、我々を厳しい目で見つめている。もしもルイス殿下に何かあった場合、まず最初に首が飛ぶのは彼らだ。その責任の矛先を他所に擦り付けるべく、必死で頭を働かせているだろうことは想像に難くない。

「殿下が襲われてから丸一日、現地では調査を行っているが、これといって先方の痕跡は見つけられていない。現在はマーゲン帝国側に向けて捜索の手を広げるべく、調査隊を編成しているところだ」

「なるほど」

砦の周囲ならまだしも、国境を跨ぐとなれば一大事。

調査に当たる方々の危険も段違いである。

「承知しました。早急にルイス殿下の捜索に向かいます」

「私もこの地で働いている者たちに協力を募り、調査隊を編成している。勝手に人手を借りてしまい申し訳ないが、どうか容赦してもらいたい。エイトリアムにも人を寄越すように手配は行っている」

「お手数をお掛けしますが、是非ともお願いします」

ミュラー伯爵と言葉を交わしている間も、騎士や貴族たちの間では、どうやって落とし前をつけるのだとか、殿下の身に何かあったらただでは済まないだとか、誰の責任で兵を出すのだとか、物騒な言葉が絶えず交わされていた。

ヘルツ王国の残念な部分が露呈してしまった感じ。

けれど、自ら名乗り出て失敗したとあらば命は無い状況、それも致し方なし。

「すぐにでも出発したいのですが、現地までの案内を願えませんでしょうか？」

「しょ、承知しました！」

お返事は居合わせた騎士たちのうち一人から上がった。二十歳前後と思しき男性だ。

その姿が泥に塗(まみ)れているのは、ルイス殿下の拉致に居合わせた上、こちらまで情報を持ち帰った当事者であるからだろう。責任の度合いも他者と比べれば段違い。だからこそ、別派閥の貴族の声にも、すぐに反応を示して下さった。

「このまま現地に向かいます。支度はよろしいでしょうか？」

「えっ？　あの、し、失礼ですが人員の確保は……」

「ササキ男爵は一騎当千の魔法使いです。陛下から爵位を賜ったのも、その腕前を見込まれてのこと。一刻を争う状況とあらば、下手に人を集めるよりも、より効率的に殿下をお探しできることかと」

戸惑う騎士の方へ、ミュラー伯爵から即座にフォローが入った。

自分で説明するよりなんぼか説得力が感じられる。

きっと伯爵殿も焦っておられるのであろう。

すかさず自身からも補足を入れさせて頂く。

「こちらの戦力に不安があるようでしたら、騒動があった場所まで案内をして頂いた段階で、すぐに戻って下さっても構いません。ミュラー伯爵が体制を整え次第、改めて捜索に当たって頂けたらと存じます」

「……承知しました。現地まで案内いたします」

鎧(よろい)に浴びた血潮は、決して伊達(だて)ではないみたい。

案内役に声を上げて下さった騎士は、渋々ながらも頷いて応じた。

「すみませんが、それではすぐにでも出発しましょう」

ルイス殿下はアドニス殿下の腹違いとはいえ兄。

敵対派閥の総大将だとしても、流石(さすが)に見捨てるような真似はできない。

＊

自身を含む捜索隊の内訳は、ルイス殿下のお付きであり、騒動があった現場までの案内役となる騎士が一人。それにミュラー伯爵が彼の護衛として付けて下さったアドニス殿下派閥の騎士が数名。急いでいた為、少数精鋭での出発と相成った。

目的地までは徒歩で二、三時間ほど。

現場はレクタン平原に面した森の一角。

たしか名前は、シーカム森林地帯。

多分だけれど、過去にアドニス殿下やミュラー伯爵と一緒に、彷徨っていた辺りではなかろうか。途中でオークたちに襲われている村を発見して、その対処に当たったことは未だ記憶に新しい。

最近になって開拓されたのか、辛うじて馬車一台が通れるほどの空間が、鬱蒼と茂った木々の合間に細々と続いている。砦の開発と合わせて、街道の整備も始めたと聞いたので、その関係で生まれた道なのだろう。

そして、現地に到着するや否や、騎士たちは砦に向かい引き返して行った。まだ見ぬマーゲン帝国の伏兵を恐れてのこと。それなりに護衛を連れていただろう殿下の部隊がやられてしまったのだから、当然の反応である。

現に訪れた先では、生々しい争いの跡が残されていた。

焼け焦げた馬車や、切り捨てられた亡骸が放置されている。遺体の身元については、先発の部隊が既に確認を行っていたようで、衣服や荷物を弄った跡が見受けられた。目につく限り、倒れているのは平民と思しき方々である。

多分、身分の高い方々の仏さんは、既に回収された後なのだろう。

『たしかにマーゲン帝国の兵と思しき遺体も確認できるな』

「そこの人が着ている鎧とか？」

『うむ、あちらの国の正規兵のものだろう』

倒れ伏した兵隊さんを眺めてピーちゃんが囁いた。

周囲に人気がなくなったことで、文鳥殿とのお喋りも解禁。界隈に散らばった遺体や遺留品を眺めて、ああだこうだと言葉を交わす。彼が指摘した通り近隣にはチラホラと、同じようなデザインの鎧で身を固めた兵の姿があった。

ヘルツ王国の騎士の方々が身につけているのと比較して、良く言えば質実剛健、悪く言えば華やかさに欠ける装備だ。被害の度合いで言えば、数十名というヘルツ王国側の被害に対して、マーゲン帝国側の被害は数名ほど。

顛末は道中、案内役の騎士さんから確認した。

なんでも先方に一人、非常に優れた魔法使いがいたのだとか。

　数で勝っていたルイス殿下は、相手がマーゲン帝国の兵であることを確認するや否や、すぐに商隊の救出を指示。対処に向かった騎士たちは、その魔法使いからの攻撃を受けて、あっという間に倒れてしまったのだという。

「お隣の兵隊が入り込んでたの、割と気がかりなんだけれど」

『ああ、その点については我も気になっている』

「ピーちゃんが呼び出したドラゴン、ルイス殿下に攻撃されて拗ねちゃったとか？」

『そのようなことは無いと思う。しかし、侵入を見逃した可能性は考えられる。草原の国境を越えてくる者を威嚇するように指示はしてあるが、他を迂回していた場合や、既に国内に潜んでいた相手には対応できん』

「数を絞って少しずつ送り込む、みたいな作戦はありそうだね」

『うむ、そんな感じだ』

　しばらく現場を眺めてみたけれど、ルイス殿下の足取りに繋がるような痕跡は見つからなかった。遺留品もゼロ。問題の魔法使いに関しても、騒動に居合わせた騎士の方から確認した以上の情報は得られなかった。

　ローブを着用の上フードを目深に被っており、碌に顔も確認できなかったとのこと。

「周りも少し見てみようかと思うんだけど」

『それがいいだろう』

　ピーちゃんと共に、通りから外れて林中に足を踏み入れる。

　そろそろ日も暮れようという頃、照明の魔法を浮かべながらの探索。所狭しと茂った木々の合間、見通しがよろしくない環境も手伝い、効率は最悪だ。近隣にマーゲン帝国の兵が隠れていたら、的以外の何物でもない。

　いつ矢や魔法が飛んでくるか分からない状況、障壁魔法の展開は必須。

　そうして森の中を歩き回ること、小一時間ほどが経過した時分のことである。

「あ、あの、どなたかいらっしゃるのですか？」

　不意に人の声が聞こえてきた。

　若い女性を思わせる響きだ。

　こちらの照明魔法を目の当たりにして、我々の存在を捕捉したのではなかろうか。喉を震わせながら、おっかなびっくり問いかけてくる。マーゲン帝国の兵とは違うように思うけれど、確証はない。

「ピーちゃん、見に行ってもいい？」

『罠かもしれん。十分に気をつけるといい』

「うん」

文鳥殿と小声で確認。

歩みを声の聞こえてきた方角に向ける。

少し進むと木々の合間から、人の姿が確認できた。

想定した通り、十代も中頃と思しき若々しい女性だ。

肩に掛かるほどの茶色い髪の持ち主で、ぱっちりとした目元が可愛らしく映る。町娘を思わせる格好をしており、手には何も持っていない。スカートや袖の先には、所々に擦り傷が窺える。

夜の帳も下りた暗がりの只中、一人で林中を歩き回るには随分と軽装だ。

「く、黒い髪に黄色い肌……」

こちらの姿を確認したことで、先方の目が驚愕に見開かれた。

直後には恐る恐る、不安げな面持ちとなり問いかけてきた。

「失礼ですが、ササキ男爵でいらっしゃいますでしょうか？」

「ええ、その通りですが」

「あぁ、私はなんと幸運なのでしょう！」

素直に頷いたところ、すぐさまパァと笑みが浮かんだ。

コロコロと表情の変わる様子は、若々しいお年頃も手伝って可愛らしく映る。それとなくピーちゃんの様子を窺うも、これといって反応は見られない。そこで立ち止まり、お話を聞いてみることにした。

「このような場所で何をされていたのでしょうか？」

「申し訳ありません。私はナタリーと申します。エイトリアムからササキ男爵の領地へ向かう途中で、マーゲン帝国の兵に襲われてしまいまして、こうして森の中で途方に暮れておりました」

「貴方お一人でですか？　他の方々はどうされたのでしょうか」

「同じように襲われて共に捕まっていた者たちが、私を逃がしてくれたのです。そして、助けを呼んでくるようにと。しかし、こうして日が暮れて暗くなってしまい、どちらへ向かえば人里に着くのか、迷っていた次第にございます」

恐らくルイス殿下が救出に向かった商隊の一員だろう。

よく見てみると、衣服の端々には血液の飛沫が窺えた。

けれど、念の為に確認を続けよう。

「他に捕まっている方々がいるのでしょうか？」

「それなのですが、どうか私の話を聞いては頂けませんでしょうか？」

「ええ、是非ともお願いします」

こちらから尋ねると、先方は感極まった様子で説明を続けた。

彼女の言葉に従えば、ルイス殿下は近くにある村で拘束されているとのこと。現場から逃げ帰った騎士が伝えてくれたとおり、マーゲン帝国の兵に捕まっているみたい。殿下を捕まえた一団は近隣の集落を襲い居座り、態勢を整えているとのこと。

その事実を誰かに伝えるべく、ナタリーさんは森の中を彷徨っていたと言う。

目の前の人物は、現代日本であれば中学生から高校生ほどのお年頃。それでも彼女は泣き喚くことなく、しっかりと自身の言葉で状況を説明して下さった。なかなか大した娘さんではなかろうか。

「なるほど、それはお辛かったことでしょう」

「ササキ男爵、どうか皆をお助け頂けませんでしょうか」

まずはルイス殿下が存命であることにホッと一息。

衰退しつつある国の王族とはいえ、第一王子ともなれば利用価値は色々とあるのだろう。ここ最近は国境沿いに巣食ったドラゴンのせいで、ヘルツ王国を攻めあぐねているマーゲン帝国だ。人質を利用した搦め手など、魅力的に映るに違いない。

一方でササキ男爵からすれば、彼女からの頼みごとは渡りに船。

「申し訳ありませんが、村まで案内してもらえませんか？」

「は、はい！　ありがとうございますっ！」

案内役をゲットしたことで、ルイス殿下の救出にいざ出発である。

＊

ナタリーさんの案内に従って木々の間を歩くことしばらく。

我々は森の中にある集落に辿り着いた。

ところで、村の正面に設けられた出入り口的なスペースには見覚えがあった。それもそのはず、過去にミュラー伯爵やアドニス殿下と共に、オーク退治に挑んだ村である。自身にとっては異世界におけるモンスター退治、デビュー戦の地。

これを現在、ナタリーさんと共に遠目に眺めている。

何故ならば出入り口の周辺には、見張りと思しき人たちが見られた。誰もが村人を思わせる格好をしているけれど、中身はどうだか分からない。既に辺りは真っ暗だというのに、何を警戒しているというのか。

「ナタリーさんは村から離れて、身を隠していて下さい」

「えっ、まさかお一人で……」

「様子を見てまいります。すぐに迎えに戻りますので」

「……承知しました。どうかお気をつけ下さい」

彼女の下を離れて、集落の正面から裏方へ回るように移動。

周囲に人気がないことを繰り返し確認する。

そこで改めて、ピーちゃんにご確認をさせて頂いた。

「ピーちゃん、ルイス殿下だけでも急ぎでお助けしたいんだけれど」

『うむ、その方があの者たちも安心することだろう』

あの者たちとはミュラー伯爵やフレンチさんを示してのことだろう。

文鳥殿から異論は上がらなかった。

そうとなれば、すぐにでも村へ侵入である。集落を囲うように設けられた、申し訳程度の垣根を一息に乗り越える。ピーちゃんと出会った当初であれば、二の足を踏んだだろう選択も、今では躊躇なく決めることができた。

集落内には所々に人の姿が見られる。

槍や剣を手にした男性だ。

出入り口付近に立っていた方々と同じく、監視の為と思われる。

村は完全に掌握されてしまっているみたい。

敷地内には村人の住居と思しき家屋が点在している。

これに身を隠しながら、ナタリーさんから確認した、村長さんのお家、なる建物を目指す。なんでもルイス殿下はそちらで捕まっているとのこと。

目印は村で一番大きな見栄えのするお宅。

未だ明かりの灯っている家屋もそれなりにあり、照明の魔法を用いずとも移動に苦労はなかった。また、世帯数も控えめな村なので、目的地はすぐ目についた。監視に立っている人たちの目を盗んで、隣接した納屋の陰まで移動する。

「このまま忍び込みたいところだけど、大丈夫かな？」

『我は腕の立つ魔法使いとやらの存在が気になる』

「そう、まさにそれ」

大丈夫だとは思うけれど、ピーちゃんみたいな凄腕が登場したら大変だ。

ルイス殿下の安否どころか、我々が生きて帰れるかどうかも怪しい。

けれど、ここで躊躇していても仕方がないのは事実。

「ピーちゃんにお任せしてもいい？」

『警戒は任せてくれて構わない。貴様はルイスの捜索に注力するといい』

「ありがとう、とても助かるよ」

文鳥殿から承諾を得られたことで、いざ村長さんのお宅に侵入。

飛行魔法で身を浮かせて、二階の窓から宅内に入り込む。

侵入口に面した廊下には人気がなかった。

通路にはいくつかドアが設けられており、そのうち一つからは光が漏れている。また、突き当たりには階段があって、階下からは人の話し声が聞こえてくる。後者に聞き耳を立てるも、ルイス殿下の声色は確認できない。

「ナタリーさん、二階の部屋に捕まっていたって言ってたね」

『明かりの点いている部屋ではないか？』

ルイス殿下以外にも彼女と同様、こちらの村には囚われた方々がいるそうだ。

半分以上は村の人間、残りは商隊に参加していた者たち。そして、大多数は若い女性だとご説明を受けた。マーゲン帝国の兵の隙を突いて、彼女を村から逃がしてくれた人たちというのも、そうした面々であるとのこと。

ただし、その中にルイス殿下が紛れている可能性は低い。こちらの建物に到着するや否や、別室に連れて行かれたと、ナタリーさんが証言していたから。そうなると怪しいのは明かりが点いていない部屋である。

「普通に開けちゃってもいい？」

『うむ、それで構わない』

まずは明かりの点いていない部屋を確認しよう。

そう決めて、階段から一番距離のあるドアに手を伸ばす。

鍵はかかっていなかった。

音が鳴らないように気をつけて、少しだけドアを開く。

そうして生まれた隙間から、室内用の様子を盗み見るように窺う。

「…………」

暗がりの中、部屋の中程に立った太めの柱に人が縛り付けられている。

両腕の上からお腹(なか)の辺りを縄でぐるぐる巻き。

床にしゃがみこんだ姿勢のまま、頭をぐったりと伏している。

ナタリーさんと同じような、町娘を思わせる格好の人物だ。幅広なスカートが床に広がる様子が見て取れる。また、その一部は大きく裂けており、太ももが付け根まで露わとなっていた。下着は足元まで降ろされている。

暗がりのなか目を凝らすと、腕や足には青痣(あおあざ)が見られた。

随所には白濁が散っていたりと、乱暴をされた跡が窺える。

しかも、床には赤いものが溜(た)まっていたりするから大変だ。

「…………」

肩の上の彼に目配せをすると、小さく頷く仕草が返ってきた。

お目付け役の文鳥殿からはゴーサインをゲット。

囚われた人たちのいくらかは、ササキ男爵領を目指していた商隊の方々だ。面々も打算計算あって足を向けたとは重々承知している。けれど、こうなる原因の一端を、間接的にとはいえ担ったと思うと、少なからず良心が痛んだ。

存命のようならば、せめて回復魔法くらいはご提供したい。ルイス殿下の救出が第一目標であることは変わりない。もしも騒ぎ立てするようなら、ピーちゃんの魔法でお眠りして頂くという判断も取れる。

そのように考えて、室内に足を踏み入れる。

応じてキィと床が小さく音を立てた。

これに構わず、部屋に入り込んで後ろ手にドアを閉める。

すると先方に反応が見られた。

それは今にも事切れてしまいそうな、弱々しい声色の懇願。

「……た、助けて、ください」

「…………」

こちらに向かい、伏せられていた顔が上げられた。

十代も中頃と思しき若い女性だ。

綺麗に化粧で装っている一方、頬には痣が窺える。

どうか静かにして頂けるよう、身振り手振りで彼女にアピール。すると先方は、小さく頷いて応じた。以降はこれといってお喋りすることもない。ただ、縋るような眼差しでこちらを見つめるばかり。

相手が落ち着いたことを確認して、その傍らに歩み寄る。

なにはともあれ回復魔法を、と。

すると顕わになったのは、より鮮明な女性の顔立ちである。

これがまた非常に可愛らしい。

改めて彼女のことを眺めてみる。

窓から差し込む明かりを受けて、薄暗い室内に浮かび上がった姿は、極めて可憐に映る反面、儚げな装いが哀愁を感じさせる。自身の常識と照らし合わせては、あまりにも非現実的な光景。著名な写真家が苦労して撮影した作品のようだ。

そうして彩られたモデルは、とても可愛らしい女の子。

ここ最近は転職を境として、職場でも若い女性と関わり合いになることが増えた。それらの交流が霞んで思えるほど、目の前に座り込んだ相手に意識を奪われる。ただ見つめているだけで、胸が高鳴るのを抑えきれない。

すぐさま隣にしゃがみ込んで、彼女を拘束している縄を断ち切る。これには火を起こす魔法と一緒に学んだ、突風を起こす魔法が役に立った。影響範囲を狭めると共に、局所的に鋭利な風を起こしてのナイフ代わり。

彼女の美しい肌に、これ以上傷を付けては大変だ。

十分に注意を払っての作業。

直後には縄の当てられていた部分に痣を見つけて、心を痛める羽目となる。

「…………」

などと考えたところで、ちょっとおかしいなと感じた。

異性をこんなにも意識するなんて、何年ぶりだろう。

この胸のドキドキ、グラム三万円のシャトブリを、自宅のキッチンで焼いたときにも迫るものがある。火加減に失敗して、肉汁を閉じ込めることができなかったらどうしようと、鼓動を速くしていたあの日。

同時にふと思った。

そう言えば最近、似たような感覚に襲われた覚えがあるな、とも。

それは自宅アパートの玄関前で、お隣さんと話をしていた際のこと。彼女に対して抗うことが困難なほどの劣情を催した記憶。逃げ帰るように自宅へ戻って、トイレで回復魔法のお世話になったことは鮮明に覚えている。

ただ、疑問を覚えるには些かタイミングが遅かった。

「ありがとうございます、ササキ男爵」

自由になった彼女が、こちらに顔を寄せると共にボソリと呟いた。

耳のすぐ近くで発せられた甘い声に、背筋がゾクゾクとする。

これに身を震わせていると、先方の両腕がこちらの背中に回された。

正面からギュッと抱きつかれた形である。

その事実にただでさえ速まっていた胸の鼓動が、より一層速いものとなる。鼻先に香った青臭い匂いさえ気にならないほど。咄嗟に自らもまた、目の前の相手に向けて腕を伸ばしそうになる。肩の辺りがビクンと震える。

「お礼に末永く、飼い慣らしてあげよう」

続けられたのは要領を得ない発言。

耳元でボソリと呟かれた。

時を同じくして、首元でカチンと乾いた音が響く。

金属が互いに触れ合うような響きだ。

「…………」

なんだろうと疑問に思い、首元に手を向ける。

指先にひんやりとした感触があった。

首に輪っかのようなものが装着されている。

「……これは？」

「護衛も付けずに一人で捜索に訪れるとは、ササキ男爵は自らの力に随分と自信があるようだ。腕っぷしを見込まれて、父上から領地と爵位を与えられたというのも、決して眉唾ではないのだろう」

先方の顔が、互いの鼻が接するほどの距離にある。

近くから眺めても美しい。

けれど、目を奪われるほどではない。

その顔に浮かんでいるのは、出会い頭に感じられた儚さとは一変して、他人を下に見るかのような余裕の笑み。大きくつり上がった口元には歓喜が見え隠れ。スッと細められた瞳が、こちらを嘲るかのように見つめている。

今しがたまで感じていた胸の高鳴りは、嘘のように静まっていた。

「まさかとは思いますが、ルイス殿下であらせられますか?」

「自国の王子に心を奪われるとは、君も節操のない男じゃないの」

「…………」

目の前の人物に騙された、というのは理解できた。

そういえば以前、ピーちゃんからチャームなる魔法について、講釈を受けた覚えがあった。対象を魅了して服従させる魔法だという。有効期限は長くて数ヶ月。その間の記憶は、魅了が解けた後も残るのだとか。

自らに訪れた変化としては、まさにドンピシャリ。

ただ、お隣さんに対しても似たような感覚に陥ったという事実が、疑問をより深いものにしてくれる。いいや、あのときはもっとこう、純粋に劣情を誘われた。魅了し服従させるというよりは、ただ純粋に興奮させられたような感じ。

いずれにせよ訳が分からない。

そもそも術者は殿下なのか、もしくは他に誰かいるのか。

「失礼ですが、こちらの首輪が何か?」

「見ての通り隷属の首輪だ。ただし、力の強い魔族であっても服従させるという上等な品を用意した。主人自ら嵌めなければならないという制約が面倒ではあったが、ササキ男爵が好き者であってくれて助かった」

「……左様でございますか」

隷属の首輪とやらについては、初めて耳にするワードだ。

自ずとピーちゃんに教えを求めてしまう。

すると視線を向けた先、肩の上に姿が見られない。囚われの女の子改め、女装したルイス殿下に意識を奪われている間に、飛び立っていたようだ。それとなく周囲の様子を窺うも、室内に彼を確認することはできなかった。

恐らくだけれど、殿下に抱きつかれたタイミングで離れたのだろう。

その事実に気付けないほど、目の前の人物に陶酔していた事実に恐怖を覚えた。

同時にどこへ行ってしまったのかと、渦中で一人になったことに不安を感じる。

「失礼ですが、そちらの痣や汚れは本物なのでしょうか？」

「気になるかね？」

「ええ、気にならないと言えば嘘になります」

「利用できるものは利用する。それが自らの肉体であっても変わりはない」

「…………」

スーツに付着した汚れに鳥肌が立つのを感じた。

即座にクリーニングへ出したい衝動に駆られる。

見栄と立場を重んじるヘルツ王国の王侯貴族らしからぬ行動力だ。もしくは女装癖や被虐願望の持ち主であったりするのか。頭髪の染め具合一つ取っても自然なもの。

化粧などかなりお上手であらせられる。

「ルイス殿下、何がそこまで貴方を駆り立てているのですか？」

「さて、それでは早速だが、ササキ男爵には仕事をしてもらおう」

淡々と呟いて、こちらから半歩ばかり距離を取る。

質疑応答の時間は終わりみたいだ。

「この部屋を出て、階下に居る者たちを処分してくるといい」

「え、お断りなんですけど」

「…………」

非人道的な命令を下された直後、口を衝いて出たのは素直な思い。

対してルイス殿下は驚いた面持ちとなり絶句。

どうやら断られるとは思わなかったようだ。

その反応から鑑みるに、つい先程にも説明を受けた、隷属の首輪とやらの効果を前提としての指示に思われる。

商隊の襲撃が殿下の自演であり、その目的がササキ男爵の捕縛であることは、自身も既に理解している。

気を取り直してもう一回。

殿下から確認の声が発せられた。

「ササキ男爵､余の言ったことが聞こえなかったかね？」

「ですから、お断りさせて頂きます」

「…………」

確認の意味も込めて、奴隷は素直に受け答え。

主人の命令に逆らった形ではあるけれど、これといって罰のようなものが降り掛かってくる気配は見られない。この手のアイテムだと、聞き分けの悪い奴隷には輪っかが絞まったりするの鉄板だと思うのだけれど。

「……どうして余の言うことを聞かない？」

「いえ、どうしてと言われましても……」

こっちが困ってしまう。

首輪、ちゃんと嵌まっておりますから。

不良品を掴まされたのではなかろうか。

しかし、そうして猶予を得たのも束の間のこと。

どうしたことか、また急に殿下のことが可愛く思えてきた。

手が届く距離にあるというだけで、抱き寄せたい衝動に駆られる。つい先程にも感じていた、得体の知れない好感度の急上昇。本物であると知って嫌悪を抱いていた汚物、鼻先に漂っていた青臭ささえ気にならなくなる。

アドニス殿下との血の繋がりを感じさせる整った顔立ちは、若々しい年頃も手伝い中性的な雰囲気がある。これが少し長めの頭髪と相まって、女性らしさに拍車を掛ける。

そうしたこちらの変化に気づいたのか、再び殿下から指示がなされた。

「ササキ男爵、階下の男たちを始末してくるのだ」

今度は目の前の相手の言うことを素直に聞きたくなってしまう。

喜んでいる彼の姿が見たくて、みたいな。

おかしなことだとは理解していても、自らの心を律することができない。

けれど、そうした感覚は僅か数秒ほどで霧散した。

直後には部屋の外でズドンと炸裂音。

誰かが魔法を使って争っているような気配が伝わってきた。

「いや、待て。なにやら外が騒々しい」

「…………」

何事かと我々の意識も部屋の外に向かう。

するとしばらくして、窓からひょっこりと可愛らしい文鳥が顔を見せた。

窓枠にちょこんと止まり、こちらの様子を窺っていらっしゃる。

どうやらピーちゃん、お外に出かけていたみたい。

彼の登場と前後して、ルイス殿下に対する陶酔感は完全に消失。

やはり自身に訪れた予期せぬ胸の高鳴りは、先方から与えられた魔法的な影響である可能性が高そうだ。殿下には魔法を使った素振りも見られなかったので、第三者が陰ながら行使していたのではなかろうか。

これに文鳥殿が対処してくれた、といった雰囲気を感じる。

『…………』

彼は何を語るでもなく、ジッとこちらを無言で見つめている。

人前でお喋りする訳にはいかないので、本人に確認することはできない。

ただ、そうした仮定の下でルイス殿下には臨ませて頂こう。

「魅惑の魔法もネタ切れのようでございます、ルイス殿下」

「君が従えている使い魔は随分と優秀なようだ、ササキ男爵」

窓枠に止まったピーちゃんを眺めてルイス殿下が言った。

それはもう、なんたって星の賢者様でございますから。

素直に伝えたのなら、彼はどんな表情を見せるだろう。

「レクタン平原に向かう商隊を襲ったのは、殿下の意向でしょうか？」

「そうだと言ったら、男爵はどうするつもりだね？」

「国内に忍び込んでいたマーゲン帝国の手の者によってルイス殿下は逝去。兄君の志を引き継いだアドニス殿下が、王位を継承されて次代のヘルツ国王に。とは容易に想像できる近い将来の出来事だと思いますが」

「たしかに隷属の首輪が通用しなかったのは想定外だ」

「狙いは平原の砦でしょうか？」

「ああ、そのとおりである。悪いけれどアレ、余にくれないか？」

これ以上は嘘を吐いても無駄だと考えたのだろう。

ルイス殿下はあっけらかんと語る。

「条件次第では、差し上げても構わないと考えております」

「へぇ？　それはまた妙なことを言うじゃないの」

そもそもレクタン平原で行っている砦の建造は、地方に引っ込んで食っちゃ寝生活を送るための方便だ。ミュラー伯爵やフレンチさんと合意が取れたのなら、ササキ男爵としては他所様に引き渡したところで問題はない。

それよりも気になるのは、マーゲン帝国の兵の存在。

「ところでルイス殿下、階下の人たちについて伺いたいのですが」

「君が想像しているとおりさ。だから口封じをしたいな」

「繰り返しになりますが、それはご自身でお願いします」

レクタン平原に向かう商隊を襲ったのは、殿下の手勢で確定。マーゲン帝国のものと思しき装備は、他所で調達したのだろう。こうした可能性も想定していなかった訳ではないけれど、事実関係を知らされると、徒労感がどっと押し寄せるのを感じた。

アドニス殿下とは何もかもが対照的な人柄の第一王子である。

「それで結局、ササキ男爵は余をどうするつもりなのだ？」

「と言いますと？」

「このまま攫って性奴隷にでもするかね？」

「当初の予定どおり、ルイス殿下をお助けして砦に戻ります」

「それはまたお優しいことだ」

まさか本当にこの場で、殿下をどうにかする訳にはいかない。

ピーちゃんもそのようなことは望まないだろう。

自身に取れる選択肢は、最初から決まっているのだ。

「アドニス殿下が悲しむようなことを行いたくはありませんので」

「余が死んだら弟は悲しむだろうか？」

「自身が知る限り、アドニス殿下は大変情に厚いお方です」

こちらの村がオークたちに襲われていた際も、我先に駆けつけんとしていた。

当時は進退きわまった状況が故、早まった行いを取っていたとも考えられる。だとしても、極限的な状況であっても他者の為に動ける人物だと思えば、それは情け深い方だと称して差し支えないような気がする。

「……ふぅん」

「何か？」

「いいや、別に？」

「では、こちらは先に村の外へ出ていますので」

口封じだとか何だとか、血腥(ちなまぐさ)いのはごめんである。

ピーちゃんが肩に戻ったのを確認して、我々は一足先に部屋を出た。

*

結局、ルイス殿下の拉致騒動は、本人の帰還を以(もっ)て決着となった。

顛末もご本人が構想されていた通り、マーゲン帝国の兵による商隊の襲撃と、これを守るべく果敢にも動いた殿下の奮闘の結果、という当初案をそのまま採用。村での出来事はルイス殿下と自分だけの秘密と相成った。

それが一番、身の回りの方々に負担のない片付け方であったから。

ルイス殿下との駆け引きで言えば、今回は引き分け、と判断して差し障りないと思う。これで懲りてくれたらありがたい限り。少なくとも今後は、真正面から挑んでくるような真似は控えて頂けるのではなかろうか。

世間に対するササキ男爵のポジションとしては、無事にルイス殿下を救出したことで、領地における不手際はお咎(とが)めなし。殿下ご本人から下々の面前、労(ねぎら)いのお言葉を頂戴する形で決着した。こちらも帰り際に約束した通りである。

村までの道案内をして下さったナタリーさんは、本人の言葉通りルイス殿下による自作自演の騒動に巻き込まれただけであった。ただし、ササキ男爵を村に誘い込む為、意図的に放流したのだよ、とは黒幕のお言葉である。

彼女も含めて村に囚われていた方々は、殿下の救出と合わせて砦までお送りした。

可哀想(かわいそう)なのは、帝国兵の役割を任されていた方々。帰り際にルイス殿下から聞いたところ、彼が訪れた時には既に全員、階下で事切れていたとのこと。手間がかからず助かった、などと本人からも伝えられた。多分だけれど、凄腕の魔法使いとやらが暗躍したのではなかろうか。

その存在については事後、改めてピーちゃんから話を聞くことになった。

「ピーちゃん、チャームの魔法について聞きたいことがあるんだけど」

『貴様が受けた魔法であれば、ルイスが囲っていた魔法使いによるものだ』

ルイス殿下を砦に連れ帰ったことで、ササキ男爵はお役御免。

レクタン平原からエイトリアムのお宿に戻ったことで、お喋りが解禁された文鳥殿。ローテーブルの上、定位置となった止り木の彼に語りかける。自身はその正面、ソファーに腰を落ち着けて、今まさに一息ついたところ。

「やっぱりそうだったんだね」

『すまない。もう少しというところで、術者には逃げられてしまった』

「星の賢者様から逃げ果せるとは、なかなか凄い人のような気がするけど」

『用心深い人物であった。隷属の首輪が効果を示さなかった時点で、対処を諦めたのだろう。我が向かったときには、既に逃げ支度を終えていた。まあ、そのおかげで貴様に掛けられていたチャームも、すぐに解けたことと思うが』

文鳥殿のご指摘の通り、二度目の魅了からはすぐさま解放された。

てっきりピーちゃんが術者をやっつけて下さったからだと考えていたのだけれど、当初から逃げ出す予定での行使であったみたい。つまるところそれは、ルイス殿下を見捨てるにも等しい行い。まだ見ぬ魔法使いとしては、それで良かったのだろうか。

まさかとは思うけれど、ササキ男爵が殿下を害さないと、あの時点で確信を得ていたとか。

「殿下のことを助けに来なかったのは気になるかも」

『うむ、その点は我も疑問が残っている』

「顔とか覚えてる？」

『上から下までローブやフードですっぽりと覆っていた』

「なるほど」

ピーちゃんの話を聞く限り、深追いは控えた方が良さそうだ。

当面は身の回りにも気を遣おうと思う。

「あと、隷属の首輪というのについても、ご教示を願いたいんだけど……」

『読んで字の如く、対象を強制的に従属させる魔道具だ』

「用途は奴隷的な？」

『うむ、そういった需要も大きい』

ルイス殿下によって嵌められた首輪については、村を出発する前にピーちゃんに外して頂いた。持ち帰っては周囲から要らぬ疑惑を受けそうだったので、地面に埋めた。かなり高価な品らしいけれど、お金には困っていないので即断である。

「チャームの方は割とパワフルに感じたけど、首輪はさっぱりだったよ」

『貴様の魔力量を思えば、まともに効果を発揮するとは思えなかった。そこで魔法使いの対処を優先したのだが、結果的に貴様を利用する形になってしまった。申し訳ない。あまりいい気分ではなかっただろう』

「いやいや、こちらこそ不用意に近づいちゃって申し訳ないです」

むしろ、自分が勝手に相手の術中に突っ込んでいった形である。

続けられたピーちゃんの説明によれば、隷属の首輪は利用する相手によって適切なグレードを選ぶ必要があるそうな。判断材料は主に魔力の量。ルイス殿下が言っていた力の強い魔族云々は、そうした背景から来るご説明であったようだ。

彼に仕えていた魔法使いが、すぐさま逃げに転じた事情が理解できた。

ルイス殿下が驚いていた理由も然り。

一方でチャームの魔法が効いたのは、殿下に味方していた魔法使いの腕前が優れていたから。また、自身がその手の魔法に対する理解に乏しく、そもそも初見であった為、碌に抵抗できていなかったから、とのこと。

「チャームの魔法は怖いねぇ、ピーちゃん」

『怖いからこそ有用な魔法でもある』

思い起こせば、ピーちゃんも同じ魔法を使うことができたはず。

過去に現代日本での金策を巡り、利用の提案を受けた。文鳥に転生する以前は、彼もチャームの魔法を利用して、ブイブイいわせていたりしたのだろうか。いいや、生前の彼は非常に魅力的な顔立ちをされていたから、魔法に頼るまでもなかったかもだけれど。

『ところで貴様は、女装した男が好みなのか？』

「え、なんでそうなるの」

『チャームの魔法の効果は、対象の性的な好みに左右されることが多い』

「……そうなの？」

『相手の意識を捻じ曲げるのだ、基準となるハードルは低い方が容易だ』

「…………」

　こうした世俗的な話題について、ピーちゃんからツッコミを受けるとは珍しい。

　しかし、あまりにも切れ味が良過ぎやしないか。

　完全に想定外。思わずお返事に詰まってしまった。

『あちらの世界でも、身の回りの女に気を向けていなかっただろう？』

「いやいや、そんなことはないよ？　タイプの相手は異性だし」

『そうなのか？』

　汚れてしまったジャケットも、お宿に戻ってすぐ洗濯に出した。お部屋付きのメイドさんにお願いして拭ってもらうことにした。ピーちゃんの言葉ではないけれど、そのまま現代に持ち帰っては、要らぬ誤解を受けそうだったから。

　しわ寄せがいってしまったメイドさんには、大変申し訳なく感じておりますとも。

「女の子、大好きだから」

『それにしては枯れているように感じるのだが』

「気の所為じゃないかな」

『ここのところずっと共にいる。そういう時間も必要かと考えていた』

「……まぁ、言われてみるとそうだね」

　なるほど、本題はこちらか。

　ご指摘の通り、ここ最近は常に誰かしら身の回りにいる。

　仕事に出ている間は二人静氏や星崎さんが一緒で、家にいる間はピーちゃんやエルザ様と共に過ごす時間が増えた。自身が働いている間、ホテルや別荘で自由に過ごしている文鳥殿と比べると、一人の時間は格段に少ない。

　ついこの間まで孤独に寂しさを覚えていたとは思えないほどの賑わいっぷり。

　そのすべてが目の前の彼から与えられたと考えたのなら、改めて思う。

　ピーちゃんをお迎えしてよかったと。

『曜日を決めて、時間を設けたほうがいいだろうか？』

「大丈夫、そのときはこっちからお願いするから」

『……そうか』

「それより明日からの予定だけど……」

　シモの都合まで気にかけてくれるとは、なんて気遣いのできる文鳥だろう。

　ありがたく思いつつも、気恥ずかしさから話題を変えさせて頂く。

　頭脳明晰（めいせき）なペットとの距離感は、未だに悩むことも多い日々である。

〈巨大怪獣〉

異世界のショートステイを終えて、自宅のアパートに戻ってきた。

ルイス殿下の騒動以降は、これといって問題が発生することもなく、数日ほどをゆっくりと過ごしての帰還である。当初の予定どおり、ルンゲ共和国で食事や観光を楽しむことができたのは幸い。

おかげで心身ともにリフレッシュ。

他方、魔法のお勉強については進捗が芳しくない。

バカンスを優先したことに加えて、マルク商会に持ち込んだ機材のアフターサービスに時間を取られた為である。無線機はおろか電波の存在すらご存じなかったところに、複雑な設備を導入させて頂いた弊害だ。

繰り返し足を運んで、無線機を相手に睨めっこすることになった。

ただ、マルクさんを筆頭にして、現地の担当者の方々が適応力に長けており、スルスルとこちらの言っていることを吸収してくれた為、最終的には毎日決まった時間に日報を交わすまでに至れた。

お年寄りを相手にインターネット的な何かを説明するよりは遥かに楽だった。

これを見届けたところで我々は現代に帰還。

自室で時計を確認すると、時刻は午前七時を少し過ぎたところ。

文鳥殿はすぐにデスクへ向かい、パソコンをゴーレム越しにカタカタとやり始めた。今回のステイで得られたデータを入力しているようだ。異世界との時間の経過差に対するチェックと推定は、既に彼のライフワークとなっている。

その後ろ姿をベッドの縁に座って眺めつつ、自身は局から支給された端末を確認。これといって連絡は入っていなかった。私用の端末も同様に確認する。迷惑メールが何件か入っていたが、対応するべき連絡はなし。

するとしばらくして、ピーちゃんから声がかかった。

『貴様よ、本日の予定はどうなっているのだろうか』

「異世界から降ってきたドラゴンの亜種というのについて、調査の結果を局へ報告に行く予定だよ。ただ、課長のところへ向かう前に、二人静さんとは事前に少し相談しておきたいところだけど」

『そうか、ならばすぐにでも向かうとしよう』

「ありがとう、ピーちゃん」

こちらが手持ち無沙汰にしていたところ、気を遣ってくれたのだろう。

彼の提案に乗って、すぐさま二人静氏の別荘に向かうことにした。

移動は例によって文鳥殿の空間魔法。足元に浮遊感を覚えるのと同時に視界が暗転する。そして、次の瞬間には周囲の光景が一変して、昨晩にもお邪魔した軽井沢にある別荘のリビングに立っている。

五十平米以上ありそうな居間に感じるのは、落ち着きのある高級感。言うなればくつろぎ。大きな窓から見えるのは管理の行き届いた立派な庭園。そこから差し込む朝日に照らされて、朝の空気がキラキラと輝いて見える。

空調も完璧で暑過ぎず寒過ぎず。

自宅アパートとの気温差がエグい。

こういうお家に住まいたいと心の底から思う。

「なんじゃお主ら、朝っぱらから勝手に人の家に上がり込みおって」

「すみません、本日の予定についてご相談をさせて頂けたらと」

リビングに面したダイニングには、二人静氏とエルザ様の姿があった。

どうやら前者が手ずから朝食の支度をしているようだ。着物の上からエプロンを身に着けて、食器やら何やらをダイニングテーブルに並べている。後者もそのお手伝いか、同じくエプロン姿でパタパタとしていた。

言葉が通じずとも仲良くやっているみたい。

不意に目の当たりにした微笑ましい光景に心がほっこり。

「お主らにくれてやるメシはないぞぇ？」

「残念には違いありませんが、流石にそこまで無茶は言いませんよ」

「肩に止まった文鳥は、物欲しそうな目をしておるがのう」

『なんなら出直そう』

「おぉ、珍しく殊勝じゃのぅ？　そっちに座っておれ。茶くらい出してやる」

「ありがとうございます、二人静さん」

「鳥さん、私のごはんを一緒に食べる？　分けてあげる」

『いや、気持ちだけありがたくもらっておこう』

二人静氏に促されるがまま、リビングのソファーに腰を落ち着けた。

朝食の良い香りが、こちらにまで漂ってくる。

チラリと垣間見た食卓は、ご飯やお味噌汁、お新香を筆頭に、塩鮭や卵焼きなど日本の古き良き朝食の風景。異世界では口にする機会も乏しく、現代でも距離を置いて久しい献立には、郷愁のようなものを覚えた。

異世界で食事を済ませてきてよかった。

そうでなければお腹が鳴っていたかもしれない。

「ところでお主ら、今日の予定なんじゃが……」

朝食の支度を終えた二人静氏が、我々の下へ湯呑と急須を運んでくる。

これと前後して、自身の懐で端末がブブブと震え始めた。

私用の一台である。

取り出してディスプレイを確認すると、メールの受信を示す画面と共に、職場の上司の名前が表示されていた。局支給のアドレスから転送されてきたものだ。ローテーブルの傍ら、湯呑に茶を注いでいた彼女も、こちらに注目していらっしゃる。

「阿久津さんからです」

「捨て置け捨て置け、せっかくの朝飯が不味くなる」

すると時を同じくして、二人静氏の胸元からブブブという振動音と共に、最近流行りのアニメのオープニング曲が流れ始めた。アップテンポで軽快なサウンドだ。タイミングからして、相手は阿久津さんで間違いないように思われる。

「なんじゃ、儂もかぇ……」

これには彼女も辟易した面持ちとなり呟いた。

画面を確認するや否や、眉間にニュッとシワが寄る。

致し方なし、二人して送信されてきたメッセージを確認。

「どうやら急ぎのようですね」

「嫌な予感しかせんのぅ」

本文は簡潔、なるはやで登庁して欲しいとのこと。

我々が現場から厚木基地に戻ったことは、彼にも昨日のうちに連絡が入っていることだろう。放っておけば本日中にも局まで報告に訪れるだろうことは、彼も重々承知しているはず。だというのに、わざわざのご連絡。

具体的な仕事については一切触れられていない。カーボンコピーの欄を確認したところ、もれなく二人静氏のアドレスが入っていた。端末のディスプレイから顔を上げると、こちらを見つめていた彼女と目が合う。

「上司は上手いこと言いくるめたのではなかったかぇ？」

「ええ、そちらについては間違いありません」

「だとすれば、あのデカブツに何かあったのかのぅ……」

二人静氏の何気ない発言に不安を覚える。

我々の会話を耳にしたことで、ピーちゃんからも声が上がった。

『自宅に戻るのだろうか？』

「慌ただしくて申し訳ないけど、お願いできるかな？」

「あ、儂もご一緒したい。ここからじゃと遠いし」

『構わない。すぐに出るのか？』

「せめて朝飯くらいはゆっくりと食べたいのぅ」

テーブルに並べられた朝食を眺めて、いじらしげに呟く二人静氏。

彼女の視線の先にはホカホカと湯気を上げるご飯。

対面の席にはお行儀良く彼女の着座を待っているエルザ様。

お客様に一人で朝食を食べて頂くのは申し訳ない。また、阿久津さんに言われるがまま、すぐに馳せ参じるのも、今後の力関係を思えばどうかと思う。喧嘩から間もない今、少しくらいゆっくりしてもいいのではなかろうか。

「食後でもいいかな？」

『うむ、そのようにしよう』

承諾はすぐに得られた。

多分、ピーちゃんも同じように考えてだろう。

それから小一時間ほど朝の時間を過ごして、我々は別荘を出発した。

*

阿久津課長の呼び出しを受けた我々は、ピーちゃんの魔法のお世話になり自宅アパートまで帰還。そこから二人静氏の愛車に乗り込んで局に向かった。自動車は昨晩から近所の有料パーキングに停めてあったものだ。

移動中は彼女から、異世界に導入した無線設備についての講義。

現地での成果は二人静氏も気になっていたようで、疎通の成否を筆頭として色々と質疑を受けた。おかげさまで持ち帰りとしていた課題についても、次のステイでは無事に解決することができそうである。

局に到着後は真っ直ぐにフロアへ向かった。

するとすぐさま、阿久津さんに声を掛けられた。

呼び出された先は、同じフロアにある打ち合わせスペース。

同所には既に星崎さんの姿が見られた。

「佐々木、遅いわよ」

「申し訳ありません、星崎さん」

どうやら我々よりもかなり前に到着していたようだ。

会議室に入るや否や、叱咤を頂戴してしまった。

相変わらず労働意欲に満ち溢れた先輩である。

ミニスカートを着用しているにもかかわらず、大きく足を組んで椅子に座った姿は、非常に彼女らしく映る。

そうした光景を目の当たりにしたことで、ふと異世界でピーちゃんに言われたことを思い出した。

貴様は女装した男が云々。

ルイス殿下と比較したら、目の前の相手の方が性の対象としては魅力的に映る。

見た感じ完全にオフィスレディ。当初は成人していると勘違いしていた。ただし、化粧を落とした彼女は名実ともに現役ＪＫ。本人の言葉に従えば十六歳。素直に口に出したのなら、世の中的にはアウト判定待ったなし。

だったら隣に立った二人静氏はというと、中身大人だけれど完全に女児。

などと考え始めると、なんかもう色々と面倒臭い。

やはり自分はピーちゃんと美味しいご飯を食べている瞬間こそ最高だ。

「……な、なによ？　私のことジッと見て」

「いえ、なんでもありません」

「文句があるのなら素直に言って欲しいのだけれど」

「星崎さんの勤勉さを見習わないといけないなと感じた次第でして」

「そんな心にもないこと、よくまあ本人の前で語れるわよね」

「いえいえ、素直に胸の内から出てきた言葉ですよ」

「だったら明日から朝の電車、私と揃える？」

明日から一緒に学校行く？　みたいな感じで言われた。

これが現役ＪＫの思考力か。

会社勤めをしていたら、なかなか出てこない誘い文句である。思い起こせば小学生の頃は、僅かな距離を共に歩く為だけに、朝登校してくるクラスメイトを路上で待ったり、少し回り道をしていたような気がする。

いつから自分はそうした余裕を失ってしまったのだろう。

「いえ、それはちょっと……」

「ほら見なさい」

「ああだこうだと言っとらんで、さっさと座らんかい」

「あ、はい」

二人静氏に促されて、会議卓の空いていた席につく。

お互いの位置関係は、六人がけのテーブルの片側に星崎さん、自分、彼女の並び。阿久津さんはその対面中央に一人で掛けた。打ち合わせスペースにおける自らの役割の一つに、星崎さんと二人静氏との垣根役があることは間違いない。

課長が手元のノートパソコンにケーブルを差すと、お誕生日席的な位置に設けられた、壁掛けのディスプレイに映像が映った。

表示されたのはつい昨日にも調査を行っていたクラーケン。

海上で蠢(うごめ)く姿が映像として撮影されている。以前に見たものとは別に、追加で撮られたもののようで、画面の隅に表示された日付データは、本日の夜が明けて間もない時刻となる。ただ、それ以外は前の映像と大差ない。

当然ながら、自身が撮影したものとも違う。

「調査の報告書なら、ちと待って欲しいのぅ？　昨日の夜に戻ったばかりじゃ」

「そちらについても速やかに提出を願いたいが、それとは別件になる」

「クラーケンに何かあったのでしょうか？」

「まずはこの映像が撮影された地点について共有するが……」

課長の手が動くのに応じて、ディスプレイに地図が現れた。

日本を左上に配置して、大半は海洋が占めている。その只中(ただなか)に気象情報の台風予報さながら、日付をラベルにしていくつか打たれた横並びの点。これらを数珠繋(つな)ぎにして一本の線が引かれている。

右端の日付は自身の記憶が正しければ、クラーケンが異世界から現代にやって来た日時。左端はつい二、三時間前のもの。現在は東京の沿岸部から南に千キロ以上の距離で、小笠原諸島とグアムの間を進んでいる。

このまま真っ直ぐに進めば、北太平洋からフィリピン海に抜けるだろう。

「こりゃまた一晩で随分と進んだのぅ」

「亜熱帯循環に乗って移動しているのではないかと考えられている」

「まるでニホンウナギのようなルート取りじゃのう」

そういえば最近、ウナギを食べていない。というか、最近と言わずにここ数年、ウナギを食べた覚えがない。比較的安価な海外産であっても高騰著しく、給料日でもおいそれと手が出せなかったから。

けれど、転職してお賃金が上昇した今なら、その限りではない。

本日の晩御飯はウナギ、どうだろう。

お肉大好きのピーちゃんに、お魚の良さを理解してもらうチャンスだ。

「えっ、ウナギってこんなに南の方から来ているの？」

「ちょいと前に話題になっとったじゃろ？　遂に謎が解き明かされただのと」

「ちょいと前とは言っても、二十年くらい昔のことだと思いますが」

「そうかぇ？　歳を取ると時間の流れが速くてのぅ」

「もし仮にクラーケンがウナギと同じルートを取った場合、黒潮に乗せられて北上し、本国に接近することになる。君たちに急ぎで集まってもらったのは、そうした場合に向けて事前に情報を共有する為だ」

課長がノートパソコンを操作するのに応じて、クラーケンの進路に予測値が重ねて表示された。幾つかのケースを想定しているようで、内二つが日本とぶつかるコース。残るルートはフィリピン海に面した他国に向かうコース。

いずれを取ったとしても、タコドラゴンの東アジア上陸は確定のようだ。

「つい先日までは、資源の奪い合いさながらであったと思いますが」

「魔法少女たちが一方的に敗北した事実から、各国の対応が変化を見せてきている。今後については本国でも既に検討が進められているが、これと合わせて現地でクラーケンの調査を行った君たちにも意見を伺いたい」

「そういった意味ですと、異能力者に頼るような場面ではないと思います」

「まったくもってその通りじゃ。ミサイルでも何でも撃ち込んでしまえばいい。先日の騒動も大方、魔法少女を動かした方が安上がりだと考えてのことじゃろう？　出処の知れぬ怪獣が相手では、ゼニを支払う者がおらんからのぅ」

「二人静君の言う通り、最終的にはそうなる可能性もある」

「公海に浮かんでいるうちに、さっさと対処してもらいたいものじゃ」

課長を相手に荒ぶる二人静氏。

二度と現地入りするまいという、強い意思が窺える。

他方、長距離出張に味を占めた星崎先輩からは疑問の声が。

「対象に触れさえすれば、貴方なら対処できるんじゃないのかしら？」

「どうしてそういうこと言うの？　儂に死ねと？」

「だって死なないでしょ？」

「海の藻屑となって、延々と彷徨うことになるかもしれんのに？」

「ちゃんと探してあげるわよ」

「そういうのは人類が白旗を上げてからにして欲しいのぅ」

二人静氏もそうだけど、彼女が以前まで所属していた反政府組織のリーダーさん辺りも、クラーケンに効果がありそうな異能力をお持ちである。ピーちゃんと争うのに際しては、即死グッズとか具現化していた。

いやしかし、その効果も文鳥殿には反射されていたか。同じような魔法を先方が備えていたら、ちょっと大変な気がする。

現に魔法少女たちは人数を揃えても、一方的に敗北してしまった。

「佐々木君と二人静君は異能力者を用いた対処に批判的だが、星崎君の所見はどうなのだね？　詳細な内容は後で報告書を上げてもらうとして、実物を目の当たりにした者からの率直な意見を伺いたい」

「無理じゃ」

「どうして貴方が答えるのよ」

「だって無理じゃもん」

「まあ、局の人員で対処するには厳しいと、私も思うけれど……」

「そうかね」

いつになく必死な二人静氏。その気持ちは分からないでもない。曖昧な態度を取ると、上の人はすぐに営業してしまうから。自身も拙い社畜生活から身に染みている。嫌なお仕事はこうしてしっかりお断りしておかないと。

これには課長も素直に頷いて応じた。

そして、以降はクラーケンと魔法少女連合の戦いっぷりにフォーカス。

マジカルビームに耐えた先方の反応や、接敵してマジカルブルーの窮地を救出した際の出来事など、細かに質問を受けた。お上がクラーケンに対して危機感を抱いているのは、阿久津さんの対応からも間違いないように思われる。

こちらについては素直に見たものを伝えた。

自身も異能力者としての設定を逸脱する行為はしていない。

ただし、ピーちゃんから教えてもらったドラゴンの亜種云々といった情報は、当然ながら秘匿とさせて頂いた。現地で撮影した映像についても、妙なものが映っていないかどうか、ちゃんと確認を行っている。

そうして現地での騒動を一通り語り尽くした辺りでのこと。

居住まいを正した課長がこちらに向き直り言った。

「ところで話は変わるが、佐々木君と二人静君に伝えたいことがある」

「なんですか？」

「なんじゃ？」

「思い起こせば、君たちの歓迎会を行っていなかった」

また妙なことを口走って下さる。

阿久津さんのお口から歓迎会とか、怪しいにも程があるのだけれど。つい先日には喧嘩をしたばかりだというのに。歌舞伎町や秋葉原を彷徨いているキャッチに付いていったほうが、まだマシのような気がする。

「毒でも盛るつもりかぇ？」

二人静氏も同じように考えたみたいだ。

疑いの眼差しで上司を見つめている。

っていうか、そこまで露骨にお喋りしちゃうのもどうかと思うけれど。

「そのような回りくどい行いをせずとも、そのつもりであれば最初から、君の愛車に爆発物を仕掛けるくらいのことはしている。それとも二人静君は毒を飲んだ程度で、どうにかなってしまうのだろうか？」

「えっ、ドン引きなんじゃけど……」

「店は既に押さえてある。本日の定時後、星崎君も含めてどうだろう」

どうだろう、とは言うけれど、既に確定事項ではなかろうか。

上司からこうまでも言われて、お断りできる人は滅多にいないと思う。

あと、個人的には課長が自ら選んだお店、というのが気になったり。

「私は別に構わないけど？」

星崎さんからはすぐに賛同の声が上がった。

体育会系の権化のような方だし、職場の飲み会もバッチコイって感じ。

スーツ姿の彼女を見ていると、ついつい未成年であることを忘れそうになる。

「そういうことでしたら、今晩は課長のご厚意に甘えさせて頂けたらと」

「本気で言っとる？　職場の飲み会とか、むしろ断るのが最近の流行じゃろ」

「民間はそうですが、官庁系は未だに旧来の文化が根強いと噂に聞きました」

「まあ、決して無理にとは言わんがね」

阿久津さんとは今後も長い付き合いになりそうである。だからこそ、こうした形で交流を得ておくのは決して悪くないと思う。仲良くなることは難しくとも、先方に対する理解を深めることは、今後のやり取りでプラスに働くはずだ。

多分、彼もそのように考えたのではなかろうか。

お酒を楽しむ、みたいな余裕はきっとないと思うけれども。

「行けばいいんじゃろ？　行けば」

「では、すまないが本日は定時上がりでよろしく頼みたい」

「承知しました」

「ところで、歓迎会は業務時間に入るのかしら？」

「……好きにしたまえ」

打ち合わせをしていたのは小一時間ほど。

以降は当初の予定通り、フロアのデスクで昨日の報告書を作成したり、急な出張に伴う庶務を行ったりとしている間に時間は過ぎていった。ちなみに昼食は星崎さんを交えて、二人静氏と共に三人で近所の飲食店に向かった。

その席で彼女が、めっちゃご機嫌にしているのが印象的だった。

昨日までの出張に伴う各種手当が、それはもういい感じであったから。

＊

同日、定時で仕事を切り上げた我々は、タクシーで銀座に向かった。

上司から提案を受けた通り、自分と二人静氏の歓迎会のためだ。メンバーは我々の他に、阿久津課長と星崎さんの四名。内一名が過去に局員と揉めていたこともあり、少数での開催となった次第である。

人によっては親しい同僚を殺されていたりするという恐るべき職場の人間関係。

お誘いしても誰も応じないのではなかろうか。

むしろ、ホイホイと付いてきた星崎さんの肝が据わり過ぎなのである。

肝心の会場については、伊達に阿久津さんが自ら押さえていない。店内に入る前から、ひと目見てお高いと分かる、和食のお店であった。客席は当然のようにお座敷となり、他の席の喧騒も遠く感じられる個室。

我々一般人が普段飲み食いするのに利用する、なんちゃって個室とは別物。各席が個別に部屋として区切られており、室内の中央に設けられた座卓の他、床の間や欄間、雪見障子などにより彩られている。

まるで旅館の一室を思わせるお部屋ではなかろうか。

各々の位置関係は、四角い座卓の一辺に課長と自分が横並びとなり、その正面に星崎さんと二人静氏が座した。和服姿の二人静氏が非常に馴染んで思える。一方で星崎さんは目に見えてソワソワとし始めた。

「課長、今日は私、そ、その、あまり持ち合わせが……」

「本日は私の奢りだ。星崎君も気楽に楽しむといい」

「本当ですか？　ありがとうございます」

　先輩局員の顔にパァと笑みが浮かんだ。

　常識的に考えたのなら、この場が課長の奢りであることは傍目にも明らか。けれど、真に迫った面持ちで、自身のお財布の具合を心配していた星崎さんは、きっとピュアな心の持ち主なのだろう。

　彼女のそういうところ、心の荒んだ社会人は眺めていて癒やしを覚える。

「ここの料理であれば、二人静君にも満足してもらえると思うのだが」

「よくまあ急な思いつきで、席を押さえることができたのぅ？」

「ダメ元で連絡したところ、ちょうど前日にキャンセルが出たとのことだ」

「それはまた運がいいことじゃ」

　本当かどうか怪しいところだが、この場は聞き流しておく。

　お陰様で美味しいご飯にありつけるのだ。

　留守番をしているピーちゃんやエルザ様には申し訳ないけれど、本日は歓迎会を楽しませて頂こう。ちなみに彼らの食事の面倒については、二人静氏が手配したお手伝いさんが見て下さっているとのこと。

　しばらくすると和服姿の仲居さんがやって来て、晩御飯のお時間。

　本日はコースによるご提供のようで、箸付から始まり、前菜、吸物、お刺身、更には煮物、焼物、揚物と小気味よく進んだ。ご飯物にウナギが登場したの、手前に配膳されゆく姿には運命を感じた。

　メインディッシュは松阪牛のステーキ。

　なんと、シャトーブリアン。

　ピーちゃんに申し訳なさを感じてしまう。

　会社の席で美味しいご飯を頂いたとき、自宅で待っている奥さんに後ろめたい気持ちになる旦那さんって、こういう感覚だったりするのだろうか。そんなことを思いつつ、全力でお肉を楽しませて頂いた。

　お酒も日本酒が多数取り揃えられており、銘柄も選り取り見取り。

「佐々木君、グラスが空になっているではないか」

「いえ、既に三杯も頂いておりますので」

「星崎君からは、割と飲むようなことを聞いていたが」

え、どうして彼女からそんな情報が伝わるの。

予期せぬ先方の発言を受けて戸惑う。

自然とこちらの意識は、斜め前に座った彼女に向かう。

すると先方からは、何を言っているのだと訴えんばかりのご指摘が。

「佐々木、前にも昼間からビールを飲んでいたじゃないの」

「あぁ……」

以前、二人静氏と昼ビールした事実が、現役ＪＫの脳内で勝手に変換されたようである。たしかにお天道さんの高いうちからお酒を口にする大人って、お酒好きっていうか、アルコール依存症っていうか、そういうイメージあるよね。

最近は昼飲みとか、そういうフレーズも流行ってきてはいるけれど。

「ここのところ、健康の為にも量を控えておりまして」

「それは失礼した」

ちなみにそうして語る星崎さんは、お酒の代わりにお茶を口にしている。

この辺りの分別は、かなりしっかりとした意識をお持ちだ。

他三名は彼女に構わず、好き勝手にアルコールを楽しんでいる。

「先程から同じ銘柄を口にしていますが、課長は日本酒にこだわりが？」

「こだわりと言うほどではないが、割と好みがうるさい方かもしれない」

「なるほど」

話題を変えるべく適当に尋ねたところで、ふと思った。

自分は阿久津さんのプライベートを何も知らない。

住まいはどちらにあるのかとか、一緒に住まっているご家族はいるのかとか、地元はどちらにあるのかとか。

職場を共にしていれば自然と見えてくる私的な部分が、現時点で何一つ入って来ていない。

対して彼はご自慢の監視カメラを通じて、我々の私的な部分について、決して少なくない情報をお持ちである。

今後の付き合いを思えば、そうした認知の格差は、なるべく是正していきたいところ。

とかなんとか意識を改めつつ、知り合って間もない上司と雑談を交わす。

　すると相手も同じようなことを考えたのか、自分や二人静氏に対してプライベートを探るような質問が増えた。休日は何をしているのだねとか、年末年始は実家に戻るのかねとか、以前の勤め先でも幾度となく耳にしてきた諸々である。

　これがまた、普通に上司、普通にお酒の席、といった感じの会話。

　おかげでちょっと調子が狂う。

　そうして他愛ない会話を交わしているうちに、時間は過ぎていった。

　お店に入ってから二時間ほどが経過しただろうか。頃合いを見計らった課長が、チラリと腕時計を確認して呟いた。

「さて、それでは次の店に行こう」

「えっ……」

「なんじゃと？」

　この人、本当に阿久津さんだろうか。

　らしくない言動を目の当たりにして、驚きから顔が強張ってしまった。職場の飲み会で二次会があったとしても、部下にお金だけ渡して、自分は先に帰宅するタイプの人だとばかり考えていたから。

「二次会の席を用意してある。本日は星崎君も一緒なので、スイーツやカラオケが楽しめる場所を取った。徒歩では少しばかり距離があるので、タクシーで移動することになるが、トイレは大丈夫だろうか？」

　お酒の席では性格が変わるのだろうか。

　けれど、どう見ても酔っているという感じはしない。局の打ち合わせスペースでやり取りするのと大差ない語りっぷり。

「お主、それマジで言うとる？」

「こんなことで嘘を吐いてどうすると言うのだね」

　二人静氏の驚きっぷりが本気なのちょっと面白い。驚愕から目を見開いて、阿久津課長のことを見つめていらっしゃる。座椅子に座っていなかったら、魔法少女に対するのと同様、身構えていそうな雰囲気がある。

　そして、結論から言うと、我々は彼の提案どおり二次会に向かうことになった。

　本日は職場を定時上がりした為、終電までは十分余裕がある。星崎さんが同行を決めていたのは、年齢的にどうなのかと疑問に思ったけれど、何か言うと逆に本人から責められそうだったので、意見は控えておいた。

会場までは課長の言葉通りタクシーで移動。

案内を受けた先は、雑居ビルの地下にある小さなバーだった。

カウンター席の他にボックス席が一つだけ設けられている。照明も控えめな店内はとてもお洒落。落ち着いた雰囲気のオーセンティックバーだ。チャージ料千円、サービス料十パーセント、ビール一杯千円から、みたいな雰囲気が感じられる。

店内に店員の姿は男性のバーテンダーが一人だけ。三十路前後と思しき人物で、黒髪をオールバックに撫で付けている。アジア人にしては背の高いイケメン。下はスラックス、上は白いワイシャツにカマーベストを着用の上、ネクタイを締めていらっしゃる。

値打ちもののボトルがズラリと並んだバックバーの傍ら、カウンターに立って優雅に仕事を進める姿は、同性ながら素直に格好いいと思う。何気ない立ち振る舞いが、いちいち様になっているの凄い。

店内に我々の他、お客さんの姿は見られない。というか、店先には本日貸し切りの案内が下げられていた。

案内された先は、店内の奥まった場所に設けられたボックス席。

同所でソファーに掛けて、二次会は乾杯の音頭と相成った。

「こういうお店、初めて来たのだけれど、パフェなんて出してくれるのね」

「最近は女性客を意識したサービスを展開する店も増えてきたように思う」

感心した面持ちで、頻りに店内を眺めている星崎さん。彼女の正面には本人の言葉通り、立派なパフェが鎮座している。かなり手の込んだ代物で、それとなくメニューを確認したところ、なんと三千円。課長の奢りでなければ、絶対に手を出さなかったことだろう。

他方、残る三名の正面には、各々で注文したアルコールが並ぶ。

自分は星崎さんよりも年を召したウィスキーを頂くことにした。シングルにもかかわらず、彼女が食べているパフェと大差ないお値段。二人静氏と阿久津さん本人も、似たりよったりの価格帯のお酒を楽しんでいらっしゃる。

皆々の座った位置は、銀座の料亭で着いた際と変わり無い。

「普段からこういう店に女を連れ込んで、遊び相手を捕まえておるのかのぅ?」

一口目を口にするや否や、二人静氏からセクハラが飛んだ。

上司が相手であっても遠慮しない人だ。

「課長、ゲイらしいわよ?　男同士でもこういう場所っていいのかしら」

「なんじゃ、そうなんかぇ?」

「興味を持ってくれるのは嬉しいが、二人静君の好意には答えられないいな」

「うわぁ、なにそれムカつく」

今のは阿久津さんなりの冗談だろうか。

普段がド真面目なので、違和感が半端ない。

それでもイケメンな彼だから、様になっているというか、自然と受け入れられるのが凄い。同じことを自分がやったら、完全にアウトである。多分、現場ではドン引きされて、次の日から職場で噂になってヒソヒソされる感じ。

ところで、今晩は前のお店でもそうであったのだけれど、二人静氏が率先してお喋りしてくれるおかげで、自分はかなり楽をしている。普段から聞きに回ることが多いので、代わりに喋ってくれる人がいると大変具合がよろしい。

お酒の席でまで彼女のお世話になっている事実に、些か危機感を覚えるほど。

「そうなると、もう一人の新人の方が可能性がある訳かのぅ?」

「悪いが佐々木君のことをそういう目では見られない」

告白した訳でもないのに、またも一方的に振られてしまった。

これで二回目。

もう好きにしてくれたらいいと思う。

そうして他愛ない会話を交わすことしばらく。

パフェを食べ終えて手持ち無沙汰になった星崎さんがソワソワし始めた。メニューで価格を確認して以来、大切そうにちびちびと食べてはいたけれど、我々が二杯目を口にし始めた頃には、既に空となっていた。

慣れない環境も手伝ってか、ピンと背筋を正してソファーに掛けた姿が印象的に映る。

そんな彼女を眺めて、阿久津さんが言った。

「星崎君、カラオケなどどうだろうか？」

「えっ……？」

「採点で高得点を出すと、有名スイーツ店の商品券がもらえるそうだ」

それって阿久津さんが本日の為に、お店のスタッフと調整して自前で用意したのではなかろうか。などといった野暮な突っ込みは控えておく。仕事ができる方は、飲み会の下準備も半端ないと思い知らされた。

他方、彼の提案を素直に信じた星崎さんは、カラオケに興味を示す。

手元に向けられていた眼差しが、席の近くに設けられた機材にチラリと。

「私、カラオケって経験したことがないから……」

「学校の友だちと行ったりはせんのか？」

「……行かないわ」

返事に若干のラグがあったのは、寂しい学内の交友事情が故か。

学校からの帰り道、学友に絡まれていた星崎さんの姿を思い起こして、とても切ない気持ちになった。人生で僅か三年しかない貴重な高校生活、もう少し学校生活をエンジョイしてもよろしいのではないかと。

「失礼ですが、年次はいくつなのでしょうか？」

「え？　あ、その……まだ、一年だけど……」

「上司も上司じゃが、お主も大概じゃのぅ」

「そうかしら？　貴方ほど浮いてはいないと思うのだけれど」

「どれ、ならば儂が先陣を切って一曲、持ち歌を披露してやろう」

席を立った二人静氏が、意気揚々とカラオケのリモコンを取りに行く。

以降、フロアではカラオケ大会が始まった。

我先にとマイクを掴んだ彼女が入れたのは、誰もが知っているような国民的アニメのオープニングソング。アップテンポな曲調に合わせての熱唱。しかも妙に上手かったりして、思わず聴き入ってしまった事実にちょっと悔しい感じ。

そんな彼女に触発されたのか、星崎さんも歌い始めた。

賑(にぎ)わいを見せ始めた二人を眺めつつ、自分と阿久津さんはお酒を楽しむ。リクエストが空いた際に、場繋ぎ的に入れる程度。っていうか、課長がやたらと上手かったので、こちらは気後れして自然と控えめに。

採点は二人静氏が断トツ。

なんて大人気ない。

実はカラオケとか大好きなのではなかろうか。

最近は認知症予防の為、カラオケにハマる老人が意外といるのだとか。

そうして小一時間ほどが経過しただろうか。

曲が途切れたタイミングで、阿久津さんがトイレに立った。

その姿がフロアから見えなくなったところで、後輩は先輩に向き直る。一次会の間からタイミングを見計らっていたのだけれど、彼の膀胱(ぼうこう)がやたらと強靭(きょうじん)であった為、長らく後手に回っていたご相談となる。

「星崎さん、阿久津課長って飲み会の席だと、いつもこんな感じなんですか？」

「どうかしら？　業務外だとあまり関わりが無かったから……」

「なるほど」

「絶対におかしいじゃろ？　っていうか、別人ではないかぇ？」

二人静氏も混じり、三人であぁだこうだと言い始める。けれど、星崎さんを以(もっ)てしても事実関係は確認できなかった。

「もし仮に別人であったとしても、どういった意図があるのでしょうか」

「酒を飲ませて酔っ払ったところを、などと考えておるかもしれんぞぅ」

「それは本人も繰り返し否定していたじゃないの」

「星崎さん、先程の話とは別件なので、それは忘れてやって下さい」

「いずれにせよ、そろそろお暇(いとま)した方がええと思うのじゃけど」

「そうですね……」

時間的にはまだ余裕があるけれど、二人静氏の言う通りにするべきかも。今回の歓迎会が先方からの歩み寄りであった場合、申し訳ない気がしないでもない。けれど、既に二次会まで付き合ったので、最低限の礼儀は果たしたと思う。

しばらくすると本人がトイレから戻ってくる。

ひそひそ話はこれにて終了。

星崎さんと二人静氏は再び、カラオケのリモコンを相手に賑やかにし始めた。

課長の振る舞いには変わりなく、先程まで座っていた場所に腰を落ち着ける。

すると彼が席に着いた直後、その懐でブブブと端末が震え始めた。

「失礼」

課長は短く断りを入れて、ソファーに座ったままディスプレイの表示を確認。

どうやら通話の呼び出しであったようで、端末を耳元に当てた。

カラオケの次曲を選ぶべく賑やかにしていた星崎さんと二人静氏も、彼の動きを目の当たりにすると揃って口を閉じた。我々が見つめる先で阿久津さんは、あぁ、だとか、うむ、だとか言葉少なに相槌を打つ。

静かになったフロアを眺めて、ふと疑問を抱いた。

普段の彼であれば、すぐにでも席を立って店外に出そうなもの。

やっぱり酔っているのだろうか。

ピーちゃんと同じように、その影響が表に出ないだけで。

などと考え始めた辺りのことである。

通話を終えた阿久津さんが、端末を懐にしまいつつ言った。

「どうやら二人静君が願っていたとおり、現場では事が運んだようだ」

「……何の話じゃ？」

「つい先程、洋上のクラーケンに対して核による攻撃が行われた」

淡々と語る彼の言動は、それまでと何ら変わりない。

何気ない雑談の続きを口にするかのように、さらりと伝えられた。

一方的に言われた我々からすれば、驚きの情報である。

「えっ……」

星崎さんなど、声を上げて驚いていらっしゃる。

自分も喉元まで出かかったそれを、どうにか飲み込んだ感じ。

少なくとも表面上は和気藹々としていたフロアの雰囲気が、一変して緊張したものに変化を見せる。休日にバカンスを楽しんでいたところ、急患の知らせが舞い込んできたお医者様とか、こんな気分だったりするのだろうか。

アルコールが入ってぼんやりとした意識が、急に引き締まる感覚を覚えた。

「対象の移動速度が当初の想定を超えていた為、決断に至ったそうだ」

「進路はどちらに向かっているのでしょうか？」

「現時点では、朝方に説明した際と状況的には変わっていない」

そもそもこんな場所で公に語ってよろしいものなのか。

ふと気になってカウンターに意識が向かう。すると、先程まで同所に立っていたバーテンダーの姿が見られない。

我々が来店したときから、彼はワンオペで店を回していた。パフェの調理から、ドリンク運びまで、流れるような手捌きでお仕事に当たっていた。店内を軽く見渡してみるも、当然ながら他に人の姿はゼロ。

部下は上司から誘われた歓迎会の意図を理解した。

「怪しい男の誘いには、付いて行くものではないのぅ？」

「……そうですね」

二人静氏の皮肉が身に染みる。

このタイミングで連絡が入ったということは、課長は事前にクラーケンに対する攻撃の情報を得ていたのだろう。その上で我々を連れ回していたと思われる。だとすれば、彼が歓迎会だ何だと言い訳を並べてまで、飲み会をセッティングした理由は一つ。

我々をこの瞬間まで自らの傍らに拘束する為だ。

二人静氏の存在を思えば、力技では不可能。

そこでこのような回りくどいことをしたと思われる。

けれど、何故。

疑問は続く先方の発言により明らかとなった。

「そして、残念ながら対象には効果がなかったようだ」

「さて、そろそろ帰るとするかのぅ」

わざとらしく呟いた二人静氏がソファーから腰を上げる。

そうした彼女に構わず、阿久津さんは淡々と言葉を続けた。

「現地からの報告によれば、魔法少女たちが放ったマジカルビームと同様、直撃の瞬間に何かしらの方法で無効化された可能性が高いとのことだ。また、放射線の影響がどこまで出るかは、継続して確認を行っていくらしい」

「あーあー、儂、そんなこと言われても知らんし。聞こえんし」

「今朝の打ち合わせだと、最後の手段みたいに言っていなかったかしら？」

「星崎君の言う通り、どうやら人類は打つ手を失ってしまったようだ」

「それってかなり、大変なことだと思うのだけれど……」

「場合によっては本土に上陸、自衛隊と一戦交えることになる。既に上はその場合に備えて、部隊の編成を行っているそうだ。当然ながら我々局員も、これに協力してクラーケンの対応に当たることになる」

本格的に巨大怪獣モノっぽい展開だ。

日本に上陸したクラーケンが、自衛隊の戦車や航空機を蹴散らしながら、何故か人口の多い地域に向かって侵攻していく展開が想像される。惜しむべくはライバルとなる怪獣や、正義の巨人に当てがないことか。

対象が大きいので報道規制も困難に思える。

産地が異世界であることを思うと、できれば回避願いたい本土上陸だ。

このまま被害が拡大すれば、前に流出したピーちゃんとエルザ様の動画に対する追及も激しくなるだろう。現時点でこそバランスが取れている阿久津さんとの関係だって、我々を他所（よそ）へ売りつける形で話が進む可能性が高い。

不吉な予感が矢継ぎ早に脳裏へ思い浮かんだ。

そうした部下の思いを知ってか知らずか、上司から注文が飛ぶ。

「佐々木君、あれをどうにかできないだろうか？」

ちょっとコンビニでタバコを買ってきてくれない？　みたいな気軽さで言われた。

とてもではないけれど、素直に頷くことはできない。

そして、無言を貫くこともできなくて、質疑応答のお時間。

「失礼ですが、課長は今回の攻撃が失敗すると考えていたのでしょうか？」

「成功するに越したことはない。だが、可能性の上では考慮していた」

　目の前の人物が、上からどういった指示を受けているのかは定かでない。ただ、割と退っ引きならない状況にあるとは、なんとなく察しがついた。そうでなければ、わざわざ我々を引き止めたりはしないだろう。

　同じ情報が今頃は、そこかしこで飛び交っていると思われる。

　そうしてお尻に火が付いた方々から囲われる前に、こちらの身柄を確保したかったのではなかろうか。ただでさえ冷え切っている自分と課長の間柄。他所から引き抜かれて、なんてケースは彼も想定していると思われる。

　もしくは既に同じ情報を得ていることを前提に、逃走の可能性を考慮していた、とも考えられた。いずれにせよ自らの手の届く範囲に置いておきたかったのは間違いない。部下は歓迎会の真実を知ってちょっと寂しい気分です。

「課長、いくらなんでもそれは無茶じゃないかしら？」

「勘違いしないで欲しい。なにも佐々木君の異能力でクラーケンをどうにかして欲しいと言っている訳ではない。現地で調査に臨んでいた役柄上、良い案があれば提案してもらいたいということだ。無論これは星崎君、君に対しても同様なのだがね」

「……そうですか」

　取り繕ってはいるけれど、まず間違いなく現場労働を求めているでしょう。

　まだ見ぬ不思議な力で、軽くタコドラゴンを退治して欲しいと。

　改めて考えると、急な現地入りも今この瞬間に向けて、阿久津さんの策謀であったのではなかろうか。クラーケンについて知見を得た事実は我々としても喜ばしい反面、彼の掌の上で踊らされていたとすれば、少し悔しい。

「悪いことばかりではない。上からはそれだけ期待されているということだ」

「物は言いようよね。何でもかんでも丸投げにしているだけじゃないの」

「代わりに上手く行けば、君たちにもそれなりの見返りがあることは保証する」

「ふぅん？」

　言い換えたのなら、クラーケンの進路次第では、阿久津さんの進退にも関わってきそうだ。出世こそ人生みたいな方だし、昇進ルートから外れたら、彼から八つ当たり的に報復を受ける可能性も考えられる。

　何故ならば我々が握っている課長の弱みは、先方の社会的立場が前提のもの。

　あと、見返りというフレーズを耳にして、星崎さんの目の色が変わったの危ない。

「お主もこっちの先輩を見習って、残業申請をしておけばよかったのぅ？」

「…………」

　ジト目になった二人静氏から、粘りつくような眼差しで見つめられた。

　そうは言っても、今回ばかりは仕方がないと思う。局員としての身分を優先するなら、阿久津さんのお誘いを無視することは気が引けた。二人静氏との違いも、手の甲に呪いの印があるか否か、くらいなものだ。

　そして、各人の思惑はどうあれ、巨大怪獣は刻一刻と迫ってきている。

「ご期待に添えるかどうかは分かりませんが、持ち帰り検討してみます」

「明日は朝イチで登庁を願いたいのだが、構わないだろうか？」

「承知しました」

「些末（さまつ）なことでも構わないので、何か思いついたら連絡を入れてくれたまえ」

「ええ、そうさせて頂きます」

　取り急ぎ、二人静氏の別荘に戻ってピーちゃんにご相談しよう。

*

　新入局員の歓迎会は、巨大怪獣の続報を受けてお開きとなった。

　阿久津さんはひとしきり説明を終えた後、カラオケを続けようか、などと冗談を飛ばしていたけれど、到底そんな雰囲気ではない。早々に現場で解散。課長を店内に残して、先にお店を出ることにした。

　星崎さんとは店先でお別れだ。

　利用する路線が別のようなので云々、彼女とは違う方向に進路を取る。

　そうしたやり取りの傍ら、二人静氏は店先でタクシーをゲット。

三人ともバラバラに帰路に就いた。

ただし、星崎さんの目が届かなくなった辺りで、二人静氏とは路上にて合流。こちらがしばらく歩いたところで、後方から近づいてきた自動車が、道路脇に止まった。後部座席の窓から顔を出した二人静氏から、急かすように言われる。

「ほれ、さっさと乗れぃ」

「ありがとうございます、二人静さん」

彼女のご厚意に与ってタクシーに乗り込む。

自動車のナビには既に、自宅アパートへの進路が表示されていた。相変わらず手際の良いことである。事前に示し合わせた訳でもないのに、この動きっぷり。彼女の社会的な成功の裏付けを垣間見ているような気分。

「なんじゃあの上司、職場に連れられて監禁されるかと思ったわい」

「二人静さんを相手に、そこまで強く出ることはないと思いますが」

「分からんぞぅ？　追い詰められた人間のやることは存外短絡的なものじゃ」

自身も考えなかった訳ではない。そういった意味では、彼女が同席してくれていて助かった。まさかとは思うけれど、そこまで考えた上で歓迎会に参加してくれたのだろうか。だとしたら二人静氏ってば、なんてイイ女。

「それに悪いことばかりではありません。現地の情報も得られました」

「放っておいても日が変わる頃には、勝手に入ってきたと思うがのぅ」

「そうでしょうか？」

「お主はもう少し、横の繋がりを持ったほうがいいと思うよ？」

「……精進します」

バックミラー越し、タクシードライバーの視線を感じる。二人静氏の存在が気を引いているのだろう。当然ながら監視カメラも目を光らせているものと思われる。踏み込んだ話題を上げることは憚られて、以降は上司の愚痴大会。

ああだこうだと賑やかにしていると、帰路はあっという間に過ぎていった。

そうして到着した自宅アパート前の路上。

自室に戻り、ピーちゃんに連絡を入れて、魔法で迎えに来てもらう。二人静氏と一緒に軽井沢の別荘まで戻り、事情を説明して異世界へ。世界間の時間経過の差を利用して、打倒クラーケンに向けた作戦会議。

今後の予定を思いつつ、料金を支払う二人静氏の姿を眺める。

ここ最近、彼女が財布を出す姿を眺めていても、胸が痛まなくなってきた。せめてタクシー代くらいは、などと先手を取ったものの、こちらが千円札を数えている間に、スッと横から万札が飛び出して来た次第。

そうして停車したタクシーから路上に降りた直後のこと。

——自宅アパートが爆発した。

「えっ……」

「ぬぉおおおっ!?」

ズドンと大きな音を立てて、建物の一階にある部屋が吹き飛んだ。

爆発物を利用して、内側から吹き飛ばしたかのような吹き飛び方だった。カッと宅内が輝いたかと思えば、窓ガラスのみならず壁や柱までもが弾(はじ)ける。我々の足元にも木材やガラスの欠片(かけら)などがパラパラと飛んできた。

爆心地点となる一室を中心にして、上下左右も被害は免れない。

横長な建物の半分以上が、一瞬にしてボロボロになってしまった。

更には火の手が上がり始めたりして、隣近所も騒がしくなり始める。

「爆発があったの、ホテルに来てた娘っ子の部屋でない？」

「……ええ、そうみたいです」

被害の中心にあるのが、お隣さんのご自宅である。

隣接している自室も酷(ひど)いものだが、それにも増してぐちゃぐちゃだ。上階の重みで半分くらい潰れてしまっている。夜の暗がりも手伝って仔細(しさい)はハッキリしないが、屋内で人の動いている気配は見られない。

夜遅い時間帯でもあり、かなり絶望的な状況に思われた。

これには二人静氏も、軽口を控えて様子を窺うに徹している。

自分とお隣さんの関係は、彼女にも少なからず説明していたから。

「すみません、彼女の安否を確認してきます」

「儂も一緒に行っていい？」

「はい、好きなようにして頂けたらと」

パチパチと音を立てて燃えるアパート。築年数もそれなりの木造住宅であるから、火の手はすぐに回り始める。所狭しと戸建てが立ち並んでいるような界隈(かいわい)とあって、放っておけばすぐに延焼を始めるだろう。

騒動を受けて隣近所の住民たちがアパート前の道路に集まり始めた。

これに構わず、建物の敷地に向かい足を進ませる。

敷地内に入ってしまえば、ブロック塀や周りの家屋などに囲まれて死角も多い。炎と煙が立ち上っているとあれば尚のこと。なるべく目立たないように障壁魔法を行使して、火の手を避けつつ足を進める。

爆発の原因はなんだろう。

ガス漏れだろうか。それとも天使と悪魔の代理戦争とやらの延長線上で、何者かが爆発物でも仕掛けたのだろうか。見る人が見れば、爆発の具合から判断できたりするのかもしれない。けれど、素人の自分にはまるで判断がつかなかった。

「……………」

お隣さんの近くには、常にアバドン少年が付き添っている。

彼が一緒であれば、上手いこと対応してくれているかもしれない。

どうか何卒(なにとぞ)と、隣人は祈るような気持ちで彼女の住まいに向かった。

＊

【お隣さん視点】


夜も遅い時間帯、自宅に予定のない来客があった。

部屋の隅で毛布に包(くる)まって、うつらうつらし始めたところ、ピンポーンというチャイムの音に意識が覚醒する。同室でテレビを見ていた母親は、こんな夜遅くに何だとばかり、グチグチと文句を言いながら玄関に向かう。

やって来たのは、彼女が最近気に入っている年下の彼氏であった。

居室まで聞こえてきた先方の声色から、すぐに判断はできた。

以前、私のことを犯そうとした人物でもある。

不機嫌そうにしていた母親の声色が打って変わって、機嫌の良さそうな響きとなる。私に物を言うときと比較して幾分か高くなった声色で、矢継ぎ早に語りかける調子が、僅かばかりの廊下を越えて居室内にも届けられた。

『おやおや、今晩は野宿かな?』

「…………」

アバドンの皮肉に苛立ちが募る。

このような母親であっても、このような母親だからこそ、私の扱いに対しては最低限の世間体を保っている。寒空の下で野宿になるようなことはないと思う。けれど、居室から廊下に寝床を移される可能性は高い。

その事実に辟易している間にも、母親と彼氏の間では会話が弾む。急にやって来てごめん、ううん、気にしなくていいのよ、などといったやり取り。まともな大人なら、約束なく夜中にやってくるような真似はしないと思う。

どんな用件かと思えば、近所で呑んでいて終電を逃したとのことであった。

普通なら幻滅しそうな先方の主張である。

しかし、母親はその事実を喜ぶように、彼を宅内に誘っていた。

そのような会話の一端に混じった、何気ないやり取りが私の気を引いた。

「ところで、貴方が抱えているその箱って何なの?」

「これ?」

「もしかして私にプレゼント、とか?」

「アパートの前で頼まれたんだよ、君の以前の旦那から」

「はぁ?」

「君の連れ子、誕生日が近いんだってね」

「ちょっと待ってよ、どういうこと?」

「僕がここに通っているの見られてたらしくてさ。面会を謝絶されている自分の代わりに、どうかこれを彼女に渡して欲しいってお願いされたんだよ。せめて誕生日くらいは祝ってやりたいんだってさ」

聞き捨てならない会話だった。

チラリと廊下の先に視線を向ける。すると玄関先に立った男が、片手に四角い箱を抱えているのが見えた。丁寧にラッピングまでされたそれは、パッと眺めた感じ、誕生日プレゼントとしてふさわしい。

だが、私の誕生日は近くない。

ついでに言えば、父親は母親と離婚してから新たに家庭を築いており、ここ数年は私に誕生日プレゼントを送ってくるようなこともなかった。それが今更自宅アパートまでやって来て、というのは疑問が残る。

同時に、ふと思い起こした。

それは最近になって自身が関係し始めたデスゲームなる行い。

「アバドン、外に逃げます」

『え、なにそれ』

「いいから早く！　あと、私の荷物を持ってきて下さい！」

先月までの自分であれば、そこまで気にすることはなかったと思う。誰かの悪戯(いたずら)だとか、勘違いだとか、よく分からないけれど、でも夜も遅いし眠いから、放っておいてもいいんじゃないかとか。

ただ、今この瞬間、私の脳裏では警笛が鳴っていた。

着の身着のまま、居室の窓から部屋の外に急ぐ。

窓のロックを解除する手間をじれったく感じた。裸足(はだし)で降り立った庭の、足の裏にチクチクと刺さる小石の感覚も気にならない。とにかく無我夢中で、自室から距離を取るように敷地内を走る。

ついこの間にも、学校の図書室で読んだのだ。

この手のイベントから始まるサスペンスな物語を。

『逃げるのは構わないけど、少しは事情の説明を……』

後方からは少し遅れて、荷物を両手に下げつつ空を飛んでくるアバドン。

彼が文句を口にしようとした、その間際の出来事であった。

ズドンという大きな音が響いた。

間髪を容(い)れず、身体(からだ)がふわっと浮かび上がる感覚。

直後には駆ける勢いもそのまま、前方に向かい倒れて地面を転がる羽目となる。平衡感覚は一瞬にして失われた。あとはゴロンゴロンとでんぐり返しの要領で、敷地を囲うブロック塀に当たるまで、身体は転がっていった。

横長なアパートの敷地を端まで移動した形だ。

「………」

部屋が一階であってよかった。

そうでなければ、飛び降りるか否か、躊躇している間に死んでいた。

地面に座ったまま、爆発で吹き飛んだ自室を振り返り、そんなことを思った。

爆心地となった我が家は当然のこと、左右の部屋も大きく崩れてしまっている。そこへ二階部分が落ちてきており、既にアパートとしての形を保っていない。更には火の手が上がり始めており、放っておけば全焼も止むなし。

『君、よく気づけたね。すぐさま動いた行動力も大したものだ』

「母の知り合いが妙なことを口走っていましたので」

『ふぅん？』

荷物を手にしたアバドンが、私のすぐ隣までやって来た。

彼から手放しで褒められるとは珍しいこともあるものだ。

『個人的にはお隣さんが気になるところだけれど』

「大丈夫です。おじさんはまだ帰って来ていませんから」

部屋の壁越し、ずっと感じていたから間違いない。

アパートの壁が薄くて本当に助かった。

そうでなければ今頃、私は部屋の外ではなく、母親の彼氏に向かい駆け出していたと思う。そして、彼が手にした箱を奪い取り、路上に向かっていたのではなかろうか。それはそれでやり甲斐を感じる仕事だけれど、今はまだ死にたくない。

何故ならば昨今、おじさんの周りには私以外に女の姿が多数窺える。

この状況で自分だけ退場、というのはあまりにも悔しい。

『けれど、よかったのかい？』

「何がですか？」

『君の母親も無事では済まないだろう』

「アパートが壊れてしまった時点で、おじさんと私が隣同士の部屋に収まることは、もうきっとないと思います。だとしたら、施設行きも仕方がありません。生活環境としては、今よりずっとマシになると思います」

『君のその考え方、僕ら悪魔より余程おっかないね』

「そうでしょうか？」

私と同じ状況に立ったら、誰だってそう考えるはず。

至って普通である。

それでも、おじさんとの思い出の場所が壊れてしまった事実には、胸が痛むのを感じる。もしも犯人を見つけたのなら、アバドンをけしかけてどうにかしてしまいたいと考えている程度には、私も憤りを覚えている。

『君にとっての普通が他人にとっても普通だとは、考えないほうがいいよ?』

「……そうですか」

心を見透かされたかのような発言に、少しイラッとした。

ところで、私が座り込んだすぐ近くには、裏道に面した通用口がある。自動車が行き来できる表の道路とは別に、住宅やブロック塀などに囲まれて、歩行者が通行するのが精々の細々とした路地である。

その先で建物の陰に隠れるようにして、人の気配を感じた。

しかも私が振り向くと、駆け足で逃げていく。

母親の彼氏が言っていた言葉に従えば、誕生日プレゼントはアパート前で受け取ったとのこと。しかも寝間着姿で倒れた子供相手に、気遣うならまだしも、一目散に逃げていく。状況的に考えて、これほど怪しい存在もない。

こちらの身元や住所が割れている点を思えば、追跡は必至。

それに何よりも、先方は私とおじさんのアパートを破壊した怨敵である。

「アバドン、追いかけます」

『いいね。やられっぱなしっていうのは、僕も好きじゃないんだ』

すぐさま腰を上げて、怪しい人物を追う。

相手はおじさんと大差ない背格好の男性だ。スーツの上からコートを羽織っており、足が動くのと合わせて、裾がパタパタと激しくはためく。頭には中折の帽子。夜の暗がりも手伝い、顔立ちまでは判断ができない。

爆発の影響で生まれた怪我(けが)は、走っている間にアバドンが治してくれた。立ち上がった直後には、そこかしこがズキズキと痛んだけれど、それも束(つか)の間(ま)のこと。以前、母親の彼氏に鼻を噛(か)まれたときにも、同じように治してもらったやつだ。

ただし、足の裏の刺激ばかりはどうにもならない。

これを我慢して、素足でアスファルトの上を駆ける。

「足が速いです。追いつけないかもしれません」

『君が遅い、という判断にはならないかい？』

日頃からもっと運動をするべきだという、彼なりの提案だろう。

たしかに私は運動が得意ではない。

何故ならば、身体を動かすとお腹が減ってしまうから。

しかも今の季節、辛く厳しい冬が目前に迫っている。

せっかく蓄えた脂肪を消費するなど、言語道断である。

朝、目が覚めていても一向に身体が動かない、あの絶望的な感覚を思い起こすと、体育の授業も見学一択。

「アバドンが靴を確保していれば、もう少し速かったかもしれません」

『今後はもっと詳細に注文を入れてもらいたいね』

「先に行って捕まえて下さい」

『はいはぁーい』

私の指示に従い、ピューと空を飛んでいくアバドン。

人を殺すような真似は認められない、とは過去に聞いていた。しかし、害意のある人間を拘束するくらいなら、そこまで問題はないみたい。これは過去、母の彼氏に襲われていた私を助けた際にも確認している。

アバドンはあっという間にスーツの男性に接近。

その手を相手の首筋に向かい伸ばす。

しかし、彼の指先が肌に触れようとした瞬間、対象の姿が消えた。

なんの前ぶれもなく、ほんの一瞬の出来事である。

時を同じくして、遠くから聞こえていた自動車の排気音や、家々から漏れていた団欒の賑わい、エアコンの室外機の駆動音など、耳に届いていた雑音が一様に失われていることに気づいた。

隔離空間が発生したみたいだ。

『惜しい、もうちょっとだったのに』

「消えた男性の味方でしょうか？」

『そう考えるのが妥当と思うけど、現時点では何とも言えないねぃ』

アバドンは男性の消えた辺りで静止。

私はすぐに彼の下まで駆け寄った。

自宅アパートが知られていたばかりではなく、母子家庭であることや、その母親が付き合っている男性の存在まで把握されていた。先方はこちらの外見や生活サイクルを把握している可能性が高い。

　対して私たちは、どのような人物に狙われているのか、まるで見当がつかない。今後も同じように爆発物が送られてくる可能性があると思うと、気が滅入るのを感じる。安心を得る為にも、犯人は絶対に捕まえたい。

『こうなる前に彼らとの関係が実ると良かったんだけどさ』

　彼らとはおじさんや彼の職場の同僚を指してのことだろう。

　アバドンが危惧していた事態は、私も身を以て理解した。

　けれど、その物言いは頂けない。

「過ぎたことを悔やむのは止めませんか？　貴方から声を掛けられなければ、あのアパートを爆破されるようなこともありませんでした。おじさんとは今後とも、隣同士で過ごすことができたでしょう」

『なるほど、たしかに君の言うとおりだ』

「ただ、アバドンが懸念していたことも、重々理解しました」

　今回は巻き込まれたのが、私とアバドンだけであって良かった。

　こんな下らないことで彼を失ったら、悔やんでも悔やみきれない。

『しかし、宿泊先を用意してもらっている間に襲われるとは運がないことだねぇ』

「自宅に爆発物が送られるなんて、おじさんたちも想定していないと思います」

　大切な場所を失ったことへの反発心からか、どうしてもアバドンに対して不機嫌な態度を取ってしまう。彼に不満をぶつけたところで、何の意味もないことは理解している。けれど、気持ちが高ぶってしまっているから。

　これはよくないと考えて、気分を切り替えるように問いかける。

「この場で隔離空間が消失するまで待機しますか？」

『さっきの人物を捕まえたいのなら、それが確実だけど、天使や使徒は逃すことになるかもね。あと、先方が君の父親を騙っていた人物であったとしても、事情を知らされていない末端だった場合、僕らは何も得られない』

「天使や使徒を探している間に隔離空間が消えたら、どちらも逃すことになります。アバドンも把握しているとは思いますが、現時点で天使の気配はまるで感じられません。探すにしてもそれなりに時間がかかると思います」

『たしかに相手の気配はまったく感じられないねぃ』

「わざわざ第三者の協力を取り付けてまで、自宅に爆発物を送ってきたくらいですから、私たちと正面から戦うような戦力は控えていないと思います。既に距離を取り始めている可能性が高いです」

『さて、君はどっちを取るんだい？』

「実行犯は放置して、天使と使徒を探しに行きましょう」

『即断だねぃ。何故そう考えたんだい？』

「貴方の言う通り、先程の男性から天使や使徒の素性が得られるとは思えません。こうして自ら誘うように語ってみせたのですから、ちゃんと逃げ出される前に見つけてくれると信じていますよ、アバドン」

『そこまで期待されたら仕方がないなぁ！』

思い通りの回答が得られて嬉しいのか、彼はニコッと笑みを浮かべて頷いた。

＊

爆発、炎上した自宅アパートに足を向かわせた直後の出来事である。

周囲から急に音が引いた。

アパートを囲んで賑やかにしていた野次馬（やじうま）の声や、パチパチと爆（は）ぜる火の音、住民のものと思しき悲鳴に至るまで、何もかもが急に聞こえなくなった。まるで耳が聞こえなくなってしまったかのような錯覚に陥る。

そればかりか目の前で燃えていた炎が一瞬にして消失。崩壊したアパート内部の様子が、煙に遮られることもなく確認できる。

「天使と悪魔の代理戦争、とか言っておったのぅ？」

「ええ、また巻き込まれたみたいですね」

すぐ隣には二人静氏の姿も見られる。

彼女にも障壁魔法を行使していた為、自分と一緒に巻き込まれたようだ。

代理戦争の舞台となる音の消えた世界、隔離空間については以前、マジカルバリアに包まれた魔法少女も共に入り込んでいた。やはり、その手の壁っぽいミラクルに身を包んでいると、こうして侵入できるのは確定みたい。

「さっきの爆発との関係が気になるところじゃが」

「爆発は事故で、これを確認に来た、という場合も考えられませんか？」

「いずれにせよ本人に確認してみないことには判断できんのぅ」

デスゲーム開催のお知らせは、個人的には喜ばしい出来事だ。

隔離空間が発生したということは、天使と悪魔の使徒が一定の距離まで近づいたということ。それがこちらのアパート界隈で発生したということは、お隣さんが存命である可能性がとても高い。

そのように考えて、急ぎ宅内の確認に向かう。

二階部分に押しつぶされるようにして半壊した隣家の居室。

内部に足を踏み入れるようなスペースはない。

柱や壁の隙間から内側の様子を窺う。

確認に際しては、異世界で学んだ照明の魔法が役に立った。

「アパートの中には誰もおらんのぅ」

「そうですね」

しばらく確認してみたけれど、そこにお隣さんの姿は見られなかった。

爆発を眺めた限り、宅内にいたら即死は免れないだろう。

当然ながらデスゲームは始まらないし、隔離空間も発生しない。

そのように考えると、屋外に出ていた可能性が高そうだ。

「しかし、この建物はもう駄目じゃな。建て替える他にあるまい」

「当面はホテル住まいになりそうです」

隣接した我が家も大差ない被害を受けている。家財は全滅。火の手が上がり始めた状況から察するに、通帳や印鑑などの回収も不可能だろう。隔離空間内で回収しても、元の世界に戻ったらすべては元通り。

ただ、ここ最近は異世界との交易で儲けているので、そこまでショックではないかもしれない。事後処理は局に回ってくるだろうし、ガス爆発か何かで処理すれば、火災保険も満額しっかりと得られることだろう。

それよりも今はお隣さんの安否が気になる。

「近隣を確認に向かいたいのですが」

「うむ、さっさとあの娘を見つけて逃げ出すとしようぞ」

二人静氏が頷いたのを確認して、アパートの敷地から出る。

アバドン少年の言葉に従えば、天使と悪魔の使徒が一定の距離まで近づくことで、この人が消えた世界は発生するという。当事者は互いの位置関係まで把握できるとも。しかし、部外者の我々には先方を捕捉する手立てが皆無。

そこで今回は空に飛び上がり、高いところから確認することにした。

当然ながら、先方からも我々の存在が捕捉される可能性は高い。

けれど、今回はお隣さんの生命を優先して、リスクを取ることにした。

「男に抱かれるなんて何年ぶりじゃろ。こんなの惚れてしまうのぅ」

「気色悪いこと言わないで下さい」

結果的にお姫様抱っこ。

空を飛べない二人静氏を自分が抱えることになった。

彼女はここぞとばかりにセクハラを繰り返す。ニヤニヤと意地の悪そうな笑みを浮かべて、腕やら胸やらを指先でつついてくる。アパート内にお隣さんの姿が見られなかったことで、一度は鳴りを潜めた軽口が復活しつつあった。

これに構わず地上に目を向ける。

動いているものがほとんどないので確認は容易。

先んじて気づいたのは二人静氏だ。

地上のある一点を指差して声を上げた。

「あの交差点の辺りに、人っぽいのが並んで見えるんじゃけど」

「……たしかに、いますね」

人が二人、交差点に面した建物の陰に、身を潜めるように立っている。

内一方は背中に真っ白な羽。

隔離空間を形成するに至った天使と、その使徒に違いなさそうだ。

かなり距離があるので、それ以上の細かな風貌までは確認が難しい。

先方は空に浮かんだ我々に気づいていない。多分、夜の暗がりがいい感じにこちらの姿を隠しているのだと思う。地上にあってキョロキョロと周囲の様子を窺っている。悪魔やその使徒を警戒しているように見える。

「で、どうするのじゃ？」

「できることなら、天使の顔を確認したいのですが」

「確認してどうする」

「場合によっては、すぐにでも逃げる必要が出てくるので」

一口に天使と言ってもピンきりだ。

相手によっては我々も危うい。

剣を手にした天使、ミカエルちゃんによって身体を真っ二つにされたことは、自身も記憶に新しい。再び彼女と遭遇しようものなら、四の五の言わずに逃げる羽目になるだろう。そうならない為にも、お隣さんやアバドン少年との合流を急ぎたい。

「そういう危ないの、儂は遠慮したいんじゃけど」

「でしたら、お隣さんたちの捜索を優先しましょう」

「っていうか、あっちから人が飛んでくるんじゃけど」

「えっ……」

二人静氏が視線で示した方向に、大慌てで向き直った。

彼女の言葉通り、空に浮かんだ我々の下に接近してくる人影がある。

地上から空に向かい、両者の距離はぐんぐんと縮まっていく。

すわ敵襲かと咄嗟に身構えるも、その姿が鮮明になるのに応じて、無用な警戒であったことを理解した。何故ならば彼女の指摘にあった相手こそ、先程から我々が求めて止まない人物であったから。

『おやおや？　どうして君たちが隔離空間に入り込んでいるんだい？』

人影にしては妙なシルエットだと、遠目に眺めては思った。

何度か瞬きをしているうちに、それがアバドン少年に抱っこされたお隣さんであると理解した。後者と比較して小柄な前者であるから、傍目には違和感も甚だしい。けれど、少年は彼女のことを軽々と持ち上げている。

おかげで我々はダブルお姫様抱っこ状態。

「帰宅の直前に、自宅アパートが爆発する光景を目の当たりにしまして」

『あぁ、障壁の魔法がどうのと言っていたね。以前と同じように居合わせた訳だ』

合点がいったとばかり、アバドン少年は頷いた。

我々がデスゲームの現場に居合わせた理由については、前回の騒動から彼らにも簡単に説明をしていた。隔離空間が自宅アパートの近隣に発生していた点も手伝い、早々に納得は得られたようである。

「おじさん、私のせいで迷惑をかけてしまって、ごめんなさい」

「気にしてくれなくてもいいよ。負担分は火災保険で返ってくるだろうし」

「爆弾による被害って、保険金がおりるんですか？」

「あ、いや、そこはガス爆発か何かで処理したいなと思うんだけど」

「爆弾？　やっぱりこの娘っ子が狙われておった訳かぇ」

お隣さんの何気ない発言から、アパートの吹き飛んだ理由が判明。

天使と悪魔の代理戦争なる行いが、いよいよ隔離空間から現実を侵食し始めた、ということなのだろう。アバドン少年が我々に対して、空間内の戦力以上に、社会的な立場を求めていた理由を今更ながら実感した。

いきなり爆弾を送ってくるとは、こちらとしても完全に想定外。

しかし、そうなると気になるのは彼女の母親の存在。

この時間帯は自宅にいることが多かったような気がしている。

「あの、ところで君のご家族は……」

「おじさん、そちらの女性は前に職場の同僚だとお伺いしました」

話題を切り出そうとしたところ、即座に言葉を重ねられてしまった。

普段にも増して超然とした面持ちで物問われた。

それが何を意味するのかは、容易に察することができた。

まさか無理に尋ねることはできなくて、素直に彼女の発言に応じる。

「ご指摘のとおり同僚だけど、それがどうかしたのかな？」

「儂、なんかやっちゃいました？」

「……いえ、別に何がどうしたという訳ではないのですが」

お隣さんの眼差しは、自身が抱いた二人静氏に向けられている。

　もしや我々の存在を怪しんでいるのだろうか。

　前回のやり取りから、協力関係は得られたものと考えていたのだけれど。

『職場の同僚というには距離感が近くて、思い悩んでいるんだよねぇ』

「アバドン、余計なことは言わないで下さい」

『なんなら僕と彼、交換するかい？　彼らが頷いてくれたらだけれども』

「口を噤んで下さい。これは命令ですよ、アバドン」

『おっと、そう言われると弱いんだよなぁ』

　中年の草臥れたおっさんが、少なくとも見た目に関しては若々しい二人静氏を抱いているという構図に、気持ち悪さを覚えているのだろうか。最近はそういう風潮とかあるし、お隣さんの思いも分からないではない。

　彼女の好感度を下げない為にも、さっさと地上に降りるべきだろう。

「しかし、こうなるとお主らの住まいを急がんといかんのぅ」

『どんな具合なんだい？』

「建物自体は用意ができたが、家具の類いがまだ運び込まれておらん」

『それくらいなら構わないんじゃないかな』

「本当に何もないぞぇ？」

『僕の相棒は毛布一枚あれば、どこでも眠れるから』

「…………」

　なんとなく想像していたけれど、お隣さんが不憫すぎて辛い。

　アバドン少年が平然と語っている辺り、日常の出来事なのだろう。口を閉ざして恥ずかしそうな表情を浮かべる彼女に申し訳なく思う。布団を差し入れるような真似は、流石にできなかった。

　話題を変えるべく、率先してアバドン少年に問いかける。

「失礼ですが、今回のデスゲームは相手が見えているんでしょうか？」

『その件なんだけど、この辺りで天使やその使徒を見なかったかい？　どうやら気配を隠しているようで、なかなか見つからないんだよね。だからこそ、そこまで強力な相手じゃあないと思うんだけど』

「地上にそれっぽい人たちがいるのは確認していますが」

「ほれ、あそこじゃ。あの交差点に面した建物のところ……に、おらんのぅ?」

「少し離れたところにいますね。どうやら移動しているみたいです」

『あ、本当だ!』

先方は先程確認した場所から、数十メートルほど位置を移していた。

建物の陰に隠れつつ移動、周囲を警戒する様子が見て取れる。

仲間との合流を待っているのか、お隣さんやアバドン少年を探しているのか、それとも彼らの存在を察知して隔離空間から逃げ出そうとしているのか。こうして眺めている限りでは、彼らが何を考えているのか分からない。

それでも一つ言えることがある。

空に浮かんだ我々には未だ気づいていないみたい。

『たった一組、というのが気になるねぃ。以前は大勢でやって来ていたのに』

「アバドンを倒すつもりなら、たしかに戦力不足だと思います。先程の男性が天使や使徒の指示で爆弾を送ったのだとすれば、それが逃げて行った方向に居たということは、彼の監視役であったのではありませんか?」

『うん、僕もその可能性が高いと思う』

自宅アパートが爆発した件について、お隣さんとアバドン少年は犯人に目星をつけているみたいだ。社会的に事後処理を担当することになるだろう自らの身の上を思うと、その男性とやらについて気になる。

ただ、今は話を聞くのに徹しておくとしよう。

このタイミングで彼女たちに説明を求めるのは気が引けた。

「つまりなんじゃ、そう大した相手ではない、ということになるかのぅ?」

『そうじゃないかな?』

「ならさっさと煮るなり焼くなりして、元の世界に戻ろうではないかぇ」

「二人静さん、せめて事情の確認くらいは行うべきかと」

『いずれにせよ、逃げられる前に捕まえないとだね。万全を期す為にも、差し支えなければ君たちにも手伝って欲しいんだけれど、構わないかな? 天使と使徒に対する直接的な対応は、すべてこっちで行うからさ』

「アバドン、無理を言うのはよくないです」

「いえ、そういうことであれば構いませんが」

　殺人の片棒を担ぐのは気が引ける。素直に言うと抵抗が大きい。けれど、お隣さんに丸投げして見ているだけ、というのも申し訳ない。ついでに言えば、過去には相手方から逆に殺されかけたこともあるので、避けてばかりもいられない。

　複雑な気分ではあるけれど、頷いて応じる。

『よし、それじゃあサクッとゲームを終わらせようか』

　こちらの心中を知ってか知らずか、悪魔を自称する彼は元気よく声を上げた。

*

　お隣さんとアバドン少年、二人と合流した我々は空から地上に向かった。

　まず最初に二人静氏を抱っこした自分が、目当てとする天使とその使徒の正面に降り立った。先方からすれば、急に頭上から我々が降ってきた形。こちらの姿を確認して、すぐさま逃げ出さんとした。

　より具体的には、天使の人が使徒を抱きかかえて、後方の空に進路を取る。

　しかし、そうして彼らが踵(きびす)を返した直後のこと。

　行く先からお隣さんを抱っこしたアバドン少年が降り立つ。

　事前に相談したとおり、前後から挟み撃ちが見事に決まった。

　これがアバドン少年の言う、我々に求めた協力の意図である。

　現場はそれなりに建物が密集した界隈。自動車の出入りはまず不可能な細い路地である。空から確認するにしても、ぎっちりと立ち並んだ建造物が邪魔となり、位置関係次第では見失っていたかもしれない。

『はい、そこまで。君たちはこれでゲームオーバーだ』

「地上に戻ったのなら、私のことも降ろして下さい」

　アバドン少年に抱かれていたお隣さんが路上に降り立つ。

　自身もすぐさま二人静氏を解放した。

　抱いている間にも鼻先に漂っていた彼女の匂いが、離れてからも依然として衣類に残って感じられる。体臭と香水の混じり合った匂い。それを肯定的に感じてしまった事実に、なんかちょっと悔しい気分。

天使とその使徒からは間髪を容れず、辛そうな声が届けられた。

「うぁあ、自分ら捕まっちゃったよ、エリエル」

「すみません、私が要らぬ提案をしたばかりに」

「力も弱いし、運も悪いとか、エリエルって本当に使えないよね」

「……お役に立てずに申し訳ありません」

「まあ、俺の意見を採用しても、大差ない結果になったと思うけど」

十代と思しき男女の二人一組だ。

内一人、女の子の方は背中に真っ白な羽を生やしている。

しかもよく見てみると、彼らの顔には自身も覚えがあった。

「失礼だけど、僕とは前にも会ったことないかな？」

「あっ……」

問いかけたところ、少年の顔に驚きが浮かぶ。

どうやら彼らもこちらを覚えていたみたい。

「なんじゃ、知り合いかぇ？」

「知り合いというほどじゃないかな」

「だったら何だと言うのじゃ？」

「そこの二人が天使たちに襲われていたときのことなんだけど、彼女たちと合流する前に、隔離空間で顔を合わせる機会があったんだよ。そのときはちょこっと話をして、すぐに別れちゃったんだけどね」

『それはもしかして、君に嘘の知識を吹き込んだ天使や使徒かな？』

「あ、うん。そんな感じかな」

「っ……」

アバドン少年の発言を受けて、天使とその使徒は殊更に緊張を見せる。

まずったなぁ、と言外に言わんばかりの表情だ。

当時は隔離空間が発生する条件について教えてもらう代わりに、彼らを見逃すといった約束をしていた。天使や悪魔が限られた場所に十体以上集まると発生する、とのご教示を頂いて、これを後でアバドン少年に訂正された。

使徒の少年はジーンズにパーカーという出で立ち。トップスは前に出会ったときと同じデザインのように思われる。少し長めの黒髪をセンター分けにした髪型も以前と変わりない。見た感じ学生っぽい雰囲気。

彼に付き従う天使の娘さんは、真っ白な肌とブロンドの頭髪の持ち主。背格好は少年より低くて、二人静氏より少し大きいくらい。身体つきも相応。キトンやローブを思わせる真っ白な衣類を身にまとっている。

「私が住んでいるアパートを爆破したのは、貴方たちの仲間ですよね？」

我々のやり取りの傍ら、お隣さんが二人に向かい一歩を踏み出した。

その口からは普段の彼女と比較して、幾分か強い口調で声が発せられる。

既に確信を得ていると、傍目にも窺えるような詰問だ。

「素直に答えたら、自分らのこと見逃してくれる？」

「最後まで苦しみたいのであれば、決して無理に聞き出そうとは思いません」

「…………」

愛想笑いを浮かべて問うた少年に対して、お隣さんはピシャリと言った。


これには先方も言葉を失って頬（ほお）を引きつらせる。

自分が知っている彼女とは別人のように思えた。

表情こそ普段と変わらず、ほとんど感情も窺えない淡々としたもの。けれど、有無を言わせない口調で発せられた台詞（せりふ）は、敵を前にしたピーちゃんさながら非常に物騒なものだった。胸内では静々と怒りを湛（たた）えていると思われる。

自（おの）ずから意識が向かったのは、爆発してしまった自宅アパートの隣室。多分、あまり幸せなご家庭ではなかっただろうけれど、それでも彼女にとっては代えの利かない場所であったのではなかろうか。

子供にとって親とは、そうそう捨てられるようなものではない。

もし仮にその時が来るとしても、まだ当分先のことだろう。

大人びて見えるけれど、去年までランドセルを背負っていたのだ。

などと考えると、年甲斐もなく目頭が熱くなる。

＊

【お隣さん視点】


目の前の天使と使徒が、アパートを爆破した人物と関わりがあるのは間違いない。

そのように考えると、胸の内からふつふつと怒りが湧いてくる。

「私が住んでいるアパートを爆破したのは、貴方たちの仲間ですよね？」

「素直に答えたら、自分らのこと見逃してくれる？」

「最後まで苦しみたいのであれば、決して無理に聞き出そうとは思いません」

「…………」

あそこは私にとって大切な場所だ。

おじさんとの思い出の場所だ。

それを一方的に奪った相手など、すぐにでもアバドンをけしかけて、惨たらしく殺してしまいたい。猟奇殺人には定評のある相棒だ、徹底的にやってくれと命じれば、きっと身の毛がよだつほどの対応をみせるだろう。

けれど、近くにはおじさんの目がある。

思うがままに振る舞ったのなら、きっと彼に引かれてしまう。

それくらいのことは私にも分かる。

だから、非常にもどかしい。

そうこうしていると、使徒から続けざまに声が上がった。

「君たちのアパートを狙ったのが、天使とその使徒の行いなのは間違いないよ。だけど、それを決めたのは自分らじゃない。他の使徒が勝手に決めて、確認役だけ一方的に任されているんだ。仕方なくこうしているんだよ」

「それを信じろと言うのですか？」

「そっちのオッサンなら知ってるでしょ？　俺と一緒にいる天使はとても弱い。ゲームでも全然活躍できない。だからせめて、こういう機会にでも貢献しろってことで、捨て駒として利用されたんだ。見ての通り捕まっちゃってる」

「…………」

「この辺りに強力な悪魔がいることは、天使の間じゃ有名なんだよ。誰だってアンタらのアパートに近づくような真似はしたくない。それで確認役の押し付け合いが始まって、自分とエリエルに白羽の矢が立ったんだから」

天使の使徒は私のみならず、おじさんに向かっても必死に訴える。

以前には嘘を吐いておきながら、どの口が言う。

けれど、人のいいおじさんは黙って相手の言葉に耳を傾けている。

「確認役というのは、こうして隔離空間とやらを発生させてのことかぇ？」

「発生すれば失敗だし、発生しなければ成功でしょ？」

「まあ、その理屈で言えば、捨て駒と言えば捨て駒じゃのぅ」

それと、おじさんが先程からスーツやシャツの匂いを気にしているのが気になる。まさかとは思うけれど、同僚の体臭の残り香を楽しんでいたりするのだろうか。抱きかかえられている間、彼女はやたらと腕を彼の身体に回していた。

こんなことなら、アバドンの提案を素直に受け入れておけばよかった。いやしかし、入浴が不規則な私はちょっと臭うかも知れない。悩みどころではある。などと考えたところで、尚更モヤモヤとした感情が募っていく。

天使の使徒に対する受け答えも、自然と厳しいものになった。

「今の言葉が事実だとしても、天使とその使徒を逃がす道理はありません」

「だ、だったらこういうのはどう？　自分ら、君たちの仲間になるよ」

「意味もなく隔離空間を発生させて、何をするつもりですか？」

「そうじゃなくて、悪魔のスパイになるってことだよ。天使側で何か動きがあったら、事前に知らせたりできる。どう？　俺らみたいな雑魚、この場でどうこうするより、余程旨味がある話だとは思わない？」

今回の爆発騒動も事前に情報が得られていれば、上手いこと対処できていたかもしれない。先方からの提案は一考の余地があるように思えた。彼が従えた天使が弱々しい、というのも我々からすれば都合がいい。

けれど、個人的にはこの場で殺してしまいたい。

『その手の役柄を得意とする使徒が出現するのは、毎度のお約束だねぃ』

「ほら、君のところの悪魔もこう言ってる」

「…………」

どうやらアバドンは、天使の使徒からの提案に興味を持ったようだ。ニンマリと笑みを浮かべている辺り、肯定的だと考えてもいい。過去の代理戦争でも、スパイ役が活躍していたのは間違いなさそうだ。

エリエルと呼ばれていた天使からも、異論が上がることはなかった。

私もアパートを爆破されていなければ、前向きに検討したと思う。

「当初からこうした筋書きで、私たちを探る算段だったのではありませんか？」

「いやいや、命懸けで臨むような交渉じゃないから。自分ら今必死だよ？」

『もし仮にそうだとしても、こちらの情報は与えず一方的に利用する分には、僕らにデメリットはないと思うんだけどなぁ？　例外があるとすれば、それは君の感情なのだけれど、この点についてはどう思う？』

「…………」

我儘(わがまま)は言うなと、悪魔は遠回しにのたまう。

理解している。正しいのはアバドンだ。

彼は私のみならず、おじさんに対しても問いかけた。

『ねぇ、君の意見も聞かせてもらいたいな』

「理性と感情、両立させてこそ人だとは思いますが」

「おじさん……」

あぁ、おじさんが私を気遣ってくれた。

その事実が心に染みる。

胸が温かくなる。

とても嬉しい。

こうなると私ばかりが自らの感情に任せて、意見を曲げずにいることは憚られた。それがアバドンのやり口であったとしても、おじさんから与えられた気遣いを本人の面前、汚すような真似はしたくない。

天使の使徒に向き直り、私は改めて伝える。

「分かりました。貴方の提案を受けようと思います」

「本当に？　自分らのこと使ってくれる？」

「ですが、裏切ったら即座に対処します。アバドンもそれで構いませんね？」

『もっちろん！』

「そんな裏切るだなんてとんでもない。しっかりと謀(たばか)らせてもらいますから」

天使の使徒は愛想笑いを浮かべて、大きく頷いてみせた。

ペアを組んでいる天使は、小さく会釈をして我々に応じる。

天使的に考えて、悪魔に与(くみ)するという行為に抵抗はないのだろうか。いや、天使も悪魔と同様、使徒の命令には絶対服従であった。本人がどのように思ったところで、使徒が決めた事柄には文句も言えないのだ。

ところで、我々のやり取りを眺めて、おじさんに変化がみられた。

天使の使徒を視界に収めて、ハッと何かに気づいたような面持ちとなる。

「……あの、僕からも少しいいかな？」

直後にはおずおずと、申し訳なさそうな表情で私たちに問いかけた。

＊

お隣さんが使徒の少年とやり取りする姿を眺めていて、ふと思いついた。

それはつい先刻にも歓迎会の席で課長から与えられた今晩の宿題。二人静氏の別荘に持ち帰り、ピーちゃんと共に検討しようと考えていた問題。ウナギの稚魚よろしく、フィリピン海を横断して東アジアに迫ったクラーケンの対処について。

もしもの場合、目の前の人物こそ救世主に他ならないのではないかと。

「……あの、僕からも少しいいかな？」

思い立って声を上げると、すぐさまお隣さんたちから反応があった。

二人のみならず、居合わせた皆々からも注目が向けられる。

『どうしたんだい？』

「おじさん、なんでしょうか？」

ただ、説明が難しい。

この場でクラーケンの存在を認知しているのは二人静氏のみ。天使と悪魔の代理戦争なる行いから、残る面々も非現実的な出来事には多少の許容があるとは思う。けれど、巨大怪獣の登場には果たして理解を得ることができるのか。

現時点であまり詳細な情報を出す訳にもいかないし。

「いきなりで申し訳ないんだけど、君たち天使と使徒に協力を願いたいんです」

「さっそくスパイとして役に立てってこと？」

「スパイというよりは、どちらかというと地球防衛軍、みたいな感じですが」

「はぁ？」

変なことを口走っている、という自覚はある。

げに恐ろしきは、異世界の多様性に富んだ生態系。

「もしよければ僕らと一緒に、巨大怪獣を退治してもらえませんか？」

「……このオッサン、頭、大丈夫？」

使徒の少年はお隣さんやアバドン少年に向き直り、深刻な面持ちとなる。

先方の言い分は分からないでもない。自分だって彼らの立場にあれば、同じような疑問を抱いたと思うもの。使徒の彼からあけすけに問われたことで、お隣さんたちも困った表情でこちらを見つめる。

一方で理解を示して下さったのは二人静氏。

「この隔離空間とやらを利用して、人目を誤魔化(ごまか)すつもりかぇ」

「そうすればピーちゃんに協力を得られるんじゃないかなと」

「しかし、あんなデカブツをこちらに持ち込めるのじゃろうか？」

「こればかりは彼に相談してみないと分かりません。ただ、上司からの相談はさておいて、万が一の場合は、我々も無関係ではいられません。備えられることがあるのなら、今のうちに備えておきたいなと思いまして」

クラーケンを丸っと収めるほどの障壁魔法となると、自分にはまだ行使ができない。けれど、ピーちゃんの協力があれば、それも決して不可能ではないような気がしている。なんたって星の賢者様だ。

最悪の場合、彼の生まれ故郷にご協力を願う、という対応も考えられた。

「まぁ、万が一上陸された日には、台風の比ではないからのぅ」

「二人静さんの言うとおり、対象の進路次第だとは考えています」

そのまま回れ右して、他所の国に行ってくれたのなら、傍観するという選択肢もある。率先して正義のヒーローになるような、情熱や使命感は持ち合わせていない。けれど、騒動の原因が異世界産だと思うと、罪悪感を刺激されているのも事実だ。

多分、ピーちゃんも同じような感覚はお持ちだと思う。

「あの、おじさん、巨大怪獣って何ですか？」

「細かいことは後日、改めて説明させてもらおうかと思うんだけど」

「……そうですか」

『それって君たちの存在と関係していたりするのかなぁ？』

「申し訳ありませんが、現時点ではこちらから伝えられることも限られていまして」

『ふぅん？』

この場でああだこうだと言っても、信じてもらえるか分からない。

っていうか、自分だったら絶対に信じない。

「このオッサン、大丈夫？　ちょっとやばい人だったりしない？」

「おじさんのことを悪く言うの、止めてもらえませんか？」

「いや、だってほら、なんかちょっとキモいっていうか……」

そうだよね、それが普通の反応だと思うよ。

若い人の正常な感覚。

最近身の回りが普通じゃなくて、意識が鈍っていた気がする。

ただ、最終的に使徒の少年は諦めた表情となり、こちらに向き直った。

「まあ、なんでもいいよ。自分らに断るなんて選択肢、ないんでしょ？」

「申し訳ありませんが、連絡先を交換させてもらえませんか？」

「メールでいい？」

「できれば電話番号を教えて欲しいんですが」

「…………」

少年の連絡先を頂戴して、本件はひとまず一段落。

番号は端末に入れ込んでも、隔離空間が消えたら消失しそうだったので、繰り返し口にして頭に入れ込んだ。

元の世界に戻り次第、局に連絡を入れて個人情報を洗えば、明日には住所や家族構成まで把握できるだろう。

お隣さんは回線をお持ちでないので、その窓口も自分が兼ねることになった。

代理戦争におけるスパイ活動も、当面はこちらで対応することになるっぽい。

明日、改めて連絡を入れさせて頂く旨を伝えて、天使とその使徒である少年とはお別れした。アバドン少年から伝え聞いたとおり、お隣さんと彼とが離れると、隔離空間は消えて現実が戻ってきた。

以降は爆発してしまった自宅アパートの事後処理である。

依然として火の手が上がる界隈に戻り、警察手帳をかざしての現場対応。

阿久津さんからも連絡が入ったので、局員の動員をお願いさせて頂いた。見る人が見れば爆発物が何であったのか、判断できるのではなかろうか。そのように考えての対応である。自宅がニュース沙汰になったら大変なことだ。

上司に異能力の存在を仄めかしたことで、現場の監督権限も無事に取得。

当初の予定通り、ヘリで駆けつけた局員の方々に対しては、ガス爆発で処理して欲しい旨を伝える。そうこうしている間に消防車が到着したり、救急や警察がやって来たりと、現場は賑やかになっていった。

お隣さんのお母さんについては、残念な知らせを聞くことになった。

事前に想定したとおり、爆発物の炸裂によって即死。他にも一名、宅内で居合わせた男性の死亡が確認された。後者は恐らく、お母さんの彼氏ではなかろうか。遺体の損傷が激しく、身元確認には時間を要するのではないか、とのこと。

他の部屋でも何名か怪我人が見られた。

ただし、死者は二人のみ。

自身が現場に出張っている間、お隣さんとアバドン少年は近隣のホテルに一時退避。また、二人静氏には二人の面倒見をお願いした。スパイ志望の少年が嘘を吐いていた場合、第二、第三の刺客がいつ訪れるとも知れない。

覚悟をして臨んだけれど、なかなか心に響くお仕事と相成った。

〈コラボレーション〉

自宅アパートの爆発騒動を終えて、二人静氏の別荘まで戻ってきた。

空は既に薄っすらと白み始めている。

未だ現場では警察官や消防士が忙しくしていることだろう。個人的には最後まで付き合うのも吝かではない。けれど、こっちはこっちでクラーケンの対応を巡り、朝イチで上司との打ち合わせが控えている。

ピーちゃんとの相談時間を設ける為、局での仕事を理由にエスケープさせて頂いた。爆発物に対する偽装は、他の局員の方々にお伝えしてある。以降は自身が現地に残らずとも上手く進めて頂けるだろう、との判断だ。

局支給の端末は二人静氏の愛車に放り込んで対応。自動車ごと自宅近所の駐車場に停めて、課長に対する言い訳は万全だ。当面の宿として取ったホテルの一室から、文鳥殿の魔法のお世話になり、軽井沢までひとっ飛び。

そんなこんなでエルザ様が待つ別荘まで戻ったのが今まさに。

『なるほど、そのようなことになっていたのか』

「連絡が遅れてしまってごめんね、ピーちゃん」

『構わない。それよりも貴様たちが無事でなによりだ』

広々としたリビング、各々ソファーに腰を落ち着けてのやり取り。

居室内にはお隣さんとアバドン少年の姿も見られる。ショッキングな出来事の直後、身寄りを失った彼女をホテルに放置することは憚られた。また、クラーケンの対応にて、ご協力を願いたいという思惑もある。

児相に連絡を取るにせよ、局に掛け合って対処するにせよ、向こう数日は行動を共にすることで本人には承諾を頂いた。気丈にも終始明るく振る舞ってみせる姿には、やり取りをしていてホロリとさせられた。

横並びで座した彼女たちの正面には、自分と二人静氏が並ぶ。ピーちゃんはローテーブルに設けられた止り木の上。早朝という時間帯も手伝い、エルザ様の姿は見られない。寝室で眠られていることだろう。

『しかし、随分と忙しそうにしているが、我の相手などしていていいのか？』

「それなんだけど、ピーちゃんにどうしても相談したいことがあるんだよ」

『なんだ？』

「昨晩にも話題に上げた、クラーケンについてなんだけど……」

皆々から注目を受けつつ、先刻思いついた案を文鳥殿にご説明。

天使と悪魔の代理戦争や、それに伴って発生する隔離空間の存在は、昨日の時点で既に共有していた。そのため自身の思いつきに対して、彼から理解を得るのは容易だった。というより、ピーちゃんも同じようなことを検討していたみたい。

一通り説明を終えると、至極前向きなコメントを頂戴した。

『なるほど、天使の使徒とやらから協力を得られたというのは僥倖だ』

「気になるのはクラーケンの大きさなんだけど、ピーちゃんの魔法ならすっぽりと覆えたりするかな？　自分にはあれを障壁で覆う自信がないっていうか、まず間違いなく無理だと思うんだけど」

『うむ。あの大きさであれば、やってやれないことはない』

心強いお返事を耳にしたことで希望が見えてきた。

星の賢者様がこう仰るのであれば、可能性はかなり高いと思われる。

そして、相手を隔離空間に引きずり込むことができれば、文鳥無双は待ったなし。どのような強力な魔法を用いても構わない。人目を気にすることなく、ピーちゃんには存分にクラーケンと戦ってもらえる。

然る後にお隣さんと天使の使徒を務める少年には距離を取って頂く。

アバドン少年の説明によれば、隔離空間内における死因は、現実世界にも反映される場合が多いという。これは文鳥殿の頑張り次第ではあるけれど、上手く行けば現実世界では、一瞬にして消失したように見せることも可能。

理由については別途、各方面に向けて言い訳を考える必要がある。けれど、元よりどこからともなく急に現われた先方である。急にいなくなったところで、そこまで問題はないのではなかろうかと考えている。

何故ならば、我々にお仕事が回ってきた時点で、他所様は既に白旗を上げていると思われる。これに対して独自に健闘、見事にクラーケンを処理したとしても、仔細を第三者に報告する義務はない。たぶん。

　某国主導で集まった魔法少女たちも、マジカルビームやマジカルバリアは存分に利用していた一方、各々が備えた特異的なマジカルについては利用を控えていた。なにも我々ばかり手の内を晒すことはない。

　この辺りは阿久津さんに頑張ってもらおうと思う。

『ところで、今はどの辺りにいるのだろうか？　かなり移動していると聞いたが』

「クラーケンの現在位置だったら、これから職場で上司に確認する予定だけど」

『であれば、あちらで一眠りして行くか？　昨日から出ずっぱりであろう』

　あちらとは異世界を指してのご提案と思われる。

　世界を渡り始めた当初と比較して、現代との時間の経過差は小さくなってきている。しかし、それでもこちらで過ごす一時間は、向こうの十時間以上に相応する。睡眠時間を確保するくらいなら十分な余裕がありそうだ。

　飼い主の体調にまで気配りして下さる文鳥殿、なんてお優しいのだろう。


「是非ともお願いできないかな？」

『うむ、承知した』

　小さく頷くと同時に、ふわりと止り木から飛び立ったピーちゃん。

　ローテーブルの上を華麗に舞って、こちらの肩に移動する。

　その姿を確認したところで、隣に座った同僚に本日の予定についてご確認を。

「二人静さん、すみませんがそのような形で……」

「儂、完徹なんじゃけど？」

　しようと思ったら、めっちゃ切実な表情で言われた。

　たしかに彼女も、昨日から寝ていない。

　あと、前々日も夜遅くまで共に働いていた。

「前の晩も碌に寝ておらんのじゃけど？」

「………」

　切々と訴える上目遣い。

　彼女の場合、異世界で過ごす時間も皆無であるから、睡眠時間は大変なことになっているのではなかろうか。

　いかに強靭な肉体を備えていても、眠いものは眠いし、辛いものは辛いと、その眼差しが訴えていた。

異世界と現代を好き勝手に行き来している我々に付き合った結果、しわ寄せが二人静氏を直撃である。思えば過去にも、夜遅くまで付き合ってもらったことが何度かあったような気がしないでもない。

「このまま仕事に出て、お主を乗せて局まで車を運転せんといかんの？」

「いえ、それはその……」

『…………』

見た感じ完全に女児な彼女だから、そのように言われると胸に響くものがある。

普段なら厳しく当たりそうなピーちゃんも、今回は口を閉じていらっしゃる。

二日酔いでさえ完治する回復魔法も、寝不足までは対処が不可能。身体がだるいだとか、目が疲れたといった、各所の負担を軽減することはできる。けれど、根本的な解決には至らない。どう足掻いても眠いものは眠いのだ。

「儂、眠いの。ぐっすり眠りたいの」

『ならば、我々にどうしろと言うのだ？』

「一緒に連れて行ってくれない？」

『良からぬことを企むと、また手の痣が広がるぞ？』

「首輪でも嵌めて、ベッドに括り付けてくれて構わんから」

『…………』

碌に眠れないまま無理に出社する辛さは、分かりみが深い。

場合によっては、そのまま対クラーケンに突入する可能性もある。二人静氏が直接争いの場に出陣することはないと思うけれど、何が起こるか分からないのが局のお仕事なので、適切な休息は取って頂くべきだろう。

「ピーちゃん、あの、申し訳ないんだけど……」

『どうした？』

「お宿から外に出なければ、エルザ様と同じかなと思うんだよね」

『本気で言っているのか？』

「やっぱり、駄目かな？」

ここのところ彼女にはお世話になっている、という負い目がある。当然、それに見合うだけの報酬は渡している。取り引きの上では対等だ。いいや、我々が気づいていないだけで、足元を見られているだろうなぁ、とも。

それでも睡眠を取りに向かう程度であればいいのでは

なかろうか。

『……分かった。貴様が言うのであれば、我も従うとしよう』

「ありがとう、ピーちゃん」

我儘を言ってばかりで申し訳ないとは思う。

けれど、徹夜で迎える出社ほど辛いものはない。

分かってしまうから、ついついお願い申し上げていた。

ご承知下さった星の賢者様には、ただただ感謝でございます。

『今回に限り、貴様も共に連れて行こう』

「え、本当かぇ？」

これには当の本人も驚いた面持ちで問い返した。

文鳥殿が承諾するとは、彼女も考えていなかったのだろう。なにかとゴネ得を目指してやまない二人静氏だから、今回もとりあえず的に声を上げてみたのではなかろうか。ただ、自分にはそれがやたらと心に響いた次第。

『だが、妙な動きを見せたときは、呪いの進行を待たずに判断させてもらう』

「寝床に放り込んでくれればそれで十分じゃよ」

ほとほと疲れたと訴えんばかり、二人静氏はピーちゃんに受け答え。

そうこうしていると、ガチャリと音を立ててリビングのドアが開かれた。

廊下から姿を現したのは、パジャマ姿のエルザ様だ。

彼女は室内に我々の姿を見つけて、目元を擦りながら呟いた。

「随分と朝が早いのね。まだ日が昇って間もないように思うのだけれど」

「すみません、起こしてしまいましたか？」

「トイレに起きたら、ササキたちの話し声が聞こえてきたから見に来たの」

「なるほど、お休みのところ騒々しくしてしまい申し訳ありません」

「……もしかして、今帰って来たのかしら？」

居合わせたお隣さんとアバドン少年を眺めて、エルザ様が呟かれた。

お若いのになかなか鋭い洞察力をお持ちでいらっしゃる。こういうところ、ミュラー伯爵の娘さんにして、貴族のお嬢様って感じがする。嘘を吐いてもすぐにバレそうなので、この場は素直に頷いておこう。

「はい、少々仕事が立て込んでおりまして」

「何と言っておるのじゃ？」

「今帰ってきたのかと、我々に確認をされています」

「おぉ、そうじゃ。その通りなのじゃよ。鬼畜な上司や同僚が日が変わって尚も、儂らに労働を強制するのよ。しかも帰宅して早々、またも仕事に出て来いとのお達しじゃ。このままではぶっ倒れてしまうぞぇ」

『休息の時間は与えると約束したではないか』

「あの、ササキ、フタリシズカは何と言って……」

「昨日から働き詰めであった為、少々疲れているみたいですね」

「ちゃんと儂の言葉を伝えて欲しいのじゃけど？」

ここぞとばかりに大仰な物言いで主張する二人静氏。

言葉が通じないからこそ、身振り手振りで訴えてみせる。エルザ様の興味や関心を引こうと考えてのことではなかろうか。間に立った自分やピーちゃんとしては、外堀から攻略されている気がしないでもない。

すると我々を眺めて、悩む素振りをみせるエルザ様。

思いつめた表情が気になった。

そうかと思えば、おずおずといった面持ちで尋ねられる。

「ササキ、私にも何か手伝えることはないかしら？」

「以前も話題に上がりましたが、こちらではエルザ様はお客様でございます」

「ササキやフタリシズカが頑張っているのに、私ばかり安穏に暮らしているのは申し訳ないわ。二人が屋敷の外でしている仕事は分からないけれど、何か私に手伝えることがあれば、どうか任せてもらえないかしら」

「ほれほれ、翻訳をはよう」

徹夜明けでテンションが上がり始めたのか、二人静氏との距離感が普段よりも近く感じられる。脇腹を肘でグリグリとするの、割と普通に痛いので止めて頂きたい。そういうの漫画とかアニメの中の出来事だと思うんだ。

一連のやり取りには、お隣さんからもジッと視線が向けられる。

彼女の傷心を思えば申し訳ない限り。

さっさと会話を切り上げて、落ち着ける場所を用意しなければ。

「忙しくしている我々に対して、申し訳ないと仰って下さっています。差し支えなければ、自身にも仕事を任せて欲しいとのことです」

「どこぞの文鳥にも聞かせてやりたい台詞(せりふ)じゃのぅ」

『安心するといい、しっかりと聞いている』

「ササキ、フタリシズカは何と言っているのかしら?」

「二人静さん、エルザ様がお返事を求められていますが」

「宿賃はもらっておるのじゃから、お主はゆっくりと過ごしておればいい。ここのところ忙しく見えるかもしれんが、近いうちに落ち着くじゃろう。そうなれば当面は儂らもゆっくりと過ごせるじゃろうて」

半分くらいはこちらに対する念押しだった。

自分も休めるなら休みたい。

そういうのは阿久津さんに言って頂きたい。

あの人もあの人で、いつ眠っているんだっていうくらい働いているけれど。

「今は些(いささ)か忙しくしておりますが、しばらくすれば落ち着くと思われます。ですから、どうかお気になさらずに、と彼女は言っています。これは私も同じように考えておりまして、エルザ様にはごゆるりと過ごして頂けたらと」

皮肉なニュアンスを間引いて、二人静氏の言葉をエルザ様に伝える。

しかし、どこまでも純粋で真っ直(まっす)ぐなお嬢様は、それを良しとはしなかった。

「だけど、それでは私の気持ちが収まらないわ」

相変わらずグイグイと来る。

放っておいたら勝手に何かしそうで怖い。

荷物に紛れて現代までやって来た行動力は伊達(だて)ではないから。

「そういうことでしたら、私からお願いすることがあるかもしれません。現時点ではご確約できませんが、その時には少々お時間を頂いてもよろしいでしょうか? もちろん、このお屋敷の中でできることです」

「本当かしら?」

「ええ、本当ですとも」

「そういうことなら、大人しくササキからのお願いを待っているわ」

「恐れ入りますが、どうぞよろしくお願いいたします」

ただ、決して聞き分けが悪い訳ではないエルザ様。

こちらから提案をすると、素直に頷いて下さった。

ピーちゃんと二人静氏からは、共に疑問の眼差しを向けられたけれど、これといって声が上がることはなかった。多分、エルザ様を納得させるための方便として、ご理解下さったのではなかろうか。

*

エルザ様を寝室に見送った我々は、予定通り現代から異世界に渡った。

今回は活動時間が限られている為、何もかもが超特急。まず最初にルンゲ共和国の倉庫に物資の運び込みを行った。ヨーゼフさんとは商品の受け渡しのみを行い、内容の確認と支払いは次の機会でお願いした。

次いでミュラー伯爵の下を訪れて、エルザ様のビデオレターを一緒に鑑賞の上、お返事を撮影。それからマルク商会のエイトリアム支店を訪れて、前回と同程度の資金を領地の開拓費用としてお支払い。

そして、最後に二人静氏を現代から異世界にお迎えである。

軽井沢の別荘から暗転を挟んで訪れたのは、エイトリアムにある高級お宿。こちらの世界を訪れてから本日まで、ずっとお世話になっている客室だ。そのリビングスペースにピーちゃんの魔法によって移動した。

「お主ら、こっちでは贅沢（ぜいたく）な暮らしをしておったのじゃのぅ」

異世界に訪れるや否や、室内を眺めて二人静氏が呟いた。

ご指摘の通り、自宅アパートと比較したら雲泥の差だ。客室は広々としているし、家具や調度品も上等なものが揃（そろ）っている。呼び鈴を鳴らせば、部屋付きだというメイドさんまでやって来て下さるほど。ここで生活し始めてから、炊事や洗濯とは決別した感がある。

「こちらの世界は我々の世界ほど、細かく物事が決まっていませんから」

「なんて悪いやつらじゃ」

「現地でのルールを無視した覚えはありませんが」

「好き勝手に楽しんでいるのではないかぇ？」

「そんな滅相もない」

窓際に歩み寄った二人静氏の手が、閉ざされていたカーテンを掴（つか）んだ。

これをシャッと勢いよく引くと、日差しが室内に差し込んでくる。

日本が明け方であったのに対して、こちらは現在お昼くらい。宿屋の敷地を越えて遠く眼下には町の営みが窺える。現代のそれとは似ても似つかない異世界の風景は、繰り返し目の当たりにしている自身であっても、未だ印象的に映る。

「おぉ、なんじゃこれ。神グラのレイトレ動画でも見ているみたいなんじゃけど」

「自身もこちらの世界を訪れた当初は、二人静さんと同じようなことを考えました」

「長生きはするものじゃのぅ」

彼女の口からそう言われると、やたらと説得力を感じる。

本当にこの人、何歳なんだろうか。

「せっかくの機会じゃし、ちょろっと外を歩いてみたいのぅ」

『あれだけ訴えていた眠気はどこへ行ったのだ？』

「この光景を目の当たりにしては、大人しく眠れる気がせんのよ」

二人静氏の思いは分からないでもない。

けれど、残念ながら今の我々にはその時間がない。

更に大前提として、こちらの世界で彼女を連れ回すつもりもない。

「そこまでの余裕はありませんから、どうか気合いで眠って下さい」

「なんじゃ、つまらんのぅ」

『客間は出入り口に近いところにあるドアだ。さっさと眠りにつくといい』

ピーちゃんに言われて、二人静氏は追いやられるように廊下へ消えていった。

もう少し粘られるかなとも思ったけれど、思いのほか素直に頷いて下さった。けれど、廊下に姿が見えなくなったのも束の間のこと。ツカツカと遠退いていった足音が、すぐさまリビングに戻ってきた。

部屋の出入り口に立って、なにやら物言いたげな表情だ。

客間はメイドさんにお願いをして、事前に整えていたと思うのだけれど。

「どうしました？　ベッド周りは支度をしていたと思いますが」

「部屋の窓から外に出られないんじゃけど？　なんか見

えない壁みたいなのあるし」

『当然であろう？　貴様の好きにさせる訳がない』

「ぐぬぬぬっ……」

　ピーちゃんの障壁魔法により、お宿の出入り口は完全に固められている。

　客室から外に出ることは不可能だ。

　異世界と現代の交易は我々の目的、悠々自適なスローライフを実現する上で必要不可欠なもの。二人静氏が相手であっても、これを好き勝手にさせるような真似(まね)は許容できない。この辺りの線引きは誰が相手であっても譲れない。

　我々はもう働きたくないのだ。

　結果的に働いてしまってはいるかもしれないけれど。

『さっさと眠るといい』

「仕方ない、大人しく寝るとするかのぅ。あっ、お主も一緒に寝る？」

「我々は別室に用意がありますので」

「つれないのぅ」

　くるりと踵(きびす)を返して、彼女は再び廊下に消えていった。

　しばらく待ってみたが、以降はリビングに戻って来ることもない。

　ちなみに急ごしらえの客間は、本来であればメイドさんの待機スペース。客人のお出迎えを相談したところ、本日のみ特別に模様替えを行って下さった。色々と融通を利かせて下さりありがたい限りである。

　メイドさん本人は、二人静氏にちょっかいを出されると困るので別室に退避。

『貴様も眠るといい。あの者はこちらで監視しておく』

「え、いいの？」

『あちらの世界でも、こちらの世界でも、ここのところ貴様にばかり負担を強いている。この場はどうか我に任せて欲しい。この程度のことでしか、手伝いをすることができないのは申し訳なく思うが』

「あっちに戻ったら、ピーちゃんにも色々と頼むことになると思うけど」

『問題ない、あの者の屋敷にいる間は暇をしていた。当面は活動していられる』

「それじゃあ、お願いしてもいいかな？」

『ああ、任せるといい』

　うむりと力強く頷いて応じる文鳥殿。こちらの肩から飛び立った彼は、ローテーブルの上に設けられた止り木に移動した。本日はお酒を召してもいないし、素直に頼っても差し支えないだろう。

　続けられたのは非常にピーちゃんらしい合理的かつパワフルなご提案。

『なんなら魔法で眠らせてしまおう。貴様もあちらでの仕事に支障が出ては困るだろう』

「あの、本人にはバレないようにしてもらえると助かるんだけれど……」

『承知した』

　与えられたご提案に甘えて、自身も寝室に向かうことにした。エルザ様が現代を訪れた際と比較して、何事もなく終えられそうな二人静氏の異世界訪問。その事実に安堵しつつ、穏やかに眠りについた。

*

　異世界で睡眠を取った我々は、当初の予定どおり現代に戻ってきた。

　日本時間で約一時間、ピーちゃんがスケジュールした通りの帰還。現地では問題が起こることもなかった。二人静氏も大人しくしていた。ファンタジー観光に向かうこともなく、起床と共に現代まで戻ってきた。

　そこから引き続き文鳥殿の魔法のお世話になり、自宅アパートの近くに取ったホテルの客室に戻った。爆破された自宅アパートに代えて、当面の拠点とする予定である。向こう一ヶ月は予約を入れさせて頂いた。

　ちなみに隣室では、お隣さんとアバドン少年が寝泊まりしている。異世界へ向かうに当たり、先んじて送り届けさせて頂いた。我々が局で上司と顔を合わせている間、彼女たちには休息を取って頂くことで了承を得ている。

　ピーちゃんとはホテルの客室でお別れだ。

　二人静氏の愛車に乗り込んで、課長との約束通り朝イチで局に向かう。

　道中は何事もなく過ぎた。異世界を訪問したことで機嫌を良くしたのか、饒舌な運転手のお喋りに付き合っていたら、あっという間に到着。ピーちゃんの魔法が利いたのか、睡眠も十分取れたようで、ハンドル捌きにもキレがあった。

　そうして訪れた局の収まるフロア、打ち合わせスペースでのこと。

同所には我々の他に、阿久津課長と星崎さんの姿が見られる。

各人の配置は以前と変わりない。六人掛けの片側に課長が一人で座っており、対面に二人静氏、自分、星崎さんの順番で並ぶ。会議卓の上、課長の正面にはノートパソコンが設けられており、外部ディスプレイにケーブルが延びる。

「早速だが君たちに知らせたいことがある」

我々が席に着くや否や、阿久津さんが言った。

正面に並んだ部下三名を一巡するように見つめてのこと。

「クラーケンの進路が見えてきたのかしら？」

「ああ、星崎君の言う通りだ」

彼が手元の端末を操作するのに応じて、ディスプレイに地図が表示された。

以前よりも縮尺を大きくしたと見えるそれは、日本列島とフィリピン海を中央に据えたもの。その只中を東から西に向けて、相も変わらず台風の進路予想さながら、各所に打たれた点を結ぶように一本の線が延びている。

当初、フィリピン方面に向かい進んでいたクラーケンは、昨日にも我々が危惧していたとおり、黒潮に流されるようにして北上、東シナ海を太平洋側に向けて進んでいた。このままではいつ本国に上陸してもおかしくない。

石垣島の界隈など、かなり危ういところまで接近していた。

「これもう完全に、日本の排他的経済水域に入っちゃってるのぅ」

「太平洋側の地域全域で上陸の可能性がある。その中でも危惧されているのが、黒潮と親潮の潮目となる岩手県の三陸海岸沖からのルート。また、ゴミなどの漂着物の統計的なデータから、上はいくつか具体的にポイントを挙げている」

課長が端末を操作するのに応じて、本土に何個もマークが為された。

クラーケンを模したアイコンだ。デフォルメされてちょっと可愛くなっているぞ。岩手県の海岸を皮切りとして、鹿児島県の種子島近辺や愛知県の三河湾、茨城県の海岸などに、次々とアイコンが表示されていく。

「マークがある部分、全部面倒を見るつもりかぇ？」

「自衛隊はクラーケンと共に北上する形で、上陸に備えるとのことだ」

「それはまた大変なことじゃのぅ。足代だけでも随分な出費になるじゃろうて」

「そのまま沖に戻ってくれないものかしら」

「そうなる可能性も考えられないではない。だが、既に上はクラーケンの本土上陸を前提として備えている。局にも正式に応援要請が入っており、我々は現場の部隊とも協力することになった」

日本の各地に表示されたアイコンを結ぶように、基幹道路や鉄道路線、空路に赤い色で線が引かれた。こちらを移動するのに利用しますよ、ということなのだろう。九州の一部では完了の文字がラベルとして表示されている。

既に現場では自衛隊の方々が出張っているのだろう。巨大怪獣の襲来が自分の中で段々と現実味を帯びてくるのを感じる。

以降、何度か質疑応答を重ねたところで、阿久津さんがこちらに向き直った。

「そこで佐々木君、昨晩の話に戻る訳だが、どうだろうか？」

「ええ、そうですね……」

真正面から部下の目をジッと見つめての問いかけ。

それはもう真剣な眼差しでいらっしゃる。

ピーちゃんとも約束を交わしたとおり、自身も決心はついている。けれど、素直に頷くのも悔しいので、ちょっと勿体ぶった態度とか取ってみようか。昨晩からの経過も含めて、阿久津さんがここまで一生懸命になるのは珍しい。

少しくらい優越感とか感じてもバチは当たらないはず。

「少々お時間を頂いてもよろしいでしょうか？」

「それはどの程度だね？」

「日中には支度を整えられると思います」

「日が落ちるまでには用意が整うと？」

「その予定です」

場合によってはかなりギリギリになりそうな気がする。

課長もそれを理解してだろう、言葉少なに悩む素振りを見せる。

けれど、どうやら他に選択肢もないようで、今回は素直に応じてみせた。

「局員として祖国に貢献したい、そう語っていた君を私は信じている」

「ええ、承知しておりますとも」

恐らく阿久津さんも、上から色々と言われて大変なのだろう。場合によっては、今後の昇進にも大きく関わってくるのかも。わざわざ過去のやり取りを持ち出してまで念を押してみせる姿に、そう思わずにはいられなかった。

*

課長との打ち合わせを終えた後は、すぐさまクラーケン対策に移った。

昨晩協力の約束を取り付けた、天使の使徒と合流しなければならない。二人静氏と共に大急ぎで局を出発。彼女の愛車に揺られながら目的地を目指す。使徒の少年の身元は既に割れているので、移動はカーナビにお任せだ。

ところで、彼は昨日嘘を吐いていた。

隔離空間内で伝えられた電話番号は偽物だった。

空間が解けてすぐに連絡を入れたところ、この番号は現在使われておりません云々(うんぬん)。そこで自宅アパートの爆発騒動の捜査にかこつけて、近隣の監視カメラを人海戦術でチェック。近所のコンビニで買い物をする少年の姿を確認した。

本人の特定には二人静氏に描いてもらった人相描きが役に立った。

幸運なことに、先方が電子決済を利用していた為、そこから個人情報を引っ張って住所から連絡先、通っている学校、家族構成まで昨日の内に特定していた。この辺りは局の担当部署の方々が、大急ぎで行って下さった。

「ほれ、着いたぞぇ」

「ありがとうございます、二人静さん」

運転手が言うのに応じて、自動車が路肩に停車した。

窓から外を眺めると、道路に面した高校の正門が窺える。どうやら授業中のようで、休み時間の賑(にぎ)わいは感じられない。建物の間を反響するようにして、グラウンドからは体育の授業中だろう学生たちの声が聞こえてくる。

「このまま乗り込んで、首根っこを押さえるのかぇ？」

「その予定です。既に学校側には連絡を入れておりまして」

「儂はまた留守番かのぅ？」

「いいえ、今回は一緒に来て頂いても平気です」

「この姿では舐められないかぇ？」

「それを防ぐ為にも、応援を呼んでおきましたので」

「はぁん？　なんじゃそら」

ちなみに車内には自分と二人静氏の二人きり。

星崎先輩は我々とは別行動だ。

彼女は課長の指示で厚木基地に向かった。

なんでも他の局員と共に自衛隊の担当者と合流して、今晩の作戦行動に備えるとのこと。先日にはクラーケンの実地調査に立ち会い、現場の方々とも顔を合わせていた彼女である。どうか先方との仲立ちになって欲しい、とは阿久津さんの弁だ。

実際には秘密主義の気がある我々を気遣っての対応だろう。

そうこうしていると路上に停まった車の傍ら、窓越しに人の気配が生まれる。

こちらが助手席の窓を下げると、先方からはすぐさま声が掛けられた。

「失礼ですが、佐々木警部でいらっしゃいますか？」

「あ、はい。どうぞよろしくお願いします」

懐から警察手帳を取り出して、路上に立った人物に示す。

制服をビシッと着用したおまわりさん。

使徒の少年の確保に当たっては、局員としての権限を利用して近隣の警察署から人をお借りした。紺色の制服を着用したガタイの良い中年男性が、手帳の提示を受けて我々に向かい敬礼を下さった。

後ろにはパトカー数台分、彼と同じように制服姿が並んでいらっしゃる。

「いたいけな少年を相手にして、お主も随分とエゲツないことをするのぅ」

「土壇場で裏切られたら大変ですから、今回ばかりは対策をさせて頂きました」

これだけの警察官に囲まれれば、少年の意識も改まるのではなかろうか。

少なくとも我々の下から逃げ出そう、とは考えなくなると信じている。代理戦争でのスパイ活動にも、身を入れて臨んでくれたら幸いだ。また、彼を通じて他の天使やその使徒に対しても、良い牽制になるのではないかと考えている。

　お隣さんの身の安全を思えば、これくらいは行ってもバチはあたらないだろう。

「あれやこれやが上司にバレるかもしれんぞぇ？」

「これまでにも局を利用して使徒の個人情報を収集しているのですから、既にバレているのではないですか？　彼の立場を思えば、遅かれ早かれゲームについては情報がいくと思います」

「まぁ、それもそうかのぅ」

　今は出し渋りをするより、さっさと身の回りを固める方が重要だと思う。

　その辺りを意見交換しつつ、二人静氏と揃って自動車から降りる。

　そして、現地で合流した警察の方々と共に学校に乗り込んだ。

　学校の代表者には、事前に警察を介して連絡を入れておいた。窓口に来訪を伝えると、あれよあれよという間に応接室に通される。名目は昨日のアパート爆発事件の調査としたので、居合わせた教員の方々は誰もが緊張していた。

　室内には既に校長先生の他、使徒である少年の姿があった。

　部屋の中ほどに向かい合わせで設けられたソファー。その片割れに校長先生と横並びで座っている。足を揃えて背筋をピンと正した姿からは緊張が窺えた。どうして自分が呼び出しを受けたのか、疑問に思っていたことだろう。

　天使の方は見られない。

　こちらから見えていないだけかもだけれど。

　その只中へ我々が堂々の入室。

　大量のおまわりさんと共にズカズカと入っていく。

「……マジかよ」

　応接室を訪れた我々を目撃して、少年は唸るように呟いた。

　彼に対する牽制として、室内には警察官を配置させて頂く。

　事前に打ち合わせを行い、部屋の壁に沿ってソファーセットを囲うように、ずらりと強面の警察官が並んだ。なるべく威圧感のある方々をお願いします、とは事前に注文を入れていたけれど、かなり厳つい方々がいらして下さった。

正直、自分もかなりドキドキとしている。

だって大柄で顔が怖い人ばかり。

当然ながら、十代の少年には堪える状況だろう。

校長先生とのご挨拶も早々、こちらから使徒の彼に向けて本題を切り出す。

「比売神さん、貴方には昨日のアパート爆破事件で容疑がかけられています」

「…………」

ソファーに座ることなく、立ったまま先方を見下ろしてのやり取り。

口調も普段より幾分か厳しめを意識しつつ語りかける。

似合わないとは思いつつも、この場は先方にプレッシャーをかけることを優先。

「ニュースなどでも報道されていますが、昨晩の時点で住民や関係者が二名亡くなっています。怪我をして病院に運ばれた方も大勢います。また、現場では火の手が上がったことで、近隣の家々にも決して小さくない被害が出てしまいました」

「容疑って何のことですか？　自分、昨日は別の場所にいたと思います」

「実行犯と思しき人物から、比売神さんの名前が確認されました」

「実行犯ってなんスか？　ニュースだと、ガ、ガス爆発って言ってましたけど？」

「表沙汰にはなっていませんが、ガス爆発以外の線でも調査が行われております」

「っ……で、でっち上げじゃないですか？　意味が分からないんですけど」

でっち上げでございます。

爆発物を運んでいたと思われる人物は、お隣さんとアバドン少年の協力を得て、昨晩のうちに逮捕している。

というより、隔離空間の発生と前後して、彼女たちが追跡を行っていた為、空間の消失と共に捕まえていた。

それによると本人は、天使と悪魔の存在はおろか、協力者の存在さえ碌に把握していなかった。入念に手を回してのアプローチであったらしく、自身が爆発物を運んでいるという認識すらなかった。手口としては麻薬の密売と大差ない。

そのような供述が取れたと、局の担当者が言っていた。

けれど、他所の刑事さんならいざ知らず、我々はなんちゃって刑事。公正な捜査を行うつもりなど毛頭ない。そもそも真っ当に裁判が行われるかどうかさえ怪しい。でっち上げでも何でもして、さっさと少年の身柄を頂戴してしまおう。

「ところで比売神さん、貴方は先月に十八歳の誕生日を迎えていますね」

「だったら、どうしたって言うんですか？」

「昨日の事件ですが、被害の度合いや社会に与えるだろう影響から考えて、深刻に扱われる可能性が高いです。貴方の事件中における役柄にもよりますが、逮捕後は極刑を求刑される可能性もあります」

「っ……」

こんなことを大っぴらにお喋りする警察関係者はいないと思う。校長先生もギョッとした面持ちになったもの。けれど、この場は目の前の人物に対する牽制が最優先なので、威力的な物言いを選んでお話をさせて頂く。

我々に喧嘩を売ると、デスゲームを待たずしてゲームオーバーになるよ、みたいな。

「じ、自分は違います！　悪いことなんてしてませんから！」

「それを調査するのが我々の仕事です」

しかし、これは困った。

国家権力を笠に着て偉ぶるの、とても気持ちがよろしい。

こんなことを繰り返していたら、人として駄目になってしまいそうだ。っていうか、絶対に駄目になるでしょう。むしろ、駄目にならずに真っ直ぐなまま生きていける人なんて、この世の中にいるのだろうか。

どんな聖人君子であっても、最終的には堕落すると思うのだけれど。

「あの、お、俺にどうしろってっ……」

どうやら先方も限界が近いようで、その口から荒ぶった声が漏れた。

これに早々言葉を被せるようにして、悪い大人は少年に問いかける。

「比売神さん、大人しく我々と一緒に来てくれますね？」

「……はい」

少年は観念した様子で頷いた。

予定していた通り、天使の使徒をお持ち帰りである。

＊

天使の使徒と合流した我々は、その足で自衛隊の厚木基地に進路を取った。

移動は引き続き二人静氏の愛車である。

学校でご協力を願った警察官の方々とは現地で解散した。

使徒の少年と行動を共にしていた天使の子は、警察官と別れてから自動車に乗り込んだタイミングで姿を見せた。アバドン少年と同様、普段は姿を隠しながら使徒のことを守っているのだそうだ。

少年を連れ去ろうとする我々に対して、果敢にも挑んできた。

迎え撃ったのは二人静氏。

彼女の異能力で脱力状態にして回収させて頂いた。

「エリエル、大丈夫？　とても辛そうだけど」

「お役に立てずに申し訳ありません」

「それはいいんだけど……」

運転席に二人静氏、助手席に自分、後部座席に使徒の少年と天使の子が並ぶ。

座席に腰を落ち着けた天使の子は、背もたれに身体を預けてぐったりと。これをしきりに少年が気遣っていらっしゃる。彼らのやり取りではないけれど、エリエルちゃんは天使としての性能がかなり低いみたいだ。

「っていうか、オッサンたちってマジで警察なの？」

「ええ、そうですよ」

「それって卑怯じゃないッスか？」

「そうですか？」

「一方的に悪魔の味方をするなんて、職権乱用じゃないですか。このこと告発したら、そっちもヤバいと思うんですけど？　ソーシャルメディアとかで炎上したら、オッサンだって無傷じゃいられないでしょ」

「そうなる前に君がどうにかなる可能性が高いんで、止めたほうがいいですよ」

いやもう本当に。

うちの課長は若者が相手であっても容赦ない気がする。

星崎さんのことも職場では平然と酷使しているし。

「……俺のこと脅してるんですか？」

「代理戦争が進展すれば、いずれは社会的に立場のある人たちがこれを利用しようと近づいてくるのは仕方がないことかと。この会話を君が録音しているのは知っているけど、それが世に出たら危ないのは、君の方なんですよ」

隠れてスマホを弄くり回しているの、気づいておりましたとも。

助手席や運転席からは目が届かないと考えていたのだろう。

「そもそも基地局の電波、掴めてないじゃろ？」

「え、あっ……」

二人静氏の発言を受けて、少年の表情が変化を見せた。バックミラー越しに目を見開く姿が確認できる。直後には窓から車外を眺めて、驚きから手元の端末と視線は行ったり来たり。まさかこんな場所で圏外になるなんて、みたいな心中が手に取るように窺える。

「こんなこともあろうかと、車内に携帯ジャマーを導入しておいたのじゃ！」

「二人静さん、そういうハイテクなの好きですよね」

以前もコンクリートマイクや赤外線カメラを我々の下に持ち込んでいた。そちらは不発に終わったけれど、今回はいい感じに活躍を見せている。

「ぶっちゃけ、上司からの連絡を拒否る為だったんじゃけど」

「そんなことだろうと思いました」

万策尽きたのか、使徒の少年はスマホを手にしたまま大人しくなった。

以降は何も語ることもなく、座席に身を任せて呆然と。

「あ、音楽とか聞く？　最近、儂が推しとるグルーヴがあるんじゃけど」

「それはまた今度にしてもらえませんか？」

会話の端々に自己主張を挟んでくる二人静氏。

その相手をしているうちに移動時間は過ぎていった。

目的地に到着したのは、それから小一時間が経過した頃のこと。我々の来訪は事前連絡が入っていたようで、基地の正面ゲートは警察手帳でパス。以前にもお世話になった第四航空群司令部の庁舎に向かう。

建物の前で自動車を降りてエントランスに。

するとそこでは見知った方が出迎えに立っていて下さった。

「ご足労下さりありがとうございます、佐々木さん」

「こちらこそお出迎え下さり恐れ入ります」

先日にもクラーケンの現地調査でお世話になった、海上自衛隊の犬飼さん。二十代も中頃と思しき三等海尉殿。艶のあるショートカットの黒髪が、ビシッとした制服姿によく似合っていらっしゃる。

「随分と時間がかかったけれど、二人静と一緒に何をしていたのかしら？」

「遅れてしまい申し訳ありません、星崎さん。少々支度に手間取りまして」

「支度？　それにしては相方の姿が見られないようだけれど」

犬飼さんの傍らには星崎さんもいらっしゃる。

いつものスーツ姿で腕を組み、こちらをジッと眺める様子は非常に彼女らしい。隣に立った海尉殿と比較しても、大差ない年頃の女傑に思える。これで中身は現役JKだというのだから、げに恐ろしきは現代社会の化粧技術である。

「彼女には他に仕事がありまして、別所に向かって頂きました」

「少しは説明をしてくれてもいいんじゃない？　貴方とはペアを組んでいるのだし」

「そう大したことではありません。協力者の移送をお願いしておりまして」

「……協力者？」

彼女とのやり取りどおり、二人静氏とは庁舎の前で別れた。

天使とその使徒の移動を担当してもらう為である。

いずれは知る人も増えてくるだろうけれど、現時点では悪魔の存在も含めて、不必要に人目に晒すような真似は控えたい。ただでさえ異能力を筆頭に、突っ込みどころ満載の我々である。説明をするだけでも面倒臭い。

なので彼らの移動は二人静氏に一任。

以降は別行動となり、自分は星崎さんと行動を共にする予定。お隣さんとアバドン少年についても、こちらで対応させて頂く。こうした二人静氏との作業分担は、不用意な隔離空間の発生を防ぐ為の措置でもある。

問題は移動中の偶発的な発生だけれど、これればかりは天に祈る他にない。

「申し訳ありませんが、すぐに佐々木さんをお連れするよう言われておりまして」

「承知しました。お手数をお掛けしますが、案内をお願いできませんでしょうか」

　こちらを見つめて、不服そうな面持ちの星崎さん。

　職場の先輩からの催促に、どうして説明したものかと悩み始めた直後、犬飼さんから移動の指示を受けた。どうやらお急ぎのご様子。これ幸いと頷いた後輩局員は、彼女の案内に従って歩み出す。

　足を運んだのは以前にもお世話になった応接室だった。同所には案内役の彼女の言葉通り、別に自衛隊員の姿が見られた。

　こちらも既に面識のある人物。

　吉川（よしかわ）一等海佐殿である。

　我々が訪れるや否や、彼は自らの正面に設けられたソファーを示して言った。

「いきなりで申し訳ないが、我々には時間がない。すぐに話をしたい」

「失礼します」

　間にローテーブルを挟んで、吉川さんとは向かい合わせのポジション。

　自分が腰を落ち着けると、すぐ隣に星崎さんが座った。部下の犬飼さんは彼の背後、ソファーの背面で直立。

「阿久津からは昨日にも、君たちに協力するよう要請を受けている」

「お忙しいところご対応下さり、誠にありがとうございます」

「とはいえ、我々には我々の仕事がある。君たちの世話ばかりしてはいられない。これでも多少は事情を耳にしているが、こちらにはこちらのやり方がある。それは君たちに協力するよりも、遥（はる）かに確実性の感じられるものだ」

「左様でございますか」

　出会い頭の語りっぷりから察するに、組織内ではそれなりの役柄にあるだろう吉川さんも、今回の件では上からの注文を一方的に受ける立場にあるみたい。それくらい状況が逼迫（ひっぱく）しているということだろう。

　もし仮に失敗したら、誰が責任を取ることになるのか。

「だが、先の件では君たちの世話になった。借りを返したいという思いはある」

「そこまで大したものを求めるつもりはありません」

「詳しく聞かせて欲しい」

「異物四号がある程度陸地に近づいた段階で、我々に時間を頂けませんでしょうか」

隔離空間さえ発生させてしまえば、所要時間は一瞬である。

空間内での時間経過は、開放時に巻き戻るから。

「最終的な迎撃の前に一分ほどお時間を頂ければ、対処可能か否かの判断が行えます」

「一分？　それは先方に接近してからの経過時間を言っているのだろうか？」

「いいえ、海岸から視認する限りで問題ありません。貴重なお時間だとは重々承知しておりますが、我々が活動している間、異物四号に対する攻撃や調査などのアプローチを控えてもらえませんでしょうか？」

「その程度であれば、融通することは可能だろう」

今回はピーちゃんの協力が得られるので、自信を持って交渉に臨める。

現地での移動については、空を飛べる方々が多いので問題ない。隔離空間が生じたのなら、人目を憚ることなく自走可能。むしろ隊員の方々の監視下で、文鳥殿の収まったケージを持ち歩く方が危うい。

「ご承諾下さりありがとうございます、吉川さん」

「君たちが何をするつもりなのか、詮索する気はない。しかし、それは昨晩打ち込まれた攻撃より、効果がある代物なのだろうか？　状況次第では一分とはいえ、貴重な時間となるやもしれん」

「失礼ですが、そうした疑問はお互い様ではありませんか？」

「……たしかに君の言う通りではある」

吉川さんたちがどういった対応を取るのか、とても気になる。なんたって自衛隊の方々が如何にして巨大怪獣に立ち向かうのか、最前線で拝見するまたとない機会。ただ、阿久津さんからは他所よりも先に対処して欲しい、などと言われている。

「昨晩の件と言えば、対象のコンディションが気になるのですが」

「異物四号の周囲では、目に見えない何かによって熱や衝撃、放射線が遮られていた。これは放射性降下物に対しても同様のようで、今のところ大した数値としては表れていない。上陸後を思えば、不幸中の幸いと言える」

クラーケンは魔法を使うとピーちゃんが言っていた。

恐らく障壁魔法を行使したのではなかろうか。

放射線まで遮断するとは、こちらも想定外だけれど。

「しかし、直接触れるような真似は控えたほうがいいだろう」

「承知しました。そのようにさせて頂きます」

異世界から魔法が得意な上位個体に何体かご足労頂いたのなら、こちらの世界を暴力で征服することも、決して不可能ではない気がしてきた。そうして考えると、ピーちゃんの存在は現代社会にとって脅威以外の何物でもないかも。

「佐々木、それが貴方と二人静の行っている作戦とやらなのかしら？」

「そのように考えて頂いて差し支えありません」

吉川さんのみならず、星崎さんからも質問を頂戴してしまった。

何故ならば彼女には何も事情を説明していない。

阿久津さんが何かと気を利かせてくれるので、同僚からは以前と変わらずに異能力者として扱われている。彼女も例外ではない。エルザ様やお隣さんの存在には疑問を持っているだろうけれど、異世界の存在までは把握していない。

だから、こちらから事情を説明することも憚られて、現在に至る。

「私には何も連絡がないのが気になるのだけれど」

「わざわざ先輩の手を煩わせることもないと考えまして」

だから、悩む。

星崎さんのことどうしよう。

未だ局内では彼女の水筒ポジションにある身の上だ。

「この場で言えないというのなら、後で説明してくれても構わないわ」

「……承知しました」

吉川さんの面前、まさか断ることもできなくて、素直に頷く羽目となる。

こっそりと課長に連絡を入れて、彼女には別の仕事を用立ててもらう、ということも不可能ではない。けれど、間違いなく本人にバレると思う。だって既に一回、ホテルでお隣さんやエルザ様と顔を合わせた際にやっているもの。

今後の公僕人生を思うと、彼女の機嫌を損ねることは気が引けた。

そうこうしていると、廊下からパタパタと足音が響いてくる。

ノックに応じて吉川さんが短くお返事をする。

ドアが開かれて隊員の方が現われた。制服を着用した士官を思わせる人物である。先方は居合わせた我々の存在に一瞬口を噤んだが、上司が顎をしゃくって促すのに応じて、すぐさま大きな声で報告を上げた。

「吉川一等海佐、異物四号の進路に変化が見られました」

「場所は？」

「このまま進むと三重県沿岸から浜松、駿河湾、相模湾辺りに入ります」

海上のタコドラゴンが、本格的に上陸の兆しを見せつつあるようだ。

＊

厚木基地に情報が入った時点で、我々は場所を移動することになった。

海上自衛隊のヘリに乗り込み、沿岸部に向かって一直線。

最終的に訪れた先は、静岡県沼津市の静浦地区。

駿河湾に面した地域でも、一際奥まった界隈となる。

厚木基地を出発してからしばらく、クラーケンは近畿地方を素通り。愛知県沖を少しずつ本国に寄せて進み、最終的にその進路は駿河湾に向けられた。これに伴って我々も逐一移動を繰り返していった次第である。

先方が真っ直ぐに湾内へ侵入した場合、突き当たりに所在する田子の浦を正面に捉えたクラーケンを横側から狙えるポイント。尚且つ、湾の外側から眺めた場合、湾内に向かい突き出た大瀬崎が目隠しとして機能する。

そうしたロケーションも手伝い、自衛隊の前線基地も界隈に敷かれた。

海岸沿いの路上には、迷彩柄のテントや装甲車がずらりと並ぶ。

駿河湾の西側は沿岸部に静岡市や焼津市など、比較的人口の多い市街地が広がっている。住民の避難は困難を極めており、クラーケンに攻められたら被害は甚大。そこで陸上自衛隊は伊豆半島に展開、東側から攻撃を仕掛けるらしい。

伊豆半島を隔てて相模湾にもミサイル艦が多数配備されたとのこと。

「夕日がとても綺麗じゃないの」

「ええ、そうですね」

ヘリを降りた我々は、砂浜に沿って敷設された防波堤までやって来た。

夕暮れ時の海岸、天端に立って星崎さんと一緒に海を眺めている。

西日を浴びてキラキラと煌めく海原は、たしかにとても綺麗なものだ。仕事でなければ、そのまま波打ち際を散歩して回りたくなる。ただ、そうして美しい光景に心を洗われたのも束の間のこと。

「こんなふうに海を眺めるなんて、何年ぶりかしら」

現役JKらしからぬ台詞を耳にして、後輩はちょっと違和感。

まるで草臥れたサラリーマンのような語りっぷり。

それでいてワードの端々に圧倒的な若さを感じるの、聞いていて心がムズムズする。

「つい先日にも、父島で眺めていませんでしたか？」

「……そう言えばそうだったわね」

とは言え、それ以前には数年のブランクがあるのだろう。

彼女の年頃を思えば、これまた寂しいお話ではなかろうか。

「お友達やご家族とは、海水浴に行かれたりはしないんですか？」

「最後に行ったのは、たしか小学生の頃だったと思うけれど」

「左様ですか」

自分に負けず劣らず、寂しい青春を送っておられる。

ここ最近、彼女のプライベートを断片的にでも拝見してしまった手前、こういうお話を聞いていると申し訳ない気分になる。仕事を頑張るのもいいけれど、もう少し高校生活を楽しんでもバチは当たらないのではないかと。

日本の女子高生とか、人類史上最強の行楽シーズンでしょう。

「もう少し静かだったら、いい気分転換になったわね」

「でしたら改めて、休暇に訪れてはどうでしょうか」

「あら？　もしかして私のことを誘っているのかしら」

「いえ、そんな滅相もない……」

駿河湾では既に、自衛隊の方々がクラーケンと交戦を始めている。

時折、ズドンズドンという爆発音が、我々の下にまで響く。

ただし、打倒を目指してミサイルや爆弾をガンガン打ち込むような真似はしていないらしい。熱核攻撃の直撃に耐えた時点で、既にその手の飛び道具は無意味なものだと、自衛隊の方々も結論づけたようだ。

代わりに現在は、沿岸部からの引き剥がしを狙っているのだとか。主に航空機を利用して、クラーケンに対して嫌がらせを実施。対象を陸地から遠ざけて、あわよくば太平洋にお帰り頂く作戦とご説明を受けた。

この辺りの進捗は、我々と行動を共にしている犬飼さんが逐一ご教示下さる。

「佐々木さん、戦闘機による陽動は失敗したようです」

そうこうしていると彼女から続報が伝えられた。

防波堤の下、路上に停まっていた装甲車の一台。その車内から姿を見せた犬飼さんが、防波堤に設けられた段差を駆け上ってきた。表情は思わしくないもので、報告のたびに顔色が悪化の一途を辿っている。

先程までは我々も、装甲車内で現地の映像を共に確認していた。

今航空機から投下されたのは何々という爆弾ですだとか、これよりミサイル艦から何々というミサイルが発射されますだとか、ご丁寧にも説明を頂いていた。ただ、どれもクラーケンには傷一つ付けられず、先方も意に介していなかった。

居た堪れなくなって、星崎さんと一緒に海を眺めていた次第。

「失敗というのは、どういった形で終わったのでしょうか？」

「弾薬をすべて打ち尽くして、機体は基地に戻りました」

「なるほど」

航空機は安全な距離を保った上で陽動を行っていたと思われる。そうして考えると、クラーケンは相手との距離を測った上で、対応をしないという判断を下したことになる。これはかなり理知的な判断ではなかろうか。

逃げる獲物を本能で追いかけ回す野生動物とは一線を画すると思える。

「こちらからはまだ見えませんが、どの辺りまで来ているんでしょうか？」

「対象は湾内に入り込み、真っ直ぐに進んでいるとのことです」

吉川さん曰く、近隣では住民の避難がすこぶる順調。半世紀前から来るぞ来るぞと言われ続けた、東海地震に対する避難訓練が効果を発揮したようだ。我々の待機している界隈でも、ご町内の防災放送がひっきりなし。沿岸部からの退避を繰り返し促している。

名目は不発弾の処理とのこと。

沿岸や見晴らしのいい高台、背の高い建物なども自衛隊や警察が押さえている。如何せん図体の大きなクラーケンなので、どこまで隠蔽できるかは定かでない。けれど、局も阿久津さんが上に立って頑張っているそうな。

「佐々木さんたちの作戦ですが、状況はどうかと吉川から確認があります」

「順調に進んでいるとお伝え下さい」

「承知しました」

ピーちゃんとは上陸地点が確定し次第、すぐに連絡を取った。

二人静氏からお隣さんに貸し出された端末。そこに登録したメールアドレスにメッセージを送信すると、数分と待つことなくお返事があった。インターネット禁止令を自発的に発令中である文鳥殿とは、彼女を経由してのやり取り。

現在地の緯度経度を送信すると、すぐに出発します、とのご連絡を頂いた。

それから現地に到着して、吉川さんを筆頭とした自衛隊員の方々より今後の予定についてご説明を頂いていると、同じアドレスから着信があった。曰く、クラーケンが見える位置で待機しています、とのこと。

自衛隊の方々に発見されるのではないか、とは一抹の不安。けれど、その辺りはアバドン少年が上手いこと取りなして下さるそうだ。お隣さんの説明によれば、一時的に姿を隠すことができるのだとか。

時を同じくして、懐で私用の端末が震え始めた。

通話の呼び出しだ。

ディスプレイには二人静との表示。

犬飼さんに一言断りを入れて、すぐに通話を受けた。

「はい、佐々木ですが」

『高速道路が進入禁止で、儂だけ飛ばしたい放題なのマジ最高なんじゃけど』

「それは何よりです」

めっちゃ楽しそうな声が聞こえてきた。

二人静氏の言葉通り、本日は緊急事態につき高速道路が封鎖された。自衛隊の方々や、我々のような一部の例外のみ通行を許可されている。制限速度も撤廃されて、好きなように走ってよろしいとは、上からのお墨付き。

『どれだけ金を積んでも、こんなことはできんからなぁ？　こうまでも気分良く運転できるの何年ぶりじゃろう。転職してよかったと言わざるを得ないのぅ。けど、名古屋を越えた辺りで、静岡まで戻れと言われたのは萎えたわい』

「悪魔サイドはポジションに就きましたので、急ぎでお願いします」

『あいよぉ。儂のドラテクなら二十分、いいや、あと十分で到着じゃ！』

通話をしている間にも後ろの方から、頼むからもっとゆっくり走ってくれ云々、使徒の少年の声が聞こえていた。伝えられた時間的に考えて、既に高速道路を降りた上、下道を現地に向かい急いでいるのではなかろうか。

伝えることだけを伝えて、通話はすぐに切断された。

そろそろ自身も障壁魔法を張ったほうがいいだろう。隔離空間の発生に乗り遅れたとしても、ピーちゃんが上手いことやってくれるとは信じている。けれど、彼に丸投げするような真似は控えたかった。

「犬飼さん、この後の予定について確認をさせて頂きたいのですが」

「地元の漁業組合の提案から、対象の餌付けが進行しています」

「餌付け？　なんだか響きが頼りなく感じるわ」

星崎さんの言わんとすることは分からないでもない。

自分も同じように感じてしまったもの。

「前回の調査では、異物四号が海洋生物を捕食している姿が確認されました」

「あの巨大な図体を維持するには、沢山食べないといけないものね」

「そこで近隣の湾から水揚げされた魚類を船舶に載せて、停泊自動航行で異物四号の下に送り出します。そして、対象の位置を少しずつ外洋に向かい調整することで、対象の進路を変更させる作戦であると説明を受けました」

漁業組合の提言が通った辺り、祖国の必死さが窺える。兵器の類いをすべて無効化されたので、上層部も対策が浮かばないのだろう。

ただ、同じ異世界より訪れた文鳥殿が、こちらの世界の食生活に類いまれなる関心を寄せていることを思うと、クラーケンが駿河湾自慢の海産物に興味を惹かれ、新鮮な海の幸に舌鼓を打つ可能性も、決してゼロではないように思われた。

「なるほど、リアル舟盛り作戦ですか」

「佐々木ってそういう変な言い方を考えるの得意よね」

「……言うほど変でしょうか?」

世の中年男性なら、きっと誰もが思い浮かべると思うけれど。

今日は昼食を食べる暇がなかったので、お腹が減って仕方がない。せっかく沼津界隈まで足を運んだのだから、上手いこと仕事を終えたのなら、帰りに生しらす丼とか頂きたい。わさび醤油を利かせた大葉の香る一杯はきっと格別。

産地で頂く採れたての生しらすは、生臭くなくて本当に美味しいから。

「でも、それだったら順番は逆の方が良かったのではないかしら?」

「申し訳ありません。なにぶん当初の予定にない作戦となりますので……」

星崎さんの呟きを受けて、責任者に代わり頭を下げる犬飼さん。

そうして防波堤の上で言葉を交わしていた只中のこと。

空を飛んでこちらに向かい、近づいてくる何かが見えた。

海岸とは反対側、内陸部から山々を越えて近づいてくる。結構な速度で飛んでいるようで、空の小さな点に過ぎなかったのも束の間、こちらが眺めている間にも段々とシルエットを明らかにしていった。

どうやら人のようだ。

時を同じくして、自衛隊の方々が賑やかにし始めた。人が空を飛んでいる云々、自身が確認した光景について声が聞こえてくる。装甲車やテントから隊員の方々が飛び出してきて、すぐさま空に向かい銃器を構える。

これがまたおっかない光景だ。

銃口が別方向に向けられているとはいえ、思わずビクリとしてしまう。

「佐々木、あれってもしかして……」

「ええ、魔法少女がやって来たみたいですね」

鮮やかなピンク色の髪や衣服のおかげで、早々に判断ができた。

彼女は我々の頭上、数メートルの位置に静止。

手にした杖(つえ)をこちらに構えた。

「魔法中年は、どうしてここにいるの？」

「以前と同じく仕事です。そういう貴方こそ何故こちらへ？」

「海にいる大きいヤツ、放っておいたら大変だから」

チラリと海岸に目を向けて魔法少女が言う。

これに倣い我々の意識も海に向かった。

すると沖の方に船とは違った、縦長なシルエットが見えた。先程まで見られなかったものだ。どうやらクラーケンは湾内の奥まった場所までやって来ているみたい。海上での移動速度もかなりのものをお持ちなので、こうなると上陸までは秒読み。

吉川さんとの事前約束では、そろそろ我々の活動タイムとなる。

「ここから見えるってことは、かなり近いわよね」

「ええ、星崎さんの言う通りかと」

魔法少女は先日にもクラーケンと戦っている。その脅威を理解しているからこそ、わざわざやって来たのだろう。そして、いざ現地に足を運んだところ、沿岸部に自衛隊の部隊を見つけて降りてきた、といった感じではなかろうか。

また、この手の治安維持活動は異能力者とセットで登場することが多かった。短絡的に考えたのなら、装甲車やテントの並びを確認して、この辺りに異能力者が現れた可能性を考慮したとも察せられる。

「だけど、異能力者も逃がさない」

「待って下さい、今は仲間割れしている状況ではありません」

マジカルな杖の先が、星崎さんに対して向けられた。

咄嗟(とっさ)に、自身と彼女に障壁魔法を行使する。

次の瞬間にもズドンとやられかねないのが、魔法少女の恐ろしいところ。ここ最近は多少なりとも会話の余地が生まれつつある。けれど、星崎さんに限っては正真正銘、生粋の異能力者である。どこまでご配慮を頂けるか分からない。

「魔法中年の隣にいるのは異能力者。間違いない？」

「……そうですね。異能力者には違いありません」

以前の約束どおり、ちゃんと事前に確認を行うようにしたみたい。

律儀に尋ねてくる辺り、根は真面目な子なのだと思う。

横目でチラリと星崎さんの様子を窺う。

いつの間にやら拳銃を構えた彼女は、銃口を油断なく魔法少女に向けていた。表情には多分に緊張が見られる。マジカルバリアを前にしては、銃器が通用しないことを理解しているからこその焦りだろう。

「佐々木、水を出しなさい！」

「星崎さんも落ち着いて下さい。この場はクラーケンの対処を優先すべきです」

「相手が杖を構えている以上、こちらも油断はできないわ」

お喋りしながらジリジリと後退しているのは、防波堤の先に控えた海を見据えてだろう。この状況でも決して悲観することなく、魔法少女とバトるべく覚悟完了した先輩には、正直に言って恐れ入る。少年漫画の主人公みたい。

そうして一触即発の事態となった直後の出来事である。

一瞬にして周囲から音が失われた。

すぐ近くに立っていた犬飼さんや、彼女の背後で賑やかにしていた自衛隊の方々も見られなくなる。ずらりと並んだ装甲車やテントさえも消えていた。遠方から響いていた航空機の飛び回る気配もピタリと収まった。寄せては返す波の音だけが、ただ淡々と響いて聞こえる。

その只中に自分と魔法少女、そして——。

「ちょ、ちょっと、どうなっているのよ……」

あぁ、どうしよう。

星崎さんのこと、隔離空間に巻き込んでしまった。

＊

【お隣さん視点】

ホテルを出発した我々は、空を飛んで駿河湾までやって来た。

それもこれも、おじさんからメールで指示を受けてのことだ。

彼から伝えられた話によると、クラーケンなる巨大な生き物が本土に迫っており、これに対応する為、天使と悪魔の代理戦争を利用したいらしい。より正確には、代理戦争を行うための仕組み、隔離空間を使いたいと伝えられた。

既に天使側の協力者も確保、現場に向かい輸送しているという。

『どうだい、多少は空を飛ぶ感覚にも慣れたかい？』

「思っていたよりもバランスを取るのが大変です」

『建物に衝突してゲームオーバーとか、笑えないから気をつけて欲しいなぁ』

「その点は重々承知しています」

以前、私とアバドンはおじさんの協力を得たことで天使の軍勢を退けた。これに伴って発生したご褒美を利用して、出発の間際に空を飛ぶ力を付与してもらった。高級ホテルに乗り込んだ際、保留となっていた一件だ。

今も誰に抱かれることなく、一人で空に浮かんでいる。

おじさんの前で他所の男に身体を許すような真似は、これで回避できると思う。

『我が知るものとは隔絶された理、なかなか興味深いものだ』

『それはこっちも同じことなんだけどなぁ』

私とアバドンの傍らには、おじさんが飼育しているペットの文鳥が浮かんでいる。

翼を羽ばたかせている訳でもないのに、ピタリと空中に留まっている姿は違和感も甚だしい。とはいえ、人語を解して私たちとお喋りをしている事実に比べたら、鳥が空に佇んでいる程度は誤差のようなもの。

普段はおじさんの肩に止まっていることが多い。現在は彼が不在であり、そして、私やアバドンの身体に触れるような真似は、今のところ見られない。飼い主に対して愛着を感じているのだろうか。

ペットを購入するくらいなら、私のことを飼ってくれればよかったのに。

首輪を嵌めた自身と、これに繋がるリードを手にしたおじさんの姿を想像する。

かなり、良い。

『しかしなんだい、事前に聞いてはいたけれど、随分と大きいじゃないかい』

『あの者が語っていたように、ドラゴンの亜種が迷い込んだようであるな』

　アバドンと文鳥がお喋りしている通り、私たちの眺める先では、海上に得体の知れない巨大な生き物が蠢いている。寸胴な胴体に何本も触手が生えた、おじさん曰く、タコとドラゴンが合体したような代物だ。

　近隣では自衛隊のものと思しき航空機が、ひっきりなしに飛び回っている。

　当然ながら我々の存在も捕捉されそうなもの。けれど、こちらは高級ホテルでの件と同様、アバドンの力によって誤魔化している。少なくとも私たちから能動的に手を出さない限り、クラーケンにも自衛隊にもバレることはないらしい。

『あの者の指示通り、対象の周囲に障壁を張るとしよう』

「自衛隊が攻撃を行っていますが、構わないんですか？」

『これから我が行わんとしていることは、アレが既に行っている対処と大差ないものだ。細かく調査を行われては分からないが、この状況でそれが可能なまで、現地の軍隊が接近することはないだろう』

「だったら放っておいても、勝手に隔離空間に取り込まれると思います」

『先方に任せていては、どのタイミングで解除されるかも分からない。確実にことを進めるならば、こちらで手を回しておいた方がいいだろう。あの者もそのように考えて、我にこのような指示を出したものと思う』

「……そうですか」

　お互いに分かり合っている感じの物言いが、聞いていて苛々する。

　私の方がより沢山、おじさんのことを知っているのに。

　この文鳥、彼とはどういった関係なのか。

　ペットとか、良くないと思う。

　人は人と触れ合ってこそ、自身に足りない部分を補完し合えるのではないかと。

「…………」

　いいや、回りくどいことを考えるのは止めよう。

　私は羨ましい。

　この喋る文鳥が羨ましくて堪らない。

　こちらは何年も一緒にいるのに、未だ部屋に招いてもらえない。それなのにこの文鳥は、ただペットショップで売られていたというだけで、おじさんの部屋に入り込んで、あまつさえ行動を共にしている。

私もペットショップで売られて、彼に購入されたい。お買い求めされたい。

『君がその鳥類を見つめる眼差しが、ちょっと怪しいのは何故だい？』

「アバドンの気の所為ではありませんか？」

編隊を成した自衛隊の航空機から、矢継ぎ早にミサイルが放たれる。それらは一発として照準を誤ることなくクラーケンに向かう。そして、次々と着弾。ズドンズドンと大きな音を立てて爆発し始めた。

時を同じくして、文鳥の足元でブォンと魔法陣が浮かび上がる。

直後にはクラーケンの周囲で、何かがキラリと輝いた。けれど、それはミサイルの着弾によって生じた爆炎と煙に隠されて、断片的にしか把握できない。多分、障壁魔法とやらの発生に伴って生じた変化だろう。上手いこと自衛隊の攻撃に重ねて、周囲への目眩ましとしたようだ。

『よし、これで後はあの者たちの到着を待つばかりであるな』

航空機は先程からクラーケンの気を引こうと、触手の届かない範囲で周囲を飛び回ったり、ミサイルを撃ち込んだりしていた。しかし、先方はそうした陽動に一切反応を見せず、ゆっくりと陸地に向かい進んでいく。

どうやら自衛隊の作戦は進捗がよろしくないようだ。

ややあってクラーケンの周囲から航空機が撤退していった。

代わりに今度は、海上から数席の船が一直線に近づいてくる。

なんの変哲もない漁船だ。

武装も見られない。

しかも何故なのか船上には、これみよがしに魚類が載せられている。距離があるのではっきりとは分からないけれど、本来であればデッキ下の魚倉に収められているべきそれらが、甲板の上に山盛りだ。

『まさかとは思うけれど、餌で釣るつもりかなぁ？』

「ミサイルを撃ち込んでから行うような作戦ではないと思いますが」

港を出発した漁船は、クラーケンの脇を通過して、湾外に向かうように進路を取っている。これに対して進行を緩めた巨大怪獣は、段々と自らに向かい近づいてくる船舶を眺めて、触手をうねうねとさせ始めた。

どうやらお魚満載の漁船は先方の興味を引いたようだ。

『あれら船舶は通過させるべきか……』

一連の光景を目の当たりにしたことで、文鳥が何やらボソリと呟いた。

障壁魔法とやらとの兼ね合いを検討しているのだろう。

ややあってクラーケンの触手が漁船に向かい伸びた。

先頭を進んでいた漁船一隻を絡め取り、海上からひょいと持ち上げる。そして、器用に自らの口元まで運び、我々人がグラスに注いだ水を飲むかのように、船上に盛られた魚類をその大きな口に流し込んだ。

空になった漁船はポイッと海上に破棄。

口に含んだ魚類をもっちゃもっちゃと咀嚼し始める。

『これまた美味しそうに食べるねぃ』

「……そうですか？」

アバドンの感性は未だに理解し難い。

文鳥は文鳥で障壁魔法とやらの操作に忙しいのか、足元に先ほどと同じような魔法陣を浮かべつつ、陸から沖に向かってくる漁船群に注目している。クラーケンの反応に対応しているようだが、海上にはこれといって変化も見られない。

「障壁に穴なんて開けてもいいのですか？」

『よくはない。そこで対象に近づいた船舶を含める形で二重に障壁を張り、その上で障壁の規模を縮小しつつ、両者が接するタイミングで内側に存在する障壁を解除する。これを繰り返せば、常にクラーケンを障壁内に配置しておける』

「……文鳥さん、賢いですね」

『これは申し訳ない。僕の相棒は頭を使うのが苦手なんだ』

感心する私の傍ら、アバドンが文鳥に対して申し訳なさそうに言った。

その言い方では、自分が阿呆の子みたいではないか。

「…………」

いいや、阿呆の子なのだろう。

学校の定期試験も下から数えたほうが早い位置をキープしている。こればかりは自業自得。自らの家庭環境を思えば、仕方のないことではないかと言い訳が浮かぶ。

ただ、そうして思考を停止する訳にはいかない。

私と同類だとばかり思っていたおじさんが、しかし、他所の女たちと楽しそうにしている現状、巻き返しを図るには時間を要する可能性が高い。長期的な経過を辿るとあらば、今後は勉学にも精を出すべきかもしれない。

高校くらいは入学しておかないと、不利益を受ける可能性がある。

『どうしたんだい？　急に難しい表情を浮かべたりして』

「なんでもありません」

会話から逃げるように、視線をクラーケンから脇に逸らす。

すると視界の隅、地上を疾走する自動車に気付いた。

交通規制が行われているようで、車の行き来が失われた車線。閑散とした路上を凄まじい勢いで走っている。

空から眺めては爪の先ほどの大きさである為、車種を判断することも儘ならない。

ただ、やたらと速い自動車が道路を走っている。

『おやぁ？　何やら速いのが走っているねぃ』

「アバドンも気付きましたか」

反対車線が避難車両でごった返している一方、スカスカの車道を爆走だ。

市街地から海岸に向かい進路を取っている点が気になった。

既にかなり海に近いところを走っている。

『もしやアレではないか？　あの者が言っていた協力者とやらは』

『可能性としては考えられるかな？』

「だとしたら、迎えに行ったほうがいいでしょうか」

そうして言葉を交わしていた最中のことである。

周囲から一瞬にして音が失われた。

クラーケンの監視を行っていたヘリのローター音であったり、海上を進んでいた漁船のエンジン音であったり、雑多に聞こえていたモノの気配が失われる。更には地上に見えていた人や自動車なども、また、時を同じくして姿を消していた。

変わりなく窺えるのは、海上で揺れる白波の気配。

そして、これに揉まれるように佇んだ、巨大怪獣の姿である。

『これが貴様たちの語っていた、隔離空間とやらか』

音の失われた世界を眺めて、文鳥が興味深そうに言った。

　地上を勢いよく走っていた自動車も、他の車両と同様に姿を消している。もし仮に私たちが想像した通り、天使やその使徒を乗せていたとすれば、車が消えた辺りには当事者が残されているものと思われる。

『消失した事象と、そうでない事象の線引きが気になる』

『この空間は天使と悪魔が代理戦争を行う為に用意した仮想的なもの。だから、実空間には執着しない方がいいよ？　そこに在るだろうと期待していたものが無い、なんてことはよくあることだから』

『ふむ……』

『それでも一つ挙げるとするのなら、目に見えて動いているものは、再現されない場合が多いかな。あくまでも空間内における代理戦争の主体は、天使や悪魔、それに使徒による争い。外的要因は排除されるべきでしょ？』

『消失した訳ではなく、むしろ別に用意されたと考える方が近いのか』

『そんな感じだね。中身まで瓜二つだけど、どれも偽物だと思ったらいいよ』

ああだこうだと言葉を交わすアバドンと文鳥。

　その傍らで私は、音が消えた世界を遥か眼下に眺める。

　すると地上から我々に向かい近づいてくる何かが見えた。

　湾に面した砂浜の辺りから飛び立ち、こちらに向かい勢いよく近づいてくる二つの影。内一人はずんぐりむっくりとしたシルエットだったので、当初は人以外の何かかとも疑念を抱いた。ただ、近づくにつれてその理由は判明。

　人が人を抱いたまま、空を飛んでいた。

　ややあって、先方は我々の下にまでやって来る。

　その中の一人の顔立ちを確認したことで、私は安堵を覚えた。

「どうやら無事に呼び込めたようだね、ピーちゃん」

『うむ、上手くいったようで何よりだ』

　文鳥との会話通り、ちゃんと合流できたのは何より。海上で暴れていた怪獣も取り込めたようで良かった。

　ただ、そうした成果にも増して、私には気になることがある。

「おじさん、その腕に抱いている人物はなんですか？」

「私は佐々木の同僚よ！　わ、悪いかしらっ？」

「男に抱かれながら凄（すご）まれても、困ってしまいます」

「っ……」

おじさん、また違う女を抱っこしている。

＊

隔離空間の発生後、クラーケンを高みから見下ろす地点で皆々と合流した。

星崎さんについては安全確保の為にも、本人の意思を尊重する意味でも、自身に同行してもらう形で決着。地上で待機をお願いした結果、クラーケンが暴れるのに巻き込まれてプチッと、みたいな展開こそ一番困ってしまうから。

「どうやら無事に呼び込めたようだね、ピーちゃん」

『うむ、上手くいったようで何よりだ』

現場に文鳥殿の姿を確認して、ホッと胸を撫（な）で下ろす。

海上には当初予定したとおり、クラーケンの姿も見られる。陸地に向かい進行していた足取りは、ここへ来て急停止。空を飛び回っていた航空機や、海上に浮かんでいた船舶が急に消えたことで、戸惑うような素振りが見て取れる。

やはり先方は、それなりに知性を持ち合わせているようだ。

「おじさん、その腕に抱いている人物はなんですか？」

「私は佐々木の同僚よ！　わ、悪いかしらっ？」

「男に抱かれながら凄まれても、困ってしまいます」

「っ……」

お隣さんからは早々に突っ込みを頂戴した。

中年男性が女子高生を抱っことか、絵面的に申し訳ないばかり。女性からすれば視界に収まっている限りであっても、セクハラ以外の何物でもないだろう。むしろ、これを許容している星崎さんがちょっとおかしい。

空に昇るの？　だったら貴方が抱えて飛べばいいじゃない、とは本人の談だ。

我が身が空を飛んでいる点や、隔離空間の存在については、現場での共有を保留とさせて頂いた。局に戻ってからご説明しますので、とのゴリ押し。クラーケンに対処する為だと、巨大怪獣の存在を引き合いに出したところ、なんとかご承諾を頂けた。

「同僚に身体を抱えさせて移動するとか、流石に変じゃありませんか？」

「し、仕方がないでしょう？　私は貴方たちみたいに空を飛べないのだから」

『僕としてはそっちの彼女が気になるなぁ』

お隣さんと星崎さんの問答を遮るようにアバドン少年が言った。

そこにはマジカルフライで我々に追従してきた魔法少女が浮かぶ。

「……なに？」

『君、前にも僕らと顔を合わせた子だよねぃ』

彼の仰るとおり、二人静氏とエルザ様以外、先日にもホテルで顔を合わせた面々が全員集合である。おかげさまでピリピリとした雰囲気を感じている。自分以外、碌に面識がない彼ら彼女らだから。

それでも自身との間で魔法少女には、一時停戦を申し入れている。

対クラーケンに向けて協力を取り付けた。

少なくともこの空間内では、異能力者を襲わないことで了承を得た。

「貴方の知り合いを撃ったこと、悪かったと思ってる」

『気にしていないよ。それよりも僕は君のことが気になっていてねぃ』

「アバドン、少しくらいは気にして下さい」

二人静氏に続いて、魔法少女にまでアバドン少年が粉をかけ始めた。デスゲームを勝ち抜いていく為、彼らも必死なのだろう。それがお隣さんの有利に繋がるというのであれば、こちらも協力することは吝かでない。

ただ、放っておいたら収拾がつかなくなりそうだ。

申し訳ないけれど、クラーケンの対応を優先させて頂こう。

「恐れ入りますが、二人には天使とその使徒の回収をお願いできませんか？」

『だってさ、どーするの？』

「放っておく訳にはいきません。おじさんの言うとおりに回収へ向かいます」

『放置して隔離空間が解けちゃったりしたら、色々とバレちゃうもんねぃ』

使徒の少年には、既に二度ほど騙されているので、せめて行動を共にするくらいは、彼らに対しても備えたほうがいいだろう。状況によってはクラーケンを利用して、我々をどうにかしようと企んだりするかもしれない。

「行きますよ、アバドン」

『はぁい！』

率先して動き始めたお隣さん。

彼女の背中を追いかけるアバドン少年。

二人の姿は地上に向かい遠ざかり、すぐに見えなくなった。

これを確認したところで、自身は星の賢者様に向き直る。

「ピーちゃん、お願いできないかな」

『うむ、可及的速やかに対処しよう』

「佐々木、ど、どうして文鳥がお喋りしているのよ！」

「なかにはお喋りが上手な個体もいるみたいですよ」

「そんな訳ないでしょ!?　やっぱりあのときの映像は……」

案の定、ピーちゃんに反応を示した星崎さん。

ただ、彼女に文鳥殿をご紹介している暇はなかった。

こちらが賑やかにし過ぎたのか、探知魔法的な何かを用いたのか、海上でクラーケンに動きが見られた。空に浮かんだ我々に向かい、ぐわっと巨大な顎を広げるアクション。

正面に魔法陣が浮かび上がる。

それは過去に魔法少女連合を蹴散らした一撃の予備動作。

「ちょっ……」

クラーケンに気付かれてしまったみたいだ。

障壁魔法は展開しているけれど、どこまで防げるかは定かでない。ピーちゃんが強敵認定するような相手だ、中級グレードが精々の自分ではミカちゃんの剣と同様、サクッとやられてしまう可能性が高い。

咄嗟に文鳥殿に意識を向けると、彼の足元には魔法陣。

間髪を容れず、先方の魔法が発射されて目の前が輝きに埋め尽くされる。

時を同じくして、足元に硬い感触。

すぐ近くからはピーちゃんの囁きが。

『この場は我に任せるといい』

「ピーちゃん？」

視界が戻ると、そこは湾に面した海岸だった。

空間魔法で瞬時に、我々をここまで運んでくれたのだろう。

腕の内には星崎さん。

隣には魔法少女の姿も見られる。

ただ、ピーちゃんの姿はいつの間にやら消えていた。

すぐに海上まで、取って返したものと思われる。

誰もが怪我一つなく無事なのは、事前にクラーケンの周囲を文鳥殿の障壁魔法が固めていた為ではなかろうか。そうでなければ、あのタイミングで発射された一撃を回避できるとは到底思えないから。

「な、何が起こったの？」

「文鳥がいない」

星崎さんと魔法少女からは疑問の声が上がった。

自ずと二人の注目がこちらに向かう。

ただ、それも束の間のこと。

海上からズドンズドンと大きな音が聞こえてきた。

我々の意識も砂浜より先、沖合に向かう。

するとそこではクラーケンの周囲で、鮮やかに咲き誇る魔法の数々が見て取れた。巨大な炎が吹き荒れたかと思えば、バリバリと落雷が立て続けに落ちたりと、これが非常に賑やかなもの。相手方から発せられたと思しきビームもどきも窺える。

以前、ピーちゃんが異世界で紫の人と戦っていたときのことを思い起こす。

「まさかとは思うけれど、さっきの文鳥が頑張っていたりするのかしら」

「文鳥、強い……」

我々の立っている場所からピーちゃんの姿を確認することはできない。

けれど、海上に留まったまま見えない何かと戦うクラーケンの姿から、そこで活躍している彼の姿が想像された。大半の敵に一撃で対応してきた文鳥殿を思うと、やはり今回の相手はかなりの強敵みたいだ。

彼の苦労には我々の存在も、少なからず影響していると思う。クラーケンの攻撃がこちらに向かいそうになると、一際強烈な攻撃魔法が対象を襲う。流れ弾ならぬ、流れ魔法が我々に向かわないよう守ってくれている。

「凄いじゃないの、あの太い触手が根本から弾け飛んだわ！」

「あれが魔法中年の妖精？」

「ええまあ、そんなところです」

「出張中にも尋ねたと思うけれど、魔法中年ってなんなの？」

「星崎さん、そろそろ下に降ろしても大丈夫でしょうか？」

「っ……そ、そうね！」

　地上に場所を移してからも、後輩は先輩を抱きかかえたままであった。ピーちゃんの健闘に見惚(みほ)れていた次第。こちらの問いかけに対して、彼女はビクンと大きく身体を震えさせると共に、足を地面に伸ばした。

　一瞬、砂浜にヒールを取られてバランスを崩すも、自らの足で立つ。

「ねぇ、佐々木」

「なんですか？　星崎さん」

「このことは課長も知っているのかしら？」

　ニヤリと意味深な笑みを浮かべての問いかけだ。

　もしや脅されているのだろうか。

　ここのところ水筒役が自身の都合を優先するケースも多々あり、改めて手綱を握るべく考えたのだろうとは容易に想像された。二人静氏の存在に一歩引いていた彼女だが、ここへ来てイニシアチブを握ろうと意識を改めたに違いない。

「口外された場合、星崎さんのお賃金にも影響が出る可能性があります」

「なっ……」

　事前に上司を押さえていると、こういうとき助かる。

　打って変わって、絶句する羽目となる星崎さん。

　局の人事にまで口出しするような真似はできない。当然ながら口から出任せである。けれど、彼女は先日の騒動でも、課長から一方的に深入りを止められていた。説得力はそれなりにあったと思われる。

　っていうか、反応があまりにも素直なので逆に申し訳ないくらい。

　腹の中が読めない二人静氏とは対極にある人物ではなかろうか。

「い、言わないよ？　なんだかよく分からないし！」

　お給料を引き合いに出すと、早々にも尻込みして下さった。彼女はホラを吹いた同僚から距離を取るよう、波打ち際に向かって数歩ばかり移動。そして、改めてこちらに向き直り、しょっぱい表情で言い訳を続ける。

「だけど、私と貴方とはペアなのだから、もう少しくらい……」

　そうして文鳥殿の活躍を遠巻きに見守っていた時分のこと。

　海岸に並び立っていた我々の正面、海が変化を見せた。

　沖での出来事を受けて白波を立たせていた海面、その只中から、ザバァと巨大な触手が姿を見せたのである。

　表面がびっしりと鱗（うろこ）に覆われたそれは、ひと目見てクラーケンに生えていたものだと判断できる。

　ピーちゃんの魔法により千切れ飛んだ触手。

　そのうちの一本が、海中を移動して我々の下までやって来たようだ。

　しかも本体とは別に意思を持っているかのように動いているぞ。

「星崎さん、逃げて下さい！」

「後ろ、触手！」

「え？」

　触手一本とはいえ、人と比べたら相当大きい。

　海面から見えているだけでも、十メートル以上ありそうだ。太さも大型トラックくらいあるのではなかろうか。

　尺取虫の要領で胴体が伸び縮みすると、我々との間にあった距離が一気に縮まった。

「なぁっ!?」

　後ろを振り返った星崎さん、驚愕（きょうがく）から硬直。

　元気一杯な悲鳴が海岸に響く。

　時を同じくして、大きく鎌首をもたげた触手が動いた。

　水際に立った星崎さんに向かい、右から左へ横薙（よこな）ぎに先端が振るわれる。

「っ……」

　魔法中年は障壁魔法を展開の上、飛行魔法によって身体を浮かせる。そして、すぐさま彼女の下に向かった。

　大慌てで逃げ出そうとして、砂に足を取られて尻もちをついた星崎さん。その傍らを過ぎて矢面に立つ。

　間髪を容れず、ズドンという衝撃が響いた。

　触手の体当たりが障壁魔法に当たった。

　大量の海水が巻き上がり、後方に向かいビシャリと飛び散る。

「佐々木、海水を凍らせて動きを止めるわ！」

「承知しました」

　即座に腰を上げた星崎さんが、触手の動きに応じて我々の足元まで寄せていた波の一端に触れる。彼女の手を起点として、パキパキと音を立てて海水が凍り始める。それは触手の周囲に触れている海面にも及んだ。

先方を氷漬けにする勢いで、一帯の海水が凍りついていく。水面から対象にせり上がるようにして動いた海水が、相手を包み込みつつ凍結。体積の上でいえば、触手の何倍という量の水を動かしていらっしゃる。

危機的状況での切り替えの早さ、流石は先輩だと感心させられた。

僅か数秒ほどで、彼女の異能力は触手を氷の中に閉じ込める。

「……なんとかなった、のかしら？」

「さっさと止めを刺すべき」

「そうした方がよさそうですね」

ハァハァと肩で息をしながら、氷に包まれた触手を見つめる星崎さん。

短い時間で大量の水を扱った為か、かなり疲弊しているように見える。

凍りついた先方に対して、魔法少女が杖を構えた。

これと前後して、触手に反応があった。

分厚い氷の下、先端部分が大きく胎動。

そうかと思えば、鱗が割れて大きな顎がグパァと開いて現われた。内部にはびっしりと鋭い牙が生えていたりして、非常にグロテスクな光景。得体の知れない粘液に包まれてベトベトとしており、絶対にお近づきになりたくない感じ。

同時に口より少し上では、同じようにしてギョロリと目玉まで生まれた。

自ずと対象を包み込んでいた氷も割れて、触手は自由を取り戻す。

「止めを刺す！」

驚愕に目を見開きつつも、魔法少女の手元からマジカルビームが放たれた。

それは生まれたばかりの触手の頭部に向かって直進。

しかし、直撃の瞬間、目に見えない何かが彼女の魔法を弾いた。

「今の、本体と同じやつ」

「そうみたいですね」

現地調査に臨んだときから、ずっと疑問だったのだ。

あの巨大な図体でどうやって繁殖するのかと。

その謎が解けた。株分けをして増えるみたい。

もしもこの場に二人静氏が居合わせたのなら、本体からパーツが取れて襲いかかってくるとか、怪獣モノのお約束じゃのぅ、などと皮肉の一つでも呟いたのではなかろうか。玩具化したときに売り文句となるギミック要素である。

「佐々木、触手の口元がっ……」

星崎さんのご指摘どおり、触手の口元に魔法陣が浮かび上がる。

本体の行動を思えば、次の瞬間にも放たれるのはビームもどきではなかろうか。

そのように考えて、飛行魔法により正面から離脱を試みる。

先輩を抱え上げることも忘れない。

相手に背を向けて、全力で空に向かい飛び上がる。

「っ……」

直後、背後から前方に向かい、脇を触手の放った攻撃が掠(かす)めた。

渾身(こんしん)の障壁魔法はビームもどきを受けて貫通、我々を守ることなく一撃で消失。ミカちゃんの剣といい、クラーケンの触手といい、ここのところ負け越している異世界バリア。より上位の障壁魔法の習得が切に求められる。

我々が空に舞い上がると、先方は矢継ぎ早に魔法を撃ち放ってきた。

同様に空に上った魔法少女が、これに負けじとマジカルビームを連打。

魔法中年の障壁魔法が一撃で貫通したのに対して、彼女のマジカルバリアは触手の魔法を弾いていた。相性の問題か、単に強度的なお話か。頻繁に張り直しているような気配は見られる。けれど、守りの上では自分より彼女に一日の長がありそうだ。

触手もそれを理解したのか、執拗(しつよう)に魔法少女を狙い始めた。

彼女を脅威と認めたようである。

「そのまま引き付けてもらってもいいですか？」

「わかった」

魔法少女に向けてビームを乱発する触手。

彼女に陽動をお願いして、我々は一度、先方から大きく距離を取った。海岸から砂浜を挟んで、沿岸部に延々と続く防波堤。これを越えてその先に敷かれた路上に、星崎さんの身体を下ろす。幸いなことに追撃は向けられなかった。

障壁魔法の出力不足が明らかとなった現状、彼女を巻き込む訳にはいかない。

「星崎さんはこちらから退避をお願いします」

「あ、貴方はどうするのよ！」

「もう少しだけ試したいことがありまして」

物言いたげな眼差しでこちらを見つめる先輩。

これに構わず、急いで波打ち際に戻る。

触手の意識はこちらから完全に離れていた。

魔法少女を撃ち落とすべく躍起になっていらっしゃる。

これ幸いと飛行魔法を操作して、魔法中年は海上を迂回。先方の視野外と思しき斜め後ろ、海面にほど近い場所まで回り込む。そして、触手に生えた頭部に向かい、以前にも天使の軍勢に向けて放った魔法を準備する。

ピーちゃんから手解きを受けた今では、出力も変幻自在。

ピンポイントで触手だけを倒すことも不可能ではないと思われる。

「引いて下さい！」

正面に向けて突き出した手の平。その先に数センチほどの間隔を空けて魔法陣が浮かび上がる。その延長線上から魔法少女が退いたタイミングを狙い、いざ魔法を撃ち放つ。聞こえているかどうかは定かでないけれど、大声で訴えつつのビーム。

ブォンと大気を震わせつつ、真っ白な輝きが触手に向かい突き進んだ。

一瞬にして距離を縮めた魔法は、見事先方に命中。

触手の頭を貫いて、その大半を消失せしめた。

仕事を終えたビームは、そのまま空の彼方に向かい飛んでいき霧散。

頭部を失った触手はバランスを崩して、浅瀬にばしゃりと倒れた。以降はしばらく待ってみても、これといって反応が見られることはない。どうやら一撃で仕留めることができたみたいだ。

「魔法中年、凄い……」

これはなかなか達成感がある。

皆々と協力して、というのも心地良い。

などと気を緩めたのが、よくなかったのだろう。

「佐々木、う、後ろっ！」

「星崎さん？」

こちらに向かい星崎先輩が、鬼気迫る表情で防波堤を駆け下りてくる。

つい今しがたにも自分と彼女の間で行われたようなやり取り。

その必死な姿に疑問を抱いて、言われるがままに後ろを振り向く。

すると巨大な口が、我が身を飲み込まんと迫っていた。

「うわっ……」

夜の暗がり、海中から急に姿を現した巨大な触手。

視界が相手の口部に覆い尽くされる。

その光景はもはやホラーだ。

まさか二匹目がいるとは想定外。

びっしりと生えた牙を目の当たりにしたことで、思わず身体が強張（こわば）る。

映画の恐怖シーンをいきなり見せつけられたような感じ。巨大なサメが急に現われて襲いかかってくるようなのあるじゃない。夜の海というシチュエーションも手伝って、それはもう恐ろしいことこの上ない。

飛行魔法を操作して後方へ飛び退（の）こうとするも、先方の勢いに負ける。

「魔法中年！」

「佐々木！」

恐怖から背筋をゾワゾワとさせている間にパクッとやられてしまう。

星崎さんと魔法少女、二人の叫び声を最後に、視界は暗がりに閉ざされた。

*

【お隣さん視点】

おじさんに指示された通り、私とアバドンは天使とその使徒を確保した。

空から確認していた自動車は、こちらが考えた通り彼らを運んでいるものだった。隔離空間の発生により車両は消失。使徒の言葉によれば、二人静といっただろうか、運転手もこれと一緒に空間外へと消えていったとのこと。

路上を二人並んで歩いていたところを、空から発見した次第だ。

「おじさんのところに戻りますよ、アバドン」

『はいはい、言われずとも分かっているよ』

無事に役目を果たした私は、すぐさま身体を空に浮かべる。

アバドンは素直に従った。

天使とその使徒も、渋々といった様子で我々に続く。

そうして海に向けて、高度を上げた直後のことである。

夜の海辺、波打ち際が賑やかなのに気づいた。何か大きなモノがウネウネと動き回っている。しかも時折、光の帯があちらこちらへ走る。

ふと気になって沖合に目を向けると、そちらでも相変わらず、炎が吹き荒れていたり、雷鳴が轟いていたりする。どうやら文鳥がハッスルしているのとは別に、何かしら争いが起こっているみたいだ。

『おやぁ？　沖の方とは別に騒々しくしているねぇ』

「急ぎましょう。何か問題があったのかもしれません」

前回、天使の剣によって腹部を両断されたおじさんの姿が蘇る。

あんな光景はもう二度と見たくない。

不安で不安で仕方がなくなる。

だというのに、後方からは天使の使徒の渋る声が聞こえてきた。

「そういうことなら、自分らはここで待ってたほうがよくない？」

「大人しく私たちに付いてきて下さい。もしも逃げ出すような素振りを見せたら、そのときはアバドン、貴方も容赦をしないで下さい。代わりに使える使徒など、他にいくらでもいるのですから」

「わ、分かったよ……」

『いつもこれくらいやる気があればいいんだけどねぇ』

アバドンと天使、その使徒を連れて海岸に急ぐ。

問題の光景はすぐに仔細が見えてきた。

湾内で確認したクラーケンの触手、あれと同じものが海辺で暴れていた。また、動き回っているのとは別に、事切れて倒れた個体も確認できる。後者については、細長い胴体が途中から切断されたかのように消失していた。

それらの相手をしているのは魔法少女なる人物だ。

すぐ近くには化粧女の姿も見られる。

ただ、肝心なおじさんの姿が確認できない。

「アバドン、暴れている触手をどうにかして下さい」

『うん、まっかせて！』

砂浜の上、空に浮かんだまま彼に指示を出す。

　すると時を同じくして、足元から女の騒ぎ立てる声が聞こえてきた。視線を下に向けると、地上からこちらを見上げて吠える化粧女の姿が目に入った。スーツはしわくちゃ、靴も脱げて裸足で砂浜に立っている。

「ちょっと待ちなさい！　ねぇ、私の声が聞こえないの⁉」

「何故ですか？」

「佐々木、あれに食べられちゃったのよ！　パクッと丸呑みに！」

「えっ……」

　先方から伝えられた内容にドクンと心臓が大きく鳴った。

　そんな馬鹿なと、改めて周囲を見渡す。けれど、やはりおじさんの姿は見られないから、どうしようもなく不安になる。そうした私の狼狽を察したのか、アバドンから茶化すような声が聞こえてきた。

『落ち着いたらどうだい？　彼もそう簡単にやられたりはしないだろう』

「そんなこと私も信じています」

『代わりにいつものを頼めないかな？』

「さっさと顕現でも何でもして、おじさんのことを助けて下さい！」

『うーん、締まらないなぁ。もうちょっとビシッと決めて欲しいところだけど』

「いいから早くして下さい！」

『はいはーい！』

　私が声を荒らげるのに応じて、アバドンの身体に変化が見られた。

　その肉体がドロリと解けたかと思いきや、大きな肉の塊に変化する。

　相棒のグロテスクな変貌を目撃したことで、こちらを見上げていた化粧女が大きく後ずさった。空中に浮いたまま、ドクドクと胎動しつつ急激に膨れていく肉の塊は、海辺で暴れる触手と比較しても、尚のこと趣味が悪い。

「な、なによ、その気持ちが悪いのっ……」

「黙って見ていて下さい」

　初見であれば仕方がない反応だとは思う。触手の相手をしていた魔法少女も、その存在を確認して身を強張らせている。私たちの傍らでは、天使とその使徒の口から小さく悲鳴が聞こえてきた。

そうした面々の反応に構わず、アバドンは触手に向かい一直線。

先方と大差ないサイズまで膨れた肉の塊が、空中でブワッと勢いよく広がった。可愛らしく喩(たと)えるなら、空中を滑空するモモンガ。当事者からすれば、酔っぱらいにゲロでも吐きかけられたように映ることだろう。

触手はビームのような魔法を放って対抗。

肉塊と化したアバドンは、その一部を貫かれて穴を開けつつも構うことなく突き進む。そして、以前にも天使やその使徒を相手に見せたよう、相手に取り付いて、先方の身体を包み込むように蠢き始めた。

夏のアスファルトの上、熱に焼かれたミミズのように触手がのたうち始める。

咀嚼音と思しきバキボキという響きが、波音に混じって聞こえてくる。

そうこうしていると、蠢く肉塊の一部から何かがプッと吐き出された。

「魔法中年！」

「佐々木！」

魔法少女と呼ばれていた女児と化粧女が揃って動き出した。

まさか出遅れてなるものか。

触手の対応はアバドンに任せよう。

私も空を飛んで、おじさんの下に大急ぎで向かった。

*

触手に飲み込まれていたのは、ほんの僅かな間であった。

牙や体液などの脅威は障壁魔法で防御。それでも忙しなく動き回る触手には対処が回らず、ジェットコースターさながら、先方の体内で慌てる羽目となる。上下左右に激しく揺れる内部では、すぐさま胃の中のものがこみ上げてきた。

ビーム魔法を行使すれば、内側から破ることは可能。

ただ、外にいる星崎さんや魔法少女に当たっては大変だ。

それと同時に、躊躇(ちゅうちょ)している間に彼女たちが倒れては本末転倒。

そうこうしていると、周りを囲んでいた触手の体組織が、ドロドロと溶け出すように崩れ始めた。照明魔法を操作してより強めに体内を照らす。崩れた内部組織の間から、ビクビクと蠢く肉塊が、染み出すように近づいてくる。

これまた気持ちが悪い光景だ。

けれど、自分はそうした肉の塊になんとなく覚えがあった。

『みぃつけたぁ』

「アバドンさん、ですよね？」

すぐさま与えられた声を耳にして、疑念は確信に変わる。

人としての形は見られない。

声だけが聞こえてくる。

触手の体組織から染み出してきたお肉から響いているのだろう。理屈は定かでないけれど、彼からはこちらの状況が見えているようだ。肉の塊を細かく確認したら、どこかに目とか生えているのかもしれない。

『君、こんな状況なのにやたらと落ち着いているねぇ』

「いえ、これでも割と慌ててますよ。そろそろ胃の中のモノが出てきそうです」

『だったら早いところ、ここから外に出てもらわないと』

「下手に魔法を使うと、外にいる方々に迷惑がかかってしまいそうで……」

『そういうことなら、僕が君のことを助けてあげようかなっ！』

アバドン少年が言うのに応じて、周囲で大きな変化があった。

これまで自身を取り囲んでいた触手の体組織が、あっという間に彼のものと思しき肉壁に取って代わる。そうかと思えば、お尻の辺りが一部せり出してきて、こちらの身体を下から上に向かい押し出した。

向かう先では、肉壁の一部にニュッと穴が生まれる。

勢いづいた身体は、そこから外部に向かってスポーンと放出された。

感覚的にはあれだ、スイカのタネが口からプッと吐き出されたような感じ。

「おぉっ……」

飛行魔法を操作して姿勢を整えると、いつの間にやら触手の外。

頭上に月の明かりを確認して、ホッとひと息である。

背後に意識を向けると、そこには獲物を捕食する肉塊の姿があった。

「魔法中年！」

「佐々木！」

「おじさん、無事で何よりです」

アバドン少年を除いた三名が駆けつけてくれる。

魔法少女とお隣さんは空を飛んでおり、星崎さんのみ砂浜を駆けてのこと。後者の足元からはいつの間にやら靴が消えている。流木やゴミなども多い界隈、その姿に申し訳なさを覚えて、すぐさま地上に降りた。

少し離れて防波堤の上には、天使とその使徒も見られる。彼らと合流して浜辺に戻ったところ、お隣さんとアバドン少年とで、触手の対応を決めて下さったのだろう。おかげさまで安全に外に出ることができた。

「助かりました、ありがとうございます」

とりあえず皆々に頭を下げてお礼を伝える。

そうこうしていると、肉塊に包まれていた触手が大人しくなった。

対象を覆っていたお肉が蠢くように離れて、ある一点に集まり始める。それは我々の見つめる先、段々とサイズを小さくしていき、やがては人の形を取る。衣服や王冠、マントまで元通りのアバドン少年が出来上がった。

異世界の魔法にも増して不思議な天使と悪魔の生態だ。

人の姿を取り戻した彼は、誰に言うでもなく勿体ぶった態度で語る。

『やれやれ、なかなか食べ甲斐のある獲物だったよ』

アバドン少年の言葉通り、二匹目の触手はいつの間にやら消失している。

今まさに語ってみせた通り、食べ尽くされてしまったのだろう。大人しくなったのではなく、もぞもぞと蠢く肉塊の下、鱗の一つも残さずに召し上がられてしまったようだ。自分や魔法少女と比較しても、尚のこと強力な力をお持ちである。

ピーちゃんと比べたら、どちらがどの程度勝っているのか。

「ゲテモノ食いとはアバドンにこそ相応しい肩書ですね」

『人間だって色々と変なものを食べているじゃないかい』

仲良さそうに軽口を交わすお隣さんとアバドン少年。

出会って間もない間柄だとは聞いているけれど、旧知の仲のように感じられる。彼女くらい若ければ、自分もピーちゃんと同じようにしていただろうか。そんなことを考えては、ふと文鳥殿の健闘っぷりを思い起こす。

クラーケンとの対決はどうなっただろうか。

気になって海上に目を向ける。

すると時を同じくして、遠方から一際強い輝きが発せられた。

遠く海面から空に向けて、巨大な光の柱が立ち上っている。まるで太陽が落っこちてきたかのようだ。僅かな間ではあるが、夜の暗がりが強く照らされて、まるで昼間のように明るくなった。

数瞬遅れて足元を揺らすほどの衝撃がズドンと響く。

ピーちゃんかクラーケン、いずれかの魔法によるものだろう。

「あの文鳥は大丈夫なの？　わ、私たちも助けに行った方がいいんじゃ……」

この場で最も弱いのに、いの一番に救助へ向かうべく声を上げる星崎さん。彼女のそういう真っ直ぐなところ、とても好ましく思う。うちのピーちゃんを気にかけて下さり、本当にありがとうございます。


ただ、我々は彼の心配をしている場合ではなかった。

煌々(こうこう)と輝いていた光の柱が、数秒ほどで消失。その輝きと衝撃に遅れて、沖合でさらなる変化が見られた。暗がりが戻った夜空の下、真っ暗な海に立ち上った大きな波が、こちらに向かい凄い勢いで迫ってくる。

「津波？」

「どうやらそのようですね」

魔法少女の何気ない呟きを受けて、星崎さんの表情が強張った。

一人だけ空を飛べない彼女は、このままだと大変危険である。

「え、ちょ、ちょっとっ……」

「星崎さん、度々申し訳ありませんが……」

「大人しくして下さい。貴方のことは私が運びます」

自身が向かうより先に、お隣さんが星崎さんを抱き上げた。

そのまま皆で上空に飛び上がる。

天使とその使徒もこちらに倣い、防波堤の上から空中に上がって合流。

そうした我々の足元を、高さ数メートルはありそうな高波が流れていく。砂浜に倒れていた一匹目の触手も、津波に流されて防波堤を越えていった。隔離空間での出来事でなければ、多大なる被害が発生していたことだろう。

天使と悪魔の代理戦争を間借りさせて頂けて、改めて幸いだと感じる。

「クラーケンが消えているわね」

「文鳥、勝った？」

星崎さんの指摘を受けて、皆々の注目が沖に向かう。

確かに先方の姿が見られない。

代わりに自らの傍ら、ブォンと魔法陣が浮かび上がる。何事かと身を強張らせたところ、続いて中央に文鳥殿がポップした。

『申し訳ない、想定より時間を要してしまった』

「おかえり、ピーちゃん」

我々の姿を発見して、空間魔法で移動してきたのだろう。

星の賢者様が任せろと仰っていたのだから、絶対に大丈夫なのだとは信じていた。しかし、こうして無事な姿を確認すると、やはり安堵を覚えた。見たところ変わりはなく、受け答えする様子も普段通り。

『当初の予定通り、そちらの仕事は終えられたと考えていいのかな？』

『うむ、クラーケンは対処した。隔離空間を開放してくれて問題ない』

『それはなによりだね。こんな僕らでも、お役に立てたのなら光栄だよ』

『今回は助かった。礼については改めて場を設けさせてもらいたい』

『うんうん、その一言が聞きたかったんだよねぃ』

アバドン少年とピーちゃんの間で言葉が交わされる。

後者が語ってみせた通り、今回の出来事は二人静氏との約束とは別にして、彼らにも見返りがあって然るべき。多分、異世界から持ち込んだ金塊を利用して、二人静氏にお願いすることになるのだとは思うけれど。

ここ最近の彼女、中間マージンでどれくらい儲けているのか気になる。

「アバドン、そういう卑しいのはどうかと思います」

『なにを言っているんだい、正当な報酬というやつじゃないか』

「だとしても、言い方というものがあるのではありませんか?」

『他人に何かしてもらったら、お礼をするのは当然のことだろう? 君の方こそちゃんとできているのかな? こういう基礎的なコミュニケーションが疎かになると、学校で苛められたりするんだから』

「……それは私も理解しています」

明け透けに語るアバドン少年。

家庭環境に難があったお隣さんの身の上を思うと、こうして友人さながらの距離感で問題提起を行ってくれる人物は、なかなか価値のある存在に思えた。彼自身も割と常識人のようだし、彼女にとって良きパートナーになりそうな気がする。

アパートの玄関前で話をした限り、お隣さんも星崎さんと同様、学校では孤立しているっぽいから。などと偉そうに考えたところで、自身もまた最近は、ピーちゃんのおかげで色々と救われている事実を思い起こす。

競争原理の働かない友人関係ほど大切なものはない。

本来であれば、それは家庭に求めるものなのだろうけれど。


「貴方はおじさんから魔法少女、などと呼ばれていましたよね」

「なに?」

「彼の為に頑張ってくれたこと、ありがとうございます」

アバドン少年の言葉を受けてだろう、お隣さんが魔法少女に向き直った。

そして、改まった態度でお礼をしてみせる。

星崎さんを両手で抱えている都合上、小さく頭を下げる程度ではあるけれど。

っていうか、彼女を支えている腕がプルプルしているの大丈夫なのだろうか。万が一に備えて、物を浮かせる魔法はスタンバイしておこう。飛行魔法のように飛ばすことは無理だけど、支えることは可能だから。

「……べつに」

『アパートの隣人が、まるで君のモノのような語りっぷりだねぇ』

「アバドンは黙っていて下さい。そのような意図はありません」

『最近、都合が悪いと的確に命令をするようになったの、僕は残念だなぁ』

「アバドン！」

やれやれだと言わんばかりの態度で、アバドン少年は大人しく引き下がった。

天使や悪魔は自らの使徒の命令に対して、絶対服従なのだという。そうでなければ、代理戦争という枠組みが成立しないので、必要不可欠な仕組みとは思える。彼らはどういった基準で自らの相棒を選んでいるのだろう。

「そういうことなら、私も頑張っていたと思うのだけれど」

お隣さんと魔法少女のやり取りを眺めて、星崎さんがボソリと呟いた。

その眼差しは自らを抱いた相手を見つめていらっしゃる。

互いに歩み寄りが見られる二人の関係が羨ましいのだろうか。

「貴方は一人で騒いでいただけじゃないですか」

「佐々木が触手に飲み込まれるまでは、一緒に頑張っていたのよ」

「水を操るとは聞いていますが、その程度で何が叶ったのでしょうか？」

「それはもう色々と、あ、足止めとか！　そういうのができるわっ！」

ビームを撃ったりバリアを張ったり、マルチに活躍していた魔法少女と比較して、星崎さんの手札は些か地味である。本人もその辺りを気にしているのか、お隣さんへ訴える表情には、どことなく焦りが感じられた。

その視線は便宜を求めて魔法少女に向けられる。

「貴方は見ていたでしょ？　この子に説明をして欲しいのだけれど」

「異能力者は、殺さざるを得ない」

「…………」

今まで異能力者は殺すと即断していたところ、若干の譲歩が見られる。

それでも結論が変わらない点は、やはり根の深い問題なのだろう。

これにはヘルプを求めた星崎さんも閉口。

「本当に役に立っていたのですか？」

「っ……」

彼女たちの出会いについては、魔法少女やエルザ様も含めて、二人静氏の口から聞き及んでいる。当初は互いに凶器を向け合っていた訳だから、これでも多少は、歩み寄りが見られるのではなかろうか。

現に今も空を飛べない星崎さんの面倒を、お隣さんが見て下さっている。

「そ、そういう貴方も、他人に頼ってばかりで自分は何もしていないじゃないの」

「アバドンは私の従僕です。つまり彼の成果は私の成果に他なりません」

「なっ……」

ただ、出会い頭に銃口を突きつけられた記憶は、未だお隣さんにとって衝撃的な事実として胸に残っているのだろう。頑なに星崎さんの主張を拒絶していらっしゃる。こればかりは仕方がないような気もする。

放っておいたら喧嘩が始まりそうなので、この場は横槍を入れさせて頂こう。

「ところでピーちゃん、クラーケンの処分方法について確認したいんだけど」

『昨晩にも相談を受けた通り、極力体組織を残さないように処理した』

『だとしたら、この空間から抜けた段階で消失している可能性は高いねぇ』

隔離空間で起こったことは、空間を抜けた際にすべて無かったことになる。ただし、空間内で命を落とした場合だけは別で、現実でも絶命するらしい。天使と悪魔の代理戦争がデスゲームだなどと呼ばれている由来がこれ。

そして、亡骸は空間内での最後の姿に影響を受けるのだとか。

分が悪いと判断したのか、星崎さんもこれに乗ってきた。

「だけど、完全になかったことにはできないわよね。陸地にも結構近づいていたし」

「そちらについては阿久津さんや局の方々が、今も頑張ってくれているのではないかなと期待しています。ただ、我々の方でも行えることがありそうだったので、彼らと協力する形で一つ手を打たせて頂きました」

「どういうこと？」

「以前、星崎さんとホテルで顔を合わせていた彼女が頑張って下さっています」

「それってもしかして、そこの文鳥と一緒に動画に映っていた女の子のこと？」

「詳しくはこの空間を抜けてからでも、改めて説明をさせて頂けたらと」

　こちらについてはクラーケンの北上に付き合っている間から、逐一確認を行っていたので間違いない。自身が考えていた以上の成果を挙げて頂いている。そういった意味では、エルザ様もまた打倒タコドラゴンの功労者のお一人となる。

「だとすれば、前に出会った私たち四人のうち、活躍していないのは貴方だけですね」

「だ、だから、私だってちゃんと頑張っていたって言っているでしょ!?」

「文鳥と一緒に映っていた女の子は異能力者？　それとも違う？」

　仲が良いとは決して言えない。けれど、この様子であれば、出会い頭にいきなり殴り合い、魔法の撃ち合いを始めるようなことは、控えて頂けるのではなかろうか。どうか今後とも、喧嘩の一歩手前くらいで留まって頂けたら幸いだ。

　賑やかにする彼女たちの姿を眺めては、そんなふうに思った。

＊

　クラーケンの打倒を確認した我々は、当初の予定どおり隔離空間を開放した。

　より具体的には、天使とその使徒である少年と現地解散。足を運んでもらったばかりのところ申し訳ないけれど、早々にも帰路についてもらった。帰りの電車賃や、万が一の場合の宿泊費は事前に渡してあるので、問題はないと思いたい。

　天使の使徒とお隣さんが十分に離れると、以前にアバドン少年から説明されたとおり、隔離空間は消滅した。海水に浸かってずぶ濡れだった自身のスーツも、空間が形成されるより以前に巻き戻って綺麗サッパリである。

　そして、ピーちゃんの報告通りクラーケンは確かに絶命。

　隔離空間から現実に復帰しても、肉体が再生することはなかった。

　実時間からすれば、突如として海上から先方が消失したことになる。

対象を逐一追いかけていた自衛隊の方々は、何がどうしたとばかりに混乱。別所にワープでもしたのかと、上を下への大騒ぎ。海岸でこれを眺めていた我々にも、沿岸部に展開していた自衛隊の方々、窓口となる犬飼さんから声がかかった。

すぐに吉川さんがやって来て、現地に設けられたテントで作戦会議。

航空機を利用した探索も駿河湾の近隣のみならず、全国各地で一斉に実施。けれど、待てど暮らせどクラーケンが再び姿を現すことはなかった。海外から新たに被害の報告が上がってくることもない。

それでも上層部の判断から、自衛隊は現場にて待機。丸一日は現地で警戒に当たるのだそうな。

他方、我々はお先に失礼させて頂いた。

遅れてやってきた二人静氏と合流の上、一時撤退という建前で撤収した。どれだけ待ってもクラーケンが襲来することはない。時間を無駄にするのは勿体ないので、他に仕事がある云々、言い訳を並べてエスケープさせて頂いた。

代わりに足を運んだのは、熱海（あたみ）界隈に所在する老舗旅館。

せっかく静岡くんだりまで足を運んだのじゃから、ひと仕事終えたご褒美にひとっ風呂浴びたところで、バチは当たらんじゃろう、とは二人静氏の言である。部屋については昨日の内に、彼女が予約を入れていた。

なんて用意周到な同僚だろう。

彼女のこういうところ、素直に申し上げて大好きである。

他の面々からも反対意見は上がらず。むしろ昨日から忙しなくしていたので、予期せぬ慰安のご提案に、嬉々（きき）として向かうことになった。メンバーは発起人である二人静氏、自分とピーちゃん、お隣さんとアバドン少年、星崎さんと魔法少女の七名。

そうして訪れた先、我々は旅館の一室で遅めの夕食に舌鼓を打っている。

「っかぁああああああ！　ひと仕事終えた後の一杯は堪らんのぅ！」

「まったくもって二人静さんの言う通りかなと」

宿泊先の客室は十畳以上ありそうなリビング以外に、八畳の和室とベッドルーム。更に露天風呂と内風呂が付いた特別室であった。よくまあ直前に予約が取れたものだと感心せずにはいられない。

　食事は和室に設けられた座卓を皆々で囲みながら食べることになった。

　当然のように自分と二人静氏の手にはビール。

　未成年の手前、申し訳ないとは思いつつも、二人並んでグビグビと頂いている。駄目な大人二人の対面には横並びで、お隣さんとアバドン少年。そして、これを左右から挟む短辺に向かい合わせで、星崎さんと魔法少女。

　主に異能力者絶対に殺すマンに配慮した位置関係だ。

　ピーちゃんは自身の正面、座卓の上といったいつものポジション。

『相変わらず、こういった仕事は大したものだな』

「この調子なら手の痣が取れる日も近いかのぅ？」

『それとこれとは話が別だ』

「おぉ、なんてケチな文鳥じゃ」

　卓上には豪華なお食事がズラリと並ぶ。

　本来であればコース料理のところ、最初に頼めるだけ頼んでしまった品々だ。この辺りは二人静氏から文鳥殿への気遣い。おかげさまでピーちゃんも我々とお喋りを楽しみながら、一緒に夕食を食べることができている。

　ちなみに本人の前には細かくカットされた和牛のステーキ。

　コースで中程に頂くべき主菜を、初っ端から美味しそうに召されている。飼い主的にはもう少しお野菜とか啄（ついば）んでもいいんじゃないかと思う。けれど、そこまで口を挟むのは違う気がして、果実を勧める程度に控えている。

「魔法少女と一緒に食卓を囲むなんて、昨日の自分が知ったら驚きそうだわ」

「……邪魔なら、帰る」

「あっ、ちょっと待って、別にそういう意味じゃなくて……」

　星崎さんの何気ない呟きを受けて、魔法少女がスッと腰を上げた。

　するとこれを眺めていたお隣さんから、早々に反論が上がる。

「おばさん、もう少し発言には気を付けたらどうですか？」

「わ、悪いとは思っているわよ。でも、おばさんは酷（ひど）くない？」

「十三の私からすれば、社会人の貴方は十分におばさんだと思いますが」

「こっちだって、まだ十六なのだけれど」

「その設定、いつまで続けるんですか？　正直、聞いていて恥ずかしくなります」

「設定とかじゃないから！　ちゃんと学校にだって通ってるし、家には制服も……」

些かギスギスした雰囲気があるけれど、こればかりは仕方がない。星崎さんの言葉ではないが、つい先日までは殺って殺られての関係であったのだ。自身も食卓に魔法少女の姿を眺めて、若干の違和感を覚えている。

ちなみに彼女をお誘いしたのは二人静氏。

当初は一人去っていこうとした前者であったけれど、美味しいご飯を引き合いに出して、この通りお持ち帰りである。上手いこと魔法少女界隈に取り入ろうという、後者の思惑が透けて見える対応ではなかろうか。

これにより停戦協定は、明日まで継続との形でご納得を頂いた。

お隣さんと星崎さんのやり取りを眺めて、座布団の上に腰を下ろした魔法少女は、再び箸とお茶碗を手に取りモソモソとご飯を食べ始める。おかず控えめ、白米ばかり頂いているのは、彼女なりの遠慮ではなかろうか。

「お主、もちっとメシ以外も食ったらどうじゃ？」

「…………」

そんな彼女の取り皿に、次から次へと料理を乗せていく接待番長。

二人の会話を傍らから眺めていると、星崎さんから声がかかった。

「佐々木、さっきブロンドの子が何かしているとか言っていたわよね？」

「この場でご説明をさせて頂いても構いませんか？」

「構わないもなにも、勿体ぶっていないで早く教えて欲しいのだけれど」

「承知しました」

先輩に促されるがまま、懐から私用の端末を取り出す。

起動したのはブラウザ。金髪、美少女、文鳥、謎言語などとワードを入力して検索ボタンを押下すると、上位には自身が求めていたニュースサイトの記事が並んだ。

そのうち一番上に来ていたものを画面に表示する。

「星崎さんはこちら、まだご存じないですか？」

端末の画面を星崎さんに向ける。

そこではソーシャルメディアに投稿された動画が流れ始めた。

映し出されているのは、エルザ様。

傍らにはピーちゃんの姿も映っている。

「以前、ネットで公開されて話題になっていた動画よね？」

「いいえ、違います。こちらは新たに追加で撮影、公開した動画になります」

「えっ……」

カメラに向かった二人は、以前と同じような構図でお喋り。

ただし、背景が大きく異なっている。高級ホテルの豪奢なリビングから打って変わって、落ち着きのある和室。二人静氏が提供して下さった別荘の一室だ。障子や床の間、違い棚などが垣間見える。

和テーブルの上、ノートパソコンを設置して撮影された映像だ。

「動画が掲載されているニュースサイトの記事を確認して頂けたらと」

「…………」

謎言語のブロンド美少女、ユーチューブデビュー、なる文字が躍っている。

曰く、ソーシャルメディアではトップトレンド。

当然ながらニュースサイトなどには、局から手が回されている。クラーケンが話題に上がり始めた段階で、即座に映像を公開。さくらを利用した誘導を行い、トレンドをエルザ様の追加動画に関連するワードで埋めさせて頂いた。

昼過ぎにランキング入りしたクラーケンの存在は、即座に圏外へと落ちた。

一部ではアマチュアカメラマンが、タコドラゴンっぽい写真を投稿していたりするけれど、まるで話題になっていない。よくある加工画像や、都市伝説の類いとして扱われて、数多の投稿に埋もれてしまっている。

この辺りは彼女にも現地でご説明したとおり、課長や局の方々のお仕事。

自衛隊の動きについては、大規模な不発弾処理としてゴリ押し。同じようにニュース記事が多数見られる。こちらは当初から局のみならず、他所でも実施が検討されていたものとなり、我々としてはそれに便乗した形になる。

　おかげで阿久津課長の決裁もすんなりと得ることができた。

　星崎さんもエルザ様の新作動画を目の当たりにして、事情を察したようだ。

「投稿サイトのチャンネル名、ピーちゃんねる、ってなんなの？」

「響きが可愛くありませんか？」

「…………」

　我らが文鳥殿にちなんで付けさせて頂いた。

　改めて確認してみると、お気に入りが十万を突破している。

「あれだけ隠そうとしていたのに、こんなことをしてよかったのかしら」

「デメリットよりもメリットの方が大きいと考えました」

　以前の映像流出を受けて、局はおろか世間にまで存在を知られてしまったエルザ様。関係各所にも情報は渡っていることだろう。一方で仔細は、他所の国の異能力者という時点で一律止まっている。

　つまり、追加情報を出さなければ、映像が一本増えたところで大差はない。

　結果的にエルザ様、ユーチューバーとしてデビュー。

　むしろ関係各所に恩を売ることで、今後何かあったとき、彼女の存在を上手いこと取りなして頂けるのではなかろうか、といった打算計算の上での出演依頼である。

　映像で彼女が話している内容も、その辺りを踏まえてピーちゃんと検討した。

　具体的には、異世界のお嬢様が日本語を学ぶ、の巻。

　脚本、演出は星の賢者様。

「っていうか、再生回数がとんでもないことになっているじゃないの」

「そこいらの映像作品と比較して、広告予算が段違いですから」

「一個人のチャンネルに税金を投入したりしていいのかしら？」

「営利目的ではありません。収益化も申請してはいませんので」

「それはそれで、ちょっと勿体ないような気もするわね」

　ただし、お喋りの大半は異世界の言語なので地球人には理解不能。おはようございます、ありがとうございます、片言のワードが聞こえてくる限りではなかろうか。以前よりも現地に寄り添った内容を受けて、視聴者からの反応は上々。

　解析されることを前提に、可能なら言語の規則を乱しつつお話しして頂けたら幸いです、とは事前にお伝えさせて頂いた。どこまで影響するかは分からないけれど、何もしないよりは断然いいと思いたい。

「相変わらず、何を言っているのかさっぱり分からないわ」

「局での解析はどうなっているか、星崎さんはご存じだったりしますか？」

「さぁ？　少なくとも私のところには連絡とか来ていないわよ」

「なるほど」

「いずれにせよ、この子にも感謝しないといけないわね」

　映像に穏やかな眼差しを向ける星崎さん。

　夕食の席にはエルザ様のご招待も検討した。しかし、こうしてメディアを利用してご活躍をお願いした手前、他のお客さんの目に触れる可能性を考慮して、今回は差し控えさせて頂いた。

　彼女に対するお礼は、改めてご提案の予定である。

　今は素直に二人静氏のご厚意を堪能させて頂くとしよう。

　生しらすをふんだんに盛り付けた海鮮丼が、とても美味しいから。

＊

　夕食を頂いた後は、お風呂に入ったり何をしたり、各々好き勝手に過ごす。

　せっかくの機会なので、自分は大浴場で露天風呂を満喫させて頂いた。客室にも立派なお風呂が内風呂、外風呂共に用意されていたけれど、こちらは女性陣が利用するとのことで、しばらく客室を離れて時間を潰そうと考えた次第。

　ピーちゃんとは部屋で別れた。文鳥を肩に乗せて館内を歩いていたら、まず間違いなく注意を受けてしまうから。魔法少女の言葉を信じていない訳ではないけれど、安全の為にも客室に残って頂けるとありがたい。

そうしてひとっ風呂浴びた帰り道のこと。

館内を一人で歩いていると、ロビーで見知った人物に遭遇した。

「そこに見えるはもしや、シズカちゃんの今カレじゃない？」

先んじて声を掛けてきたのは先方だ。

聞き覚えのある声に目を向けると、そこには二人静氏が前に所属していた組織のリーダーがいた。フロアの片隅に設けられたソファーセットに腰を落ち着けて、浴衣姿で寛いでいらっしゃる。正面のローテーブルには空になった牛乳の瓶。

「お久しぶりです。ですが、どうして貴方がこちらの旅館に？」

「そう緊張しないでくれない？　こっちまでソワソワしちゃうから」

その場で立ち止まり、ソファーに掛けた彼に向き直る。お風呂セットを支える手にも自然と力が入ってしまう。

「お一人ですか？」

「シズカちゃんから誘いを受けたんだよね。各所に貸しを作る絶好の機会だって」

「なるほど」

どうやら二人静氏は、我々が失敗した場合に向けて、次なる手を打っていたようだ。彼女からのお誘いであれば、文鳥殿や魔法少女の存在も把握しているはず。この状況で喧嘩を売るような真似はするまい。

たしかにアキバ系の人なら、クラーケンが相手であっても、上手いこと立ち回りそうな気がする。かなり応用の効く異能力の持ち主だし、場合によってはピーちゃんよりも容易に対処しそうな気さえしてきた。

多分、魔法少女よりもお強いと思われる。

我々と比較したら、レイヤーが一つ上の力を備えていらっしゃるから。

隔離空間内で猛威を振るっていたアバドン少年とはどっちが強いだろうか。

などと考えたところで、一連の意識が完全に少年漫画のそれだと気付く。

ちょっと恥ずかしい気分。

「まあ、君らが上手いことやったんで、こっちの出番はなかったけどさ」

「せっかくの機会を奪ってしまったことは申し訳なく思

います」

「本当にそう思ってる？」

「我々も渋々対応しておりましたので」

「それにしては随分と手際が良かったじゃん。あのデカブツ、どこに行っちゃったの？　一瞬で消えたように見えたけど、あれも君の使い魔の仕業？　それとも隣にいた魔法少女が頑張ったとか？」

「ご想像にお任せします」

既に現場の状況は確認しているみたい。

矢継ぎ早に質問を受けた。

「ところで、こっちに鞍替えするつもりとかない？　待遇は絶対に良くなるよ」

「せっかくのお誘いを申し訳ありませんが、当面は局でお世話になる予定でして」

「おうふ、それは残念でござる」

本当に残念に思っているのか、芝居じみた反応が戻ってきた。

この状況で他所に鞍替えしたら、阿久津さんからどんな報復を受けるか分かったものじゃない。アキバ系の人は彼とも通じている節があるので、距離感は大切にしたいところ。場合によっては、課長によるトラップの可能性も考えられる。

「二人静さんに会っていきますか？」

「その反応を見る限り、異物四号とかいう正体不明の巨大怪獣は、本当に君らが倒しちゃったんだろう？　だったらシズカちゃんに会っても仕方がないっしょ。今日のところは素直に帰るとするよ」

「そうですか」

「っていうか、君もこれから大変だと思うよ？　いやもう本当にマジで」

「お言葉ですが、自分に何か？」

「その気になったらシズカちゃん経由でもいいから、すぐに連絡が欲しいな」

「…………」

どうやらアキバ系の人は、状況の確認に訪れただけのようである。

一方的に語ると、ロビーから去っていった。

飲み終えた牛乳の瓶もしっかり回収してのこと。

その背が見えなくなったところで、自身も再び客室に向かい歩き出す。

二人静氏がチョイスしただけあって、かなり上等な佇まいのお宿は、こうして廊下を歩いているだけでも、慰安気分を満喫できる。また、近隣に避難勧告でも出ているのか、館内は客足も疎らであり、まるで貸し切り気分。外廊下に面したお庭の雅な風景に癒やしを覚える。

一部には歩道が延びており、歩いて回れるようになっていた。

せっかくなのでちょっと寄り道をしていこうか。そのように考えて、歩みを庭に向けた。綺麗に並んだ切石敷に促されるように、奥まった場所に向かい足を進める。すると、庭園の木々に囲まれた界隈、小さな東屋にアバドン少年を見つけた。

正面に生えた樹木に向かい、何やら語りかけている。

よくよく見てみると、そこには見慣れた文鳥が止まっていた。

『しかしなんだい、君が本日振るってみせた力は、僕ら悪魔や天使にさえ比肩するね』

『それは代理戦争とやらを行うに至った、貴様たちが元来備えた力を指してか？』

『場合によっては、この世界を滅ぼしかねない代物だと思うのだけれど、君はそんなふうに感じたことはないかい？　それとも僕が把握していないだけで、協定を逸脱したお仲間だったりするのかな？』

周囲には自分以外、お客さんの姿は見られない。

足を止めて耳を澄ませると、二人の会話が聞こえてきた。

『天使や悪魔に覚えはない。その点は安心したらいい』

『となると、アレかい？　異世界からの侵略者、みたいな』

『……当たらずとも遠からず、といったところだ』

アバドン少年の想像、ドンピシャリである。

当たりまくっている。

文鳥殿も内心驚いたことだろう。

ただし、彼が脳裏に描いた異世界が、剣と魔法のファンタジーな世界観かどうかは定かでない。これは勝手な想像だけれど、ここではないどこか、みたいなニュアンスで使用したものと思われる。

『えぇ、冗談のつもりだったのに。それは弱ったなぁ』

『何故だ？』

『この世界を滅ぼされたら、僕ら困っちゃうんだよねぃ』

『安心するといい。そのような気は毛頭ない』

『本当かなぁ？』

　珍しいツーショットも手伝い、申し訳ないとは思いつつも、ついつい聞き耳を立ててしまう。アバドン少年がお隣さんの傍らを離れることは滅多にない。そのリスクを取ってでも話したい内容、というのが気になった。

『少なくとも、あの者が悲しむような行いをするつもりはない』

『まあ、今はその言葉を信じる他にないんだけどさぁ』

『貴様たち悪魔という存在は、この世界が大切なのだろうか？　我がインターネットを利用して調べたところ、なにかと世の中に敵対的な立場を取ることが多い存在として、各所では描かれていたのだが』

『はてさて、どうだろうねぇ』

　些か剣呑な雰囲気が感じられる。

　悪魔なるアバドン少年の肩書も手伝ってのことだろう。隔離空間にさえ取り込まれなければ、ピーちゃんが彼にどうこうされることはない。大丈夫だとは思うけれど、ついつい彼の言動を追いかけてしまう。

　ややあって先方の視線が動いた。

『どうやら君の相棒に、心配を掛けてしまったみたいだ』

　ピーちゃんからこちらに向かい、アバドン少年の注目が移った。

　どうやら立ち聞きをしていたのがバレてしまったみたいだ。

　この状況で何も語らずに逃げ出すような真似は憚られる。

　素直に彼らの下まで足を運ぶことにした。

「盗み聞くような真似をしてしまい、申し訳ありません」

『別に構わないよぉ？　そう大した話じゃないからさ』

『風呂はどうだったのだ？』

「お客さんが少なくて、広々とした露天風呂を存分に満喫できたよ」

『それは良かった』

　アバドン少年とピーちゃんを交えて他愛ない話を交わす。

　ややあって前者が東屋に設けられたベンチから立ち上がったところで、客室に戻る流れとなった。浴衣姿の慰安客、その肩に止まった文鳥殿の存在は、幸いにして第三者の目に留まることはなかった。

客室に戻ると、リビングには浴衣に着替えた二人静氏の姿があった。

ソファーに腰を落ち着けて、手にした端末をポチポチとやっていらっしゃる。

「二人静さん、他の方々はどちらに？」

「部屋付きの露天風呂じゃ。覗(のぞ)くなら手伝ってもええよ？」

「三人で、ですか？」

「マジカル娘の挙動が心配なら、お主が風呂に出たタイミングで帰ったぞぇ」

「なるほど」

どうやら魔法少女には先んじて気を遣われてしまったみたい。事あるごとに意識を向けてしまっていたから、彼女としても居心地が悪かったのかもしれない。もう少し自然体で接せられる日が、いつか訪れたりするのだろうか。

二人静氏とお喋りをしつつ、彼女とは対面のソファーに腰を落ち着ける。手にしていたお風呂セットは、すぐ隣に置かせて頂いた。これと合わせて肩を離れたピーちゃんが、正面に設けられたローテーブルの上に舞い降りる。

そのままゴロンと横になって、眠ってしまいたい衝動に駆られた。

すると時を同じくして、我々に続く形で廊下から足音が響いた。

姿を現したのは、二人静氏と同様に浴衣姿となったお隣さん。

「おじさん、部屋に戻っていたんですね」

「今ちょうど戻りました」

説明を受けたとおりお風呂上がりのようで、髪の毛をしっとりとさせている。バスタオルを首から掛けてホカホカとする姿は、ここ数ヶ月(すうかげつ)で見慣れたセーラー服姿と比較して、幾分か大人っぽく感じられた。

こちらの視線に気づいたのか、彼女からは続けざまに話題が上がる。

「ここの露天風呂、とても景色がいいんです。絶景です」

「そうなの？」

「おじさんも入ってはどうでしょうか。お背中、流させて下さい」

「いや、流石に大浴場に入ってきたばかりだから……」

『景色と言えば、このカーテンだけずっと閉まっているのは何故だろう』

「アバドン、そのカーテンは……」

リビングの一面に設けられたカーテン。我々が訪れてから今まで、ご指摘のとおりずっと締切となっていた。これに手を伸ばしたアバドン少年が一息に引っ張る。シャッと軽快な音を立てて、レールの上をランナーが走った。

顕わとなったのは屋外の風景。

テラスに設けられた露天風呂が窺える。

そして、当然ながら現在入浴中となる人物の姿も。

露天風呂の縁に腰を落ち着けて、落下防止用の柵越しに風景を楽しんでいた星崎さん。タオルを湯船の脇に置いて素っ裸。その姿が大きな窓ガラス越しにリビングから窺える。こちらからはちょうど、彼女を横から眺める位置関係。

ピンと伸びた綺麗な背筋が、猫背になりがちな自身には羨ましく映る。

加齢と共に筋力が衰えて、背筋が丸まり始めるの本当に大変。

「っ……!?」

我々の視線に気づいた彼女は、両手で身体を抱いて湯船に沈んだ。

しっかりと目が合った。

星崎さんを越えてその先には、お隣さんが語っていた通り絶景が広がっている。いわゆるオーシャンビュー。広々とした海が延々と地平線の彼方まで。月明かりを受けてキラキラと煌く海面は、それはもう綺麗なものである。

『おっと、これは失礼』

カーテンはすぐに閉じられた。

アバドン少年らしからぬ失態ではなかろうか。

「眼福じゃのぅ?」

「否定はしませんが、今後を思うと頭が痛いですね」

「アバドン、どういうつもりですか?」

『どういうつもりも何も、うっかりミスをしてしまったんだよ』

「…………」

お隣さんの眼差しがアバドン少年とこちらの間で行ったり来たり。

どのような意図があってのことなのか。

現時点ではさっぱり分からない。

便利に使われてしまった星崎先輩のなんと哀れなこと。

ここ最近の彼女は、損な役回りを引いてばかりのような気がする。

「あ、そうじゃ。この娘の転校先だけど、別荘の近くの学校でええ？」

「……私、転校するんですか？」

ひと仕事終えて、ビールを頂いて、お風呂に入った。

勝手にいい気分になっていた。けれど、目前には依然として問題が列を成して並んでいる。二人静氏とお隣さんから問われて、やるべきことが山積みであった事実を再認識。

っていうか、自分も焼けてしまったアパートに代わり、引越し先を決めないと。

〈あとがき〉

前巻に引き続き本巻をお手に取って下さった皆様におかれましては、変わらぬご愛顧を誠にありがとうございます。おかげさまで本作も４巻を重ねるに至りました。これはとても素晴らしいことでありまして、まずは最初のハードルを超えられたことにお礼を申し上げたく存じます。

ところで本巻は前巻の刊行から、半年ほどお時間を頂戴しました。そして、今後も同程度の間隔で刊行の予定となります。新文芸としては一般的なペースですが、文章量は既刊と同様に１・５〜２倍でお届け致しますので、どうかお待ち頂けたら幸いです。

さて、紙面の都合もありまして、この辺りで謝辞に移らせて頂きます。『カントク』先生におかれましては、他にビッグタイトルでお忙しくされている只中、本作にも過分にお時間を割いて下さりましたこと、深くお礼を申し上げます。

担当編集Ｏ様及びＭＦ文庫Ｊ編集部の皆様には、担当作品のメディア展開でご多忙のなか、本作にも変わらぬご支援を下さりましたこと拝謝申し上げます。また、営業や校正、デザイナーの皆様、国内外の書店様、ネット販売店様、お力添えを下さる関係各所の皆様には、手厚いご助力とご期待を頂いておりますこと、心より感謝を申し上げます。

カクヨム発、ＭＦ文庫Ｊが贈る新文芸『佐々木とピーちゃん』を何卒お願い申し上げます。

（ぶんころり）

果たして佐々木は、星の賢者様の想いを救えるのか。

『佐々木とピーちゃん 5』

※2021年11月時点の情報です。

2022年春頃発売予定!!!

佐々木とピーちゃん 4

異能力者と魔法少女が
デスゲーム勢を巻き込んで喧嘩を始めました
～並びに巨大怪獣が日本来訪のお知らせ～

2021年11月25日　初版発行
2023年12月20日　7版発行

著者　ぶんころり

イラスト　カントク

発行者　山下 直久

発行　株式会社 KADOKAWA
〒102-8177 東京都千代田区富士見2-13-3
電話 0570-002-301(ナビダイヤル)

印刷・製本　株式会社広済堂ネクスト

デザイン　たにごめかぶと(ムシカゴグラフィクス)

ISBN 978-4-04-680915-5　C0093

定価はカバーに表示してあります。